新 潮 文 庫

# 写字室の旅／闇の中の男

ポール・オースター
柴 田 元 幸 訳

新 潮 社 版

11654

目次

# 写字室の旅／闇の中の男

# 写字室の旅

*Travels in the Scriptorium*

ロイド・ハストヴェットの思い出に

老人は狭いベッドの縁に座り、両の手のひらを広げて膝《ひざ》に載せ、うつむいて床を見つめている。真上の天井にカメラが据えられていることを、老人は知らない。シャッターは一秒ごとに音もなく作動し、地球が一回転するなかで八六四〇〇枚のスチール写真を生み出す。かりに監視されていることを老人が知っていたとしても、何も変わりはしないだろう。彼の心はここになく、頭の中にあるさまざまな絵空事のただなかに迷い込んでいるからだ。自分にとり憑《つ》いて離れない問いへの答えを、老人は探している。

老人は何者か？　ここで何をしているのか？　いつやって来て、いつまでここにいるのか？　うまく行けば、時がすべてを明かしてくれるだろう。ひとまず私たちの唯《ゆい》一《いつ》の務めは、できるかぎり注意深く写真を観察し、早まった結論を避けることである。

部屋にはいくつか物があり、それぞれの表面に白いテープが貼《は》ってあって、活字体でひとつだけ単語が書かれている。たとえばベッドサイドテーブルには、**テーブル**という語。ランプには、**ランプ**。壁の上にさえ、壁は厳密には物とは言えないものの、**壁**と書いたテープが貼ってある。老人はしばし顔を上げ、壁を見て、壁に貼られたテープを見て、静かな声で壁と発音する。この時点でまだ知りえないのは、老人がテープに書かれた語を読み上げているのか、それとも単に、壁そのものに言及しているのかだ。もしかしたらもう字は読めなくなっているが、物をありのままに認識する力はまだ残っていて、その物を名前で呼ぶことができるのかもしれないし、あるいは逆に、物を認識する力は失われているが、字はまだ読めるのかもしれない。

老人は青と黄のストライプの入った綿のパジャマを着ていて、両足は黒い革のスリッパにすっぽり包まれている。ここはいったいどんなところなのか、本人にもよくわかっていない。部屋の中だというのは確かでも、では部屋はどんな建物の中にあるのか？　住宅の中？　病院？　監獄？　自分がいつからここにいるのかも、どういう経緯でこの場所に移されることになったのかも、老人には思い出せない。もしかしたらはじめからずっとここにいるのかもしれない。生まれた日からずっとここで暮らしてきたのかもしれない。彼にわかっているのは、自分の胸に、消しがたい罪悪感が満ちていることだ。と同時に、自分は恐ろしい不正の犠牲者なのではないかという思いからも逃れられずにいる。

部屋には窓がひとつあるが、ブラインドが下ろしてあって、思い出せるかぎりずっと、窓の外を見たことはない。部屋のドアと、その磁器のノブも同じだ。自分はここに閉じ込められているのか、それとも自由に出入りできる身なのか？　この点についてもまだ調べていない。最初の段落で述べたように、彼の心はここになく、過去を漂っているからだ。頭の中にひしめく幻影たちのあいだを彼はさまよい、自分にとり憑いて離れぬ問いに答えようとあがいている。

写真は嘘《うそ》をつかないが、さりとてすべてを語ってくれるわけでもない。それらはあくまで過ぎていく時間の記録であり外面的な証拠である。たとえば老人の年齢は、わずかにピントのぼけた白黒の像からは確定しがたい。ひとまずの確実性をもって書きとめうる事実は、彼がもう若くないということだけだが、老人という言葉はきわめて柔軟な言葉であり、六十歳から百歳まで、どのあたりの年齢の人間を指すのにも使いうる。ゆえに私たちは、老人という形容を却下し、これ以降は部屋にいるその人物をミスター・ブランクと呼ぶことにする。当面、ファーストネームは必要あるまい。

ミスター・ブランクはようやくベッドから立ち上がり、束《つか》の間《ま》動きを止めてバランスを取り、それから、足を引きずるようにして、部屋の反対側にある机まで歩いていく。彼は疲れを感じる。切れぎれの眠りから成る、あまりに短い一夜から目覚めたばかりのように。スリッパの裏がむき出しの木の床をこするなか、彼は紙やすりの音を思い起こす。ずっと遠く、部屋の外、部屋がある建物の外からかすかな鳥の声が聞こえる。カラスか、カモメか、どっちだかはわからない。

ミスター・ブランクは机の前の椅子《いす》に腰を下ろす。すごく座り心地のいい椅子だ、と彼は判断する。柔らかな茶色い革が張られ、幅の広い肱掛《ひじか》けがあって肱や前腕を載せられるし、見えないバネのメカニズムのおかげで、前後に思いのまま揺れることができる。そして、腰かけたとたん、彼はまさにそうしはじめる。前後に揺れることはミスター・ブランクの心を和ませる効果をもたらし、彼はこの心地よい振幅に浸りつづけ、そうしているうちに、小さいころ自分の寝室に置いてあった揺り木馬を思い出して、そのまま、かつてその馬に乗って出かけたさまざまな架空の旅をふたたび生きはじめる。馬は名をホワイティといい、幼かったミスター・ブランクの頭の中では、白いペンキを塗った木の物体ではなく、生きた存在であり本物の馬であった。

幼年期へとこうしてしばしさまよい出たのち、苦悩がふたたびミスター・ブランクの喉《のど》に湧《わ》き上がってくる。疲れた声で、彼は言葉を発する——こんなことじゃいけない、と。それから身を乗り出し、マホガニーの机の上にきちんと積み上げられた紙と写真の山を吟味しにかかる。まず写真の山を手にとる。それは三ダースばかりの、縦二十センチ横二十五センチ、さまざまな年齢と人種の男女を撮影した白黒の肖像写真だ。一番上の写真には、二十代前半の若い女性が写っている。黒い髪は短く刈られ、レンズを見つめているその目には、ひたむきな、不安げな表情が浮かんでいる。彼女はどこかの都市の街角に立っている。イタリアかフランスの街かもしれない。背後に中世の教会が見えるからだ。女性がマフラーを巻いて、ウールのコートを着ていることから、冬に撮った写真と考えてよさそうだ。ミスター・ブランクはその若い女の瞳《ひとみ》をじっと覗《のぞ》き込み、彼女が誰なのか思い出そうと努める。二十秒かそこらして、自分が一言、アンナとささやくのが聞こえる。圧倒的な愛情の念が体内をどっと流れていく。アンナとは自分がかつて結婚していた相手だろうか、と彼は考える。それともひょっとして、これは自分の娘の写真ではないだろうか。これらの思いを抱いた直後、ふたたび罪悪感の波が押し寄せてきて、アンナがもう死んでいることを彼は悟る。もっと悪いことに、彼女が死んだのは自分のせいではないかと彼は疑う。ひょっとしたら、自分こそ彼女を殺した張本人ということだってありうる。

ミスター・ブランクは苦痛のうなり声を漏らす。写真を見るのはあまりに辛《つら》いので、彼はそれらを脇《わき》へ押しやり、今度は書類に目を向ける。全部で四つ山があり、それぞれ高さは十五センチ程度。取り立てて理由も意識せずに、彼は一番左の山のてっぺんのページに手をのばす。白いテープの帯に書いてあるのと似た活字体で書かれた手書きの言葉は次のとおり。

宇宙の果てから見るなら、地球は一片の埃《ほこり》にすぎない。次に「人間」という言葉を書くとき、そのことを忘れるな。

これらのセンテンスに目を通すその顔に浮かぶ嫌悪《けんお》の表情から見て、ミスター・ブランクがいまだ字を読む力を失っていないことはほぼ間違いない。だがこれらのセンテンスを誰が書いたかはまだ未解決である。

山の次のページにミスター・ブランクは手をのばし、それが何らかのタイプ原稿であることを見てとる。最初の段落は次のとおり。

私が自分の話を語りはじめたとたん、彼らは私を殴り倒し、頭を蹴《け》った。よろよろ立ち上がって、また喋《しゃべ》り出すと、一人が私の口をひっぱたき、もう一人は腹にパンチを喰わせた。私は倒れた。何とかまた立ち上がったが、さらにもう一度話をはじめようとしたところで、大佐が私を壁に叩《たた》きつけ、私は意識を失った。

ページにはあと二つ段落があるが、ミスター・ブランクが二つ目の段落を読み出す間もなく、電話が鳴る。それは前世紀の四〇年代後半か五〇年代前半までさかのぼる黒いダイヤル式電話機であり、ベッドサイドテーブルの上に置いてあるので、ミスター・ブランクは柔らかな革の椅子から立ち上がって部屋の向こう側まで足を引きずっていくことを余儀なくされる。ベルが四度鳴ったところで、彼は受話器を取り上げる。

もしもし、とミスター・ブランクは言う。

ミスター・ブランク？　と向こう側の声が言う。

あんたがそう言うんなら。

確かですか？　あやふやじゃ困るんですよ。

確かなことなんて私には何もない。あんたが私をミスター・ブランクと呼びたいんだったら、喜んでその名に答えますよ。で、そちらはどなたで？

ジェームズ。

ジェームズなんて一人も知らんね。

ジェームズ・P・フラッド。

何かヒントをくれないかね。

昨日そちらに伺いました。二時間一緒に過ごしましたよ。

ああ。警官の人か。

元警官です。

そうそう。元警官。で、何のご用で？

もう一度お会いしたい。

一度じゃ話し足りなかったのかね？

ええ、ちょっと。私、この件では自分が脇役だってこと承知してるんですが、あなたに二度お会いしていいって言われてるものですから。

つまり私に選ぶ余地はないってことだね。

まあそういうことになります。でもお嫌でしたら、部屋で話さなくてもいいんですよ。よろしければ、外へ出て公園で座って話してもいいんです。

着るものがないよ。こっちはいま、パジャマとスリッパで立ってるんだから。

クローゼットを見てごらんなさい。必要な服は揃《そろ》ってるはずです。

ああ。クローゼットね。ありがとう。

朝食は召し上がりましたか、ミスター・ブランク？

食べてないと思う。私、食べることは許されてるのかね？

一日三食です。まだ少し早いですが、じきアンナが届けにくるはずですよ。

アンナ？　いまアンナって言ったかね？

あなたの世話をしてる人ですよ。

死んだのかと思った。

いえ全然。

違うアンナかもしれないな。

どうですかね。この物語には大勢の人間がかかわってますが、完全にあなたの味方なのは彼女だけですよ。

で、ほかの連中は？

相当の恨みつらみがある、とだけ言っておきましょう。いまはそれだけにしておきます。

カメラに加えてマイクが壁に埋め込まれていて、ミスター・ブランクが立てる音はすべて、高感度のデジタルテープレコーダーによって記録され保存されていることを述べておくべきだろう。ゆえに、ごくわずかなうなり声、鼻をすする音、ほんのちょっとの咳《せき》、放屁《ほうひ》等々、彼の体から出るすべての音が、私たちの記述の不可欠な要素となっている。言うまでもなく、この聴覚情報には、ミスター・ブランクがさまざまに呟《つぶや》き、発し、叫ぶ言葉も含まれるし、すでに記したジェームズ・P・フラッドからの電話での会話も当然入っている。この会話は、今日の午前中に訪ねてきたいという元警官の要求をミスター・ブランクがしぶしぶ承諾することで終わる。電話を切ると、ミスター・ブランクは狭いベッドの縁に腰かけ、この報告書の最初のセンテンスで記したのと同じ姿勢を採る。すなわち、両の手のひらを広げて膝に載せ、うつむいて、床を見つめる。立ち上がってフラッドが言っていたクローゼットを探しにかかるべきか、クローゼットが存在するならパジャマを脱いで何か服を着るべきだろうかと思案する——クローゼットに服があるとして、そしてそもそも本当にクローゼットが存在するとして。だがミスター・ブランクは、そうした些事《さじ》にあわてて取りかかる気はない。電話の邪魔が入る前に読みかけていたタイプ原稿に戻りたいのだ。ゆえに彼はベッドから立ち上がり、部屋の反対側に向かって最初の一歩を試すように踏み出し、そのさなかに突如めまいが襲ってくるのを感じる。これ以上立っていたら倒れてしまうことを悟るが、ベッドに戻ってめまいが収まるまで座っている代わりに、右手を壁にあてて全体重を壁に預けつつ、体を少しずつ床に下ろしていく。やがて両膝をつくと、体を前に倒し、両の手のひらも床に置く。めまいにめげず何としても机にたどり着かねばと、両手両膝をついたまま這《は》って進む。

やっと革張りの椅子によじのぼると、しばらくのあいだ、気持ちを落着かせようと椅子を前後に揺らす。体の方はこうして頑張ったものの、タイプ原稿の先を読むのを自分が恐れていることをミスター・ブランクは理解する。なぜこのような怯《おび》えにとり憑かれたのか、自分でも説明できない。たかが言葉じゃないか、と彼は己に言い聞かせる。いつから言葉なんかが、人を死ぬほど怖がらせる力を持つようになったんだ？　こんなことじゃ駄目だ、とミスター・ブランクは、ほとんど聞こえないくらいの小声で呟く。それから、自分を安心させようと、同じセンテンスを精一杯の大声で叫ぶ――**こんなことじゃ駄目だ！**

不思議なことに、こうやって大きな音を発したことで、先を続ける勇気が湧いてくる。大きく息を吸って、自分の前にある言葉にじっと目を据え、以下の二段落を読む。

以来ずっと私はこの部屋に閉じ込められている。私に判断しうるかぎり、ここは典型的な独房ではないし、軍隊の営倉とも、属領にある未決監とも違うようだ。小さな、何もない空間で、縦およそ三メートル半、横は四メートル半といったところ、その素朴な造り（土間、厚い石壁）から見てかつては食料を、小麦や穀物の袋を貯蔵しておく場所だったのではないか。西側の壁の天井近くに、格子《こうし》入りの窓がひとつだけあるが、高すぎてとうてい手は届かない。私は隅に置かれた藁《わら》の寝床で眠り、食事は毎日二度与えられる。朝に冷たいオートミール粥《がゆ》、晩に生ぬるいスープと固いパン。私の計算によれば、ここへ来て以来四十七晩が過ぎた。だがこの勘定は間違っているかもしれない。ここへ入れられた当初の日々は何度も殴打《おうだ》があいだに入ったし、何回意識を失ったかも、そして失ったらどれくらい無意識状態が続いたかも思い出せないから、どこか途中で勘定がとぎれてしまって、太陽が昇ったり沈んだりしたことにも気づかずに過ぎてしまった可能性があるのだ。

窓のすぐ外から砂漠がはじまっている。風が西から吹いてくるたび、セージとネズの茂みの匂《にお》いがする。この乾燥した広がりの中の、最小の要素。私自身もあそこで四か月近く一人で暮らし、あちこち気ままにさまよい、あらゆる気候の下で野宿していたので、のびのび広がる山地から帰ってきてこの狭苦しい部屋に入れられるのは楽ではなかった。孤独を強制されること、会話や人との接触がないことには耐えられるが、大気と光は恋しい。このぎざぎざの石壁以外に何か見るものがあったら、と焦《こ》がれながら日々を過ごしている。時おり兵士たちが窓の下を通っていく。軍靴《ぐんか》が地面をザクザク踏んでいくのが聞こえるし、声がわっと流れてきたり、私には届かない明るい昼間の中で荷車や馬がかたかた音を立てたりする。ここはウルティマの駐屯地《ちゅうとんち》、連邦の西の端、文明世界の果てだ。首都からは三千キロ離れていて、地図にも記されていない広大な〈異人領〉に接している。何びとも異人領へ行くことは法律で禁じられている。私が行ったのは命令を受けたからであり、いまはその報告をするために帰ってきた。私の話が聞いてもらえるかどうかも定かでない。もらえなければ、外へ連れ出されて射殺されるだろう。これについてはかなりの確信がある。大切なのは自分を欺《あざむ》かないこと、希望の誘惑に屈しないことだ。ついに壁の前に立たされ、ライフルが私の体に向けられるとき、私は唯一、目隠しを外してほしいとだけ求めるだろう。べつに兵士たちが私を殺す姿に興味があるわけではない。ただもう一度、空を見たいだけだ。いまの望みはそれだけである。広い空間に立って、頭上の広大な青空を見上げ、咆哮《ほうこう》を上げている無限を最後にもう一度だけ見つめたい。

ミスター・ブランクは読むのをやめる。恐れはいまや戸惑いに変わっている。ここまで、言葉の意味は一語残らず把握できたものの、それをどう捉《とら》えたらいいかとなると、さっぱりわからない。これは本物の報告書なのだろうか。そもそもこの、連邦と呼ばれる、ウルティマに駐屯地があって異人領なる謎《なぞ》の地に接した場所はいったい何なのか？　なぜこの文章には、十九世紀に書かれたような雰囲気があるのか？　自分の精神が本来の状態ではないこと、自分がいまどこにいてなぜここにいるのかもまったく見えていないことははっきり自覚しているミスター・ブランクだが、現在のこの瞬間が二十一世紀初頭であって、自分がアメリカ合衆国と呼ばれる国に住んでいることにはひとまず確信がある。この思いが、彼にこの部屋の窓を、より正確には窓のブラインドを思い出させる。**ブラインド**という字が記された白いテープが貼ってあるブラインド。両足を踏んばって床に押しつけ、両腕を革張りの椅子の肱掛けに押しつけて、ミスター・ブランクは右に九十度から百度体をねじってそのブラインドを見ようとする。この椅子は、前後に揺れるだけでなく、ぐるぐる回転することもできるのだ。この事実を発見したことでミスター・ブランクは大いに気をよくし、ブラインドを見たいと思った理由もしばし忘れて、椅子が有するいままで未知だったこの特性に酔いしれる。一度、二度、三度と回転し、そうしながら、子供のころ理髪店の椅子に座っていてロッコという名の親父《おやじ》に散髪前と散髪後にくるくる回してもらったことを思い出す。幸い、やがて椅子が静止すると、回り出したときとほぼ同じ位置に落着くので、ふたたびブラインドが目に入ることになり、楽しい幕間《まくあい》も終わったいま、ミスター・ブランクは、窓まで行ってブラインドを上げてここがどこなのか見てみるべきではなかろうかと思案する。あるいはもう自分はアメリカにいないのかもしれない、と彼は胸のうちで思う。深夜、外国の諜報《ちょうほう》部員たちに誘拐されたのかもしれない。

だが、椅子に座って三回転したせいでいささかめまいがするため、ミスター・ブランクはその場から動くことをためらってしまう。ついさっき両手両膝をついて部屋を横切る破目になったときの二の舞になるのが心配なのだ。この時点でミスター・ブランクがまだ気づいていないのは、前後に揺れ、ぐるぐる回転するのに加えて、この革張りの椅子にはさらに、小さな車輪が四つ付いていて、その気になれば立ち上がらずともブラインドまで移動できるという事実である。自身の脚以外にも利用可能な推力があることを知らないせいで、ミスター・ブランクは結局そこにとどまって、背を机に向けて座り、かつては白かったがいまでは黄ばんできたブラインドを見ながら、前日の午後に元警官ジェームズ・P・フラッドと交わした会話を思い出そうとする。頭に何か像が浮かんでこないか、相手の外見について何かヒントはないかと思案してみるが、何か鮮明な像を浮かび上がらせるどころか、頭はふたたび圧倒的な罪悪感に浸されてしまう。だが、また新たに訪れたこの苦悶《くもん》と恐怖が全面的なパニックにまで膨らむ間もなく、誰かがドアをこんこん叩くのをミスター・ブランクは聞き、それから、鍵《かぎ》が鍵穴に差し込まれる音を聞く。これはつまり、ミスター・ブランクはこの部屋に幽閉されていて、他人の親切と好意がなければ出られもしないということだろうか？　そうとは限るまい。ミスター・ブランクが中から鍵をかけたため、いま部屋に入ろうとしている人物が敷居のこちら側に達するためには施錠《せじょう》を解かねばならず、結果的にミスター・ブランクが立ち上がって自らドアを開ける手間が省かれたのかもしれない。

いずれにせよいまドアは開き、年齢不明の小柄な女性が入ってくる。四十五から六十までのあいだのどこかだとは思うが、はっきりしたことはわからない。銀髪は短く刈られ、濃い青のスラックスに、薄い青の綿のブラウス。部屋に入ってきた彼女がまず為《な》すのは、ミスター・ブランクに向かってにっこり微笑《ほほえ》むことである。優しさと好意があわさったように見えるその笑みのおかげで、ミスター・ブランクの不安も霧散し、落着いた安らかな気分に彼は入っていく。彼女が誰なのかはわからないが、とにかくこの人物に会えてミスター・ブランクは嬉《うれ》しい。

よく眠れました？　と女性は問う。

わからない、とミスター・ブランクは答える。正直言って、眠ったかどうかも覚えてないんだ。

いいことですよ。処置がうまく行っているしるしです。

この謎めいた宣言に反応を返す代わりに、ミスター・ブランクは少しのあいだ黙って女性をしげしげと見てから、こう訊《たず》ねる。馬鹿《ばか》なことをお訊《き》きして申し訳ないが、君の名前はアンナではないよね？

女性はもう一度、優しさと好意のこもった笑顔を向ける。思い出してもらえて嬉しいですよ、と彼女は言う。昨日は何度もお忘れになってましたから。

突然まごつき、動揺して、ミスター・ブランクは革張りの椅子に座ったまぐるっと回って机の方を向き、白黒写真の山から若い女性の肖像を取り出す。アンナという名前らしい女性の方にミスター・ブランクが向き直る間もなく、女性はすぐ横に立っていて、片手を優しく彼の右肩に置き、一緒に写真を見下ろしている。

君の名前がアンナなら、とミスター・ブランクは募る感情に声を震わせて言う。こっちは誰なんだ？　この人もアンナなんだろう？

そうですよ、と女性は言い、肖像をじっくり、あたかも等しく強い嫌悪と懐《なつ》かしさとともに何かを思い出しているかのように眺める。これはアンナです。そして私もアンナです。これは私の写真です。

でも、とミスター・ブランクは口ごもる。でも……写真の人は若いよね。そして君は……君は銀髪だ。

時間ですよ、ミスター・ブランク、とアンナは言う。時間の意味はわかりますよね？　これは三十五年前の私です。

ミスター・ブランクが応《こた》えるより早く、アンナは若かった自分の肖像を写真の山に戻す。

朝ご飯が冷めてしまいます、と彼女は言い、それ以上何も言わずに部屋を出ていくが、すぐまた戻ってきて、食事のトレーが載ったステンレスのカートを押して、ベッドの横に据える。

食事はコップ一杯のオレンジジュース、バターを塗ったトースト一枚、小さな白いボウルに入ったポーチドエッグ二つ、そしてポット入りのアールグレーである。いずれアンナはミスター・ブランクを手伝って椅子から立たせ、ベッドの方に連れていくだろうが、まずは水の入ったコップと薬三錠を彼に渡す。緑が一つ、白が一つ、紫が一つ。

私はどこが悪いんだ？　とミスター・ブランクは訊く。病気なのか？

いいえ、全然、とアンナは言う。この薬は処置の一環です。

病気という気はしないいんだ。まあ少し疲れていて、ふらつきもするが、それ以外べつに大したことはない。歳《とし》を考えれば、全然大したことじゃない。

薬をお飲みなさいな、ミスター・ブランク。そうしたら朝ご飯を召し上がれますから。きっとお腹《なか》が空《す》いてらっしゃるでしょう。

でも薬は飲みたくないよ、とミスター・ブランクは意地を張る。病気でもないのに薬なんかお断りだ。

この無礼で攻撃的な発言にきつい言葉を返したりもせず、アンナはかがみ込んで彼のおでこにキスをする。愛《いと》しいミスター・ブランク、と彼女は言う。お気持ちはわかります、でも薬は毎日飲むって約束なさったんですよ。そう取り決めたんです。薬を飲まなければ処置もうまく行きません。

私が約束したのか？　どうして私にわかる、君が本当のことを言ってるって？

私だからです、アンナだからです。私は絶対あなたに嘘をつきません。嘘をつくには、あなたをあまりに愛していますから。

愛という言葉が口にされたことでミスター・ブランクの頑《かたく》なさもほぐれ、彼はとっさに、ここは引き下がることに決める。わかった、薬は飲む、と彼は言う。でもその前にもう一度キスしてくれないと。いいかね？　今度は本物のキスじゃないと駄目だよ。唇に。

アンナはにっこり笑って、もう一度かがみ込み、ミスター・ブランクの唇にしっかりキスをする。たっぷり三秒続くそのキスは、おざなりに唇を触れるのとは全然違って、舌は使われていないものの親密な触れあいであり、ゾクッという刺激の波がミスター・ブランクの体内を駆けめぐる。アンナが体を起こしたころには、彼はもう薬を飲みはじめている。

そしていま二人は、ベッドの縁に並んで腰かけている。食事のカートは彼らの前にあって、ミスター・ブランクがオレンジジュースを飲み干しトーストをかじり紅茶を一口啜《すす》るなか、アンナは左手で彼の背中をそっとさすり、何の曲だかはわからないが彼にも聞き覚えのある、あるいはかつて聞き覚えがあったメロディをハミングしている。やがてミスター・ブランクはポーチドエッグに取りかかり、スプーンの先を一方の黄身に刺して、ほどよい量の黄と白の組みあわせをスプーンの凹《へこ》みにすくい上げるが、口に持っていこうとすると、自分の手が震えていることが判明してうろたえてしまう。それも軽い身震い程度では済まない、もっと明白な、抑えようもない痙攣《けいれん》性のひきつりなのだ。スプーンがボウルから十五センチ移動したころには、痙攣はすっかりひどくなって、黄と白混合の大半がトレーの上に飛び散っている。

食べさせてあげましょうか？　とアンナが訊く。

私はどこが悪いんだ？

心配するようなことじゃありません、とアンナは答え、彼を安心させようとするようにその背中をぽんぽん叩く。薬への自然な反応です。何分かで治まりますよ。大した処置を考えてくれたもんだ、とミスター・ブランクはすねた、愚痴っぽい口調で呟く。

これが一番いいんです、とアンナが言う。だいいち、永遠に続くわけじゃないし。ほんとですよ。

というわけで食事はアンナに食べさせてもらうことにする。落着いた手付きでポーチドエッグをすくい上げ、ティーカップを口許《くちもと》に持っていき、紙ナプキンで口を拭《ふ》いてくれるアンナを見ていると、この人は女性というより天使ではないか、女性の姿をした天使なのではと思えてくる。

どうしてこんなに優しくしてくれるのかね？　とミスター・ブランクは訊く。

あなたを愛しているからですよ、とアンナは言う。簡単な話です。

食事が終わると、排泄《はいせつ》、沐浴《もくよく》、着替えの時間である。アンナはカートをベッドから押しやり、片手をのばしてミスター・ブランクが立ち上がるのを手伝う。ひどく驚いたことに、気がつくと彼はドアの前に立っている。いままで気づいていなかったこのドアの表面にも、やはり白いテープが貼ってあって**浴室**と書いてある。どうしてこれまで見逃していたのかわからない。何しろベッドから何歩も離れていないのだ。だが読者はすでに知るとおり、ミスター・ブランクの思いはおおむねここになかったのであり、幽霊のような存在や壊れた記憶から成る霧の国に迷い込み、自分にとり憑いた問いの答えを探していたのである。

行きたいですか？　アンナが訊く。

行く？　行くってどこへ？

浴室です。トイレの用事あります？

ああ。トイレか。うん。言われてみれば、それがいいと思う。

お手伝いは要りますか、それとも一人でできます？

わからないな。まずはやってみることにしよう。

アンナが白い磁器のノブを回してくれて、ドアが開く。ミスター・ブランクが足を引きずり、白黒のタイルを敷いた、窓のない白い部屋に入っていくと、アンナがドアを閉め、ミスター・ブランクは少しのあいだただそこに立ち、向こう側の壁に接した白いトイレを見ながら、大事なものを奪われたような気持ちに突如襲われて、ふたたびアンナと一緒にいたくてたまらなくなる。やっとのことで、彼は自分にささやく。しっかりしろ爺《じい》さん、子供じゃあるまいし。にもかかわらず、足を引きひきトイレにたどり着いてパジャマのズボンを下ろしながらも、泣きたい気持ちが押し寄せてくるのをミスター・ブランクは感じる。

パジャマのズボンがくるぶしまで落ちる。ミスター・ブランクは便座に腰を下ろす。膀胱《ぼうこう》と腸が、たまった液体と固体を排出する態勢に入っていく。ペニスから尿が流れ、肛門《こうもん》からまず第一弾が、それから第二弾が滑り出る。こうやって荷を下ろすことのあまりの気持ちよさに、ついいましがた自分を捉えていた悲しみのこともミスター・ブランクは忘れてしまう。もちろん一人でやれるさ、と彼は胸のうちで言う。小さいころからずっとやってきたんだ、大小便くらいちゃんとできるさ。尻《しり》を拭くことだって慣れたものだとも。

ミスター・ブランクがささやかな傲慢《ごうまん》にしばし浸るのを、私たちは許すことにしよう。というのも、作業の第一工程は無事完了したものの、第二工程はそう簡単には行かないからだ。便座から体を持ち上げてトイレの水を流すのには苦労しないが、それが済んでも、パジャマのズボンはまだくるぶしに落ちたままで、引っぱり上げるにはかがむかしゃがむかしてズボンの腰の部分をつかまねばならないことを彼は悟る。かがむのもしゃがむのも、今日はいまひとつ気が進まない営みだが、両者を較《くら》べるならかがむ方が不安は大きい。頭を低くしたらバランスを失う危険があることはわかるし、本当にバランスを失ったら床に倒れて白黒のタイルに頭をぶつけて頭蓋骨《ずがいこつ》が割れてしまいかねない。したがってしゃがむ方が危険は少ないとミスター・ブランクは判断するが、膝がその負担に耐えられるという自信はまったくない。耐えられるか否《いな》かは私たちには決してわからないだろう。トイレを流した音を聞きつけて、ミスター・ブランクが用を足し終えたと踏んだのだろう、アンナがドアを開けて浴室に入ってくるからだ。

そうした気まずい姿勢（ズボンを下ろして立ち、裸の瘦《や》せこけた両脚のあいだからペニスが力なく垂れている）でいることをミスター・ブランクは恥じそうなものだが、事実はそうではない。アンナの前で、ミスター・ブランクはにせの慎みを感じたりはしない。むしろ、こんなものでも彼女に見せられるのが嬉しいくらいで、パジャマのズボンを引き上げようとあわててしゃがみ込むどころか、上半分も脱ごうと、シャツのボタンを外しはじめるのである。

風呂《ふろ》に入りたい、とミスター・ブランクは言う。

ちゃんと浴槽に入りますか？　それともタオルで拭くだけにします？

どっちでもいい。君が決めてくれ。

アンナは腕時計を見て、まあタオルだけにしておきましょう、と言う。けっこう時間が経《た》ったし、まだ服を着せてあげてベッドをメークしないといけませんから。

このころにはもう、ミスター・ブランクはパジャマの上下両方のみならずスリッパも脱ぎ終えている。アンナは老人の裸体を見てどぎまぎしたりもせず、トイレの方に行って蓋《ふた》を下ろし、手のひらでぽんぽんと叩いて、そこに腰かけるようミスター・ブランクに促す。ミスター・ブランクが腰かけると、アンナはその横、バスタブの縁に座り、蛇口をひねって、その下に白い体洗いタオルを持っていき、湯で濡《ぬ》らす。

アンナが温かい、石鹸《せっけん》のついたタオルで自分の体に触れはじめたとたん、ミスター・ブランクはうっとり気だるい服従状態に入っていき、彼女の優しい手の感触を満喫する。上からアンナははじめて、ゆっくり下に降りていく。耳と耳のうしろを洗い、首の前とうしろを洗い、ミスター・ブランクに向こうを向かせて背中を流し、それから元に向き直らせて胸も流し、十五秒かそこらごとに中断しては蛇口の下にタオルを持っていって、体のどこかをこれから洗うのか、洗ったばかりの箇所をすすぐのかによって、石鹸を足すか流すかする。ミスター・ブランクは目を閉じるが、この報告書の第一段落以来ずっと彼にとり憑いていた幻影や恐怖は一気に消え失《う》せている。体洗いタオルが腹まで降りてきたころにはペニスがその形を変えていき、だんだんと大きく、太くなり、部分的に勃起《ぼっき》していく。この歳に達してなお自分のペニスがこれまでと同じにふるまい、思春期のはじまり以来いっこうに行ないを改めていないことにミスター・ブランクは感じ入ってしまう。あのころから実に多くが変わってしまったけれど、これは、これだけは変わっていない。そしていまや、アンナが体洗いタオルをその部分に直接持ってくると、それが全面的に拡張するのが自分でもわかり、温かい石鹼水でアンナがそれをこすって、撫《な》でるなか、最後までやってくれと彼女に大声で頼みたい欲求をどうにか抑える。

今日は元気ですねえ、ミスター・ブランク、とアンナが言う。

済まんがそうらしい、とミスター・ブランクは目をきつく閉じたままささやく。自分ではどうしようもないんだ。

私だったら得意に思いますけどね。あなたの歳の男性がみんな……みんなこうできるわけじゃありませんから。

私とは全然関係ないよ。こいつは独自の命を持ってるんだ。

突然、タオルが右脚に移動する。ミスター・ブランクが失望を顔に出す間もなく、アンナの手がじかに、たっぷり石鹼の潤滑剤のついた勃起にそって上下に動くのが感じられる。彼女の右手は依然タオルで体を洗っているが、左手はこのもうひとつの作業に携わっている。その左手の慣れた処置に身を委《ゆだ》ねながらも、こんなによくしてもらえるなんていったい自分が何をしただろう、とミスター・ブランクは自問している。

ハッと喘《あえ》ぐとともに、精液が体からほとばしり出て、そのとき初めて、事が終わってやっと、ミスター・ブランクは目を開けてアンナの方を向く。彼女はもはやバスタブの縁に座ってはおらず、彼の前の床に膝をついて、タオルで射精の跡を拭いている。頭は下を向いているのでその目は見えないが、それでも彼は身を乗り出し、右手で彼女の左の頬に触れる。するとアンナは顔を上げ、二人の目が合うと、ふたたび彼女は温かい、好意のこもった笑顔をミスター・ブランクに向ける。

君は本当に優しいね、とミスター・ブランクは言う。

あなたに楽しい気持ちになってほしいんです、と彼女は言う。いまはあなたにとって辛い時ですから、少しのあいだでも楽しい気持ちになってもらえるなら、喜んでお手伝いしますよ。

私は君に何かひどいことをしたんだ。何をしたかはわからないが、何かひどいこと……口にしがたいこと……許しようのないことを。なのに君は、こうして聖者みたいに世話してくれる。

あなたのせいじゃなかったんです。あなたはすべきことをしただけで、そのことで恨みはしません。

でも君は苦しんだ。私が君を苦しませた、そうだろう?

ええ、ものすごく。私、もう少しで力尽きてしまうところでした。

私は何をしたのかね？

あなたは私を危険な場所へ送り出しました。どうしようもなくひどい場所へ、滅亡と死の場へ。

何のために？　何かの任務だったのか？

まあそういうふうにも言えるでしょうね。

君はそのころ若かったんだね？　あの写真の女の子。

ええ。

君はとても綺麗《きれい》だったよ、アンナ。いまも歳はとったが、まだとても綺麗だ。ほとんど完璧《かんぺき》と言ってもいいくらいだよ。

誇張なさる必要はありませんよ、ミスター・ブランク。

誇張なんかしてないさ。もし誰かに、今後一生、一日二十四時間君のことを見ていなきゃいけないと言われても文句はないね。

アンナはもう一度にっこり微笑み、ミスター・ブランクはもう一度右手で彼女の左の頬に触れる。

その場所にどれくらいいたんだい？　とミスター・ブランクは訊く。

何年かです。予想していたよりずっと長く。

でも君は何とかそこを出た。

やがては、ええ。

自分が本当に恥ずかしいよ。

恥じちゃいけません。実際、ミスター・ブランク、あなたがいなかったら私は何者でもなかったんです。

でも……

い、でもも何もありません。あなたはほかの人たちとは違うんです。あなたは自分より大きなもののために自分の人生を犠牲にしたんです。あなたが何をしたにせよしなかったにせよ、とにかく自分勝手な理由じゃなかったんです。

君は恋したことがあるかね、アンナ？

何回か。

結婚はしているかい？

前は。

前？

夫は三年前に亡《な》くなりました。

何という名前だったかね、ご亭主は？

デイヴィッド。デイヴィッド・ジンマーです。

何があったのかね？

心臓が悪かったんです。

それも私の責任だ、そうだろう？

いえ、そうでも……間接的にです、あくまで。

本当に申し訳ない。

いいんです。あなたがいなかったら、そもそもデイヴィッドにも出会っていませんから。本当ですミスター・ブランク、あなたのせいじゃないんです。あなたが自分のすべきことをすると、いろんなことが起きるんです。いいことと悪いことの両方が。そういうふうになってるんです。苦しむのは私たちかもしれないけれど、それには理由があるんです、ちゃんとした理由が。それについて不平を言う人間は、生きるということの意味がわかっていないんです。

浴室の天井にもやはりカメラとテープレコーダーが設置してあって、この空間における営みもすべて記録できるようになっていることを述べておくべきだろう。すべてという言葉は条件なしの絶対的な用語であるから、アンナとミスター・ブランクの対話を書き起こした文書も、あらゆる細部が確認可能である。

沐浴はさらに数分続き、ミスター・ブランクの体の残りの部分（脚の表と裏、くるぶしと足と足指、腕と手と指、陰嚢《いんのう》と臀部《でんぶ》と肛門）を洗い終えると、アンナはドアのフックに掛かった黒いパイル地のローブを持ってきて、ミスター・ブランクに着せてやる。それから青と黄のストライプが入ったパジャマを拾い上げ、ドアを閉めてしまわぬよう留意しながら隣の部屋に戻っていく。ミスター・ブランクが洗面台の上の小さな鏡の前に立ち、電気剃刀《かみそり》でひげを剃《そ》るあいだ（明白な理由ゆえに昔ながらの剃刀は禁じられている）、アンナはパジャマを畳み、ベッドを整え、クローゼットを開けて今日ミスター・ブランクが着る服を選ぶ。余分に使った時間を埋め合わせるかのように、彼女はてきぱきと手際《てぎわ》よく動く。一連の仕事を実にすばやくやってのけるものだから、ミスター・ブランクがひげを剃り終えて隣の部屋に入っていくと、もうすでにベッドの上に服が一式広げてある。ミスター・ブランクは驚いてしまう。ジェームズ・P・フラッドとの会話を覚えていて、クローゼットという言葉が出てきたのを記憶していた彼は、アンナがそのクローゼットを――もし本当にクローゼットが存在するとして――開けるところを見届けてその場所を知りたいと思っていた。いま部屋を見渡してもクローゼットの気配はどこにもなく、こうしてもうひとつの謎が未解決のまま残る。

もちろんアンナに訊けばよいわけだが、そのアンナがベッドに腰かけて、笑顔を向けてくれているのを見ると、自分がふたたび彼女の前にいることにひどく心を動かされ、訊くのも忘れてしまう。

君のことをだんだん思い出してきたよ、とミスター・ブランクは言う。何もかもじゃないけど、断片的に、少しずつ。君に初めて会ったとき、私はまだすごく若かったよね？

二十一くらいだったと思います、とアンナは言う。

でも私は何度も君を見失った。君は何日かそこにいたと思ったら、ふっと消えてしまう。一年が経ち、二年、四年が経って、またひょっこり現われた。

あなたは私のことを、どうしたらいいかわからなかったからです。それが見えるまで、ずいぶん時間がかかったんです。

それから私は、君をあの……あの任務に送り出した。君の身が心配だったことを覚えているよ。でも君はあのころ、実に逞《たくま》しかったよな？

タフで威勢のいい女の子でしたよ、ミスター・ブランク。

そのとおり。だから私としても希望を持てた。君がしっかり者でなかったら、きっと生き延びられなかっただろうよ。

服を着るのを手伝いますよ、とアンナは腕時計をチラッと見ながら言う。時間がどんどん進んでますから。

進んでという言葉がきっかけになって、ミスター・ブランクは自分のめまいの発作のことや、さっき歩くのにも苦労したことに思いをめぐらすが、いまは浴室の敷居からベッドまでの短い距離を移動しても頭はすっきりしたままだし転ぶ心配もなさそうだと感じて意を強くする。裏付けは何もないが、この向上は慈悲深いアンナのおかげだとミスター・ブランクは考える。この二、三十分、彼女が一緒にいて、自分が心底求めている愛情を放射してくれたからだ、と。

見れば服は全身白である。白い綿のズボン、白いボタンダウンシャツ、白いボクサーショーツ、白いナイロンソックス、白いテニスシューズ。

妙な選択だね、とミスター・ブランクは言う。グッドヒューマー〔アイスクリームの商標名〕の売り子みたいになりそうだよ。

特別の要請があったんです、とアンナは答える。ピーター・スティルマンから。父親の方じゃなくて、息子の方です。ピーター・スティルマン・ジュニア。

誰だね、それは？

覚えてないんですか？

済まないが。

やはりあなたが傘下《さんか》に置いた人です。あの人を任務に送り出したとき、あなたが全身白の格好をさせたんです。

私は何人の人を送り出したのかね？

何百人もですよ、ミスター・ブランク。私には数えきれないくらい。

わかった。じゃあさっさとやろう。何を着たって同じだからね。

それ以上余計なことは言わずにミスター・ブランクがローブのベルトを外すと、ローブがはらりと床に落ちる。ミスター・ブランクはふたたびアンナの前に裸で立っているが、気まずさも恥じらいもいっさい感じない。下を向いて自分のペニスを指さし、こう言う。見てごらん、小さいよねえ。ミスター大物《ビッグ・ショット》、いまはそんなにビッグじゃないな。

アンナはにっこり笑って、手のひらでベッドをぽんぽん叩き、隣に座るようミスター・ブランクに促す。それに従いながら、ミスター・ブランクはまたも幼いころに、揺り木馬のホワイティと一緒にはるばる極東の砂漠や山地を旅したころに押し戻される。母親のことをミスター・ブランクは想《おも》い、ブラインドのすきまから朝日が差し込む二階の寝室で母がこんなふうに服を着せてくれたことを思い出し、突然、母親がもう死んだことを、おそらくはずっと前に死んだことを悟り、老いた自分にとってアンナがある意味で新しい母親になってくれたのではないかと考える。そうでなければ、なぜ彼女といるとこんなに安らかな気持ちになれるのか――ふだんは他人の前で体をさらすのがひどく恥ずかしく、自意識過剰になってしまうのに？

アンナはベッドから降りて、ミスター・ブランクの前にしゃがみ込む。まず靴下からはじめて、片方をするすると左足に上げていき、次にもう一方を右足に上げていき、それからパンツに移って両脚をのぼらせ、彼女がやり易《やす》いようミスター・ブランクが立ち上がると腰まで引っぱり上げて元ミスター大物を隠す。きっと、さほど長い時間が経たぬうちに彼はふたたび立ち上がり、ミスター・ブランクに対する優位を誇示するであろう。

ミスター・ブランクはもう一度ベッドに腰を下ろし、ズボンに関しても同じ過程がくり返される。さらにもう一度腰かけると、アンナが足にスニーカーを、まず左足、次に右足、と履かせてくれてから、ただちに紐《ひも》に取りかかり、左を結び次に右を結ぶ。

そしてしゃがんだ姿勢から起き上がり、ミスター・ブランクと並んでベッドに腰かけ、シャツを着せてくれる。まず左腕を左の袖《そで》に通し、右腕を右の袖に通し、最後にボタンを下から順にとめていくが、この緩慢で骨の折れる作業のあいだずっとミスター・ブランクの思いは別の場所をさまよっている。幼いころの部屋に戻ってホワイティと母親とともにいて、もう何十年も前、まだ彼の人生がはじまって間もない昔に、母がこれと同じことを同じ愛情深い辛抱強さでやってくれたことを思い出している。

アンナはいなくなった。ステンレスのカートは消え、ドアは閉まり、ミスター・ブランクはふたたび一人で部屋にいる。アンナに訊くつもりだった事柄――クローゼット、連邦なるものをめぐるタイプ原稿、ドアが外から施錠されているのか否か――はいっさい訊かぬままに終わり、ゆえに自分がここで何をしているのかは、ミスター・ブランクにとってアンナの登場以前と同じく謎のままである。当面、ミスター・ブランクは狭いベッドの縁に座り、両の手のひらを広げて膝《ひざ》に載せ、うつむいて床を見つめているが、間もなく彼は、意志の力が感じられ次第、ベッドから立ち上がりもう一度机まで行って、（あの肖像たちと向きあう勇気を奮い起こせるなら）写真の山を見ていき、ウルティマの部屋に閉じ込められた男をめぐるタイプ原稿の先を読むだろう。だがさしあたって、ミスター・ブランクはベッドに腰かけてアンナに恋い焦がれ、いまも彼女が一緒にいてくれたら、彼女を両腕で抱きしめていられたらと願うのみである。

そしていままたミスター・ブランクは立ち上がった。足を引きずり机に向かおうとするが、もはやスリッパを履いていないことを忘れていて、左のテニスシューズのゴム底が木の床に貼《は》りついてしまう。それがいきなり、思いがけず起きるものだから、ミスター・ブランクはバランスを失い、危うく転んでしまいかける。糞《くそ》ったれが、とミスター・ブランクは言う。この馬鹿臭い白い糞ったれが。テニスシューズを脱いでスリッパに履き替えたいとミスター・ブランクは思うが、スリッパは黒であり、履き替えてしまえばもはや全身白ずくめではなくなってしまう。ピーター・スティルマン・ジュニアなる、どこの誰だかわからぬ輩《やから》の要求に従って、全身白を着るようアンナは彼にはっきり求めたのだ。

ゆえにミスター・ブランクは、スリッパ着用時の足を引きずる歩き方をやめて、普通の歩き方にひとまず似た動作で机に向かう。若い人間、元気な人間に見られる、かかとと爪先《つまさき》がきびきびと交互に床に触れる歩き方とは言いがたく、のろのろと重い足どりで片足を四、五センチ浮かせて、脚全体を約十五センチ前に出し、それから足の裏側を床に、かかとも爪先も一緒に下ろす。わずかな間《ま》がそれに続き、やがて同じ動作がもう一方の足において反復される。見ていて美しい眺めではないかもしれないが、目的には十分であって、間もなくミスター・ブランクは机の前に立っている。

椅子《いす》は机に押し込まれており、したがって座ろうとするならミスター・ブランクはそれを引き出さねばならない。そうすることで、彼はやっと、椅子に車輪が付いていることを発見する。四つの足が床をこするかと思いきや、椅子は滑らかに、ほとんど何の力も加えずとも転がり出てくるのだ。椅子に腰かけながら、これまで机を訪れていてこの特長を自分がずっと見逃していたことにミスター・ブランクは驚いてしまう。両足を踏んばって床に押しつけ、軽く蹴《け》ると、すーっと一メートルかそこらうしろに下がる。ミスター・ブランクはこれを重要な発見とみなす。前後に揺れることとやぐるぐる回ることも快適ではあるが、部屋中を自由自在に動けるというのは、現実的に大いに役立つ可能性があるからだ。脚がいつになく疲れたときや、ふたたびめまいに襲われたときなどに、立って歩かずとも、この椅子を使えば座ったままどこへでも移動でき、もっと切迫した用事のために力を温存できる。そう思うとミスター・ブランクの心は安らぐが、にもかかわらず、椅子をゆっくり机の方に戻していくなか、アンナが来ていたあいだはあらかた消えていた激しい罪悪感が突如また湧《わ》いてきて、机にたどり着くころには、机自体がその重苦しい気持ちを生んでいることをミスター・ブランクは理解している。机としての机がではおそらくないが、机の上に置かれた、彼にとり憑《つ》く問いに対する答えを含んでいるにちがいない写真や文書が、彼の苦悶の源なのだ。ベッドに戻ってそれらを無視するのは簡単なことだろうが、たとえ辛《つら》い責め苦であっても探索を続けねばならないという思いがミスター・ブランクを駆り立てる。

ふと下を向くと、メモ帳とボールペンが置いてあるのが見える。前回机を訪れたときにはあった記憶のない品である。まあいいさ、とミスター・ブランクは胸のうちで言い、それ以上何も考えず右手にボールペンをとり、左手でメモ帳を開いて一ページ目を出す。今日これまでに起きたことを忘れないよう――とにかく自分は忘れっぽいのだから――ミスター・ブランクは以下の名前を書き留める。

ジェームズ・P・フラッド
アンナ
デイヴィッド・ジンマー
ピーター・スティルマン・ジュニア

ピーター・スティルマン・シニア

このささやかな作業を完了すると、ミスター・ブランクはメモ帳を閉じ、ペンを置いて、両者を脇《わき》へ押しやる。それから、一番左の山の上の方を何枚か取ろうとして、それらがホッチキスで留めてあることを発見する。たぶん全部で二十枚、二十五枚あるだろう。束を目の前に置いてみると、それがアンナの登場以前に自分が読んでいたタイプ原稿であることをミスター・ブランクはさらに発見する。おそらくはアンナが、扱いやすいようホッチキスで留めてくれたのだろう。タイプ原稿がそれほど長くないと判明したいま、ひょっとしたらジェームズ・P・フラッドがやって来てドアをノックする前に読み終えられるだろうか、とミスター・ブランクは考える。

二枚目の第四段落に彼は目を向け、読みはじめる。

過去四十日間、暴力は一度もなかったし、大佐もその部下たちも顔を見せていない。私が目にした人物は、食べ物を持ってきて用足しバケツを取り替えてくれる軍曹だけである。私は彼に対して礼儀正しくふるまおうと努め、入ってくるたびに一言二言言葉をかけているが、どうやら向こうは何も言わぬよう命じられているらしく、茶色い軍服を着たこの巨人から一語でも引き出せたことはない。ところがついさっき、まだ一時間も経っていないのだが、驚くべきことが起きた。軍曹がドアの鍵を開けると、二人の若い兵士が、小さな木のテーブルと、まっすぐな背もたれのついた椅子を運び込んできたのだ。そしてテーブルと椅子を彼らが部屋の真ん中に据えると、軍曹が入ってきて、白い紙の分厚い束を、インク壜《びん》とペンとともにテーブルの上に置いた。

——あなたは書くことを許されています、と軍曹は言った。

——それが君の話し方なのかね、と私は訊いた。それとも私に命令しようとしているのか？

——あなたは書くことを許されていると大佐がおっしゃっています。それをどう受けとるかはあなたの自由です。

——書かなくてもいいと受けとったら？

——あなたにはなさりたいことをなさる自由があります、ですが、あなたのような立場におられる人間が文章で自分を擁護する機会を放棄するとは考えがたいと大佐はおっしゃっています。

——私が書いたものを大佐は読む気でいるんだろうな。

——そう考えるのが妥当でしょうね、はい。

——読んだあと首都に送るのか？

——大佐はご自分の意向については何もお話しになりませんでした。あなたが書くことを許されているとおっしゃっただけです。

——時間はどれくらいもらえるのかね？

——その問題は議論されませんでした。

——もし紙がなくなったら？

——インクと紙は必要なだけ与えられます。そのことはお伝えするよう大佐から言われました。

——私に代わって大佐に礼を言ってくれ、そして大佐の意図を私が理解していると伝えてくれ。死刑を免れるために、何があったのか、嘘《うそ》をつく機会を与えてくれているわけだ。実に寛大な取り計らいだ。気持ちはありがたく受けとめていると伝えてくれ。

——あなたのメッセージを大佐に伝えます。

——結構。では一人にしてくれ。書くことが大佐のお望みであれば書くが、そのためには一人にならないと。

もちろんこれは、すべて当て推量である。実のところ、大佐がなぜこんなことをするのか、私にはさっぱりわからなかった。私のことが憐《あわ》れに思えてきたから、と考えたいが、たぶんそんな簡単な話ではあるまい。ド・ベガ大佐はおよそ情け深い人物とは言いがたいし、もしにわかに、私の日々を少しは楽なものにしてやろうという気になったのなら、ペンを与えるというのはどう考えてもおかしなやり方である。嘘で固めた原稿というのはたしかに大佐には好都合だろうが、この期《ご》に及んで私が自分の話を変える気になるなどと彼が考えるとは思えない。話を撤回するよう、彼は以前すでに強要したのであり、殴られ半殺しにされてもしなかったことを、どうして私がいまさらするだろう？　要するにこれは、一種の用心なのだと思う。次に何が起きるにせよ、それに対して備えているのだ。私がここにいることは、すでにあまりに多くの人が知っているから、裁判抜きで私を処刑するわけには行かない。一方、裁判だけは何があっても避けねばならない。ひとたび事が法廷に持ち込まれれば、私の話は公《おおやけ》の知るところとなる。話を文章化するのを私に許すことによって、大佐は証拠を、私をどう始末するにせよその始末を正当化するような反駁《はんばく》不能な証拠を集めようとしているのだ。たとえば、彼がこのまま、裁判抜きで私を射殺したとする。ひとたび首都の軍司令部が私の死を聞きつけたなら、法律上、公式調査を行なわざるをえまい。が、そうなっても、私が書いた文章を提出しさえすれば、大佐は無実とみなされるだろう。厄介な問題をかくも手際よく解決した功績で勲章すら与えられるだろう。実際、大佐がすでに私の件を司令部に報告したという可能性だってある。私がいまペンを手に持っているのは、奴《やつ》の手にペンを持たせよと司令部が大佐に指示してきたからかもしれない。通常、ウルティマから首都に手紙が届くにはおよそ三週間かかる。私がここに来て一月半になるとすれば、ちょうど今日あたりに返事を受けとった確率は高い。裏切り者に言い分を文書化させよ、そうすればあとは奴をどう処理しようと我々の自由となるのだから、そう司令部は言ってきたのではないか。

それもひとつの可能性である。が、これは私が自分の重要性を過大視しているだけだということもありうる。大佐は単に私をもてあそんでいるだけかもしれない。私が苦しんでいる姿を見て楽しもうと決めたかもしれぬではないか？ ウルティマのような町は娯楽に乏しい。自前の娯楽を作り出す才気がなければ、退屈ゆえにあっさり正気を失いかねない。大佐が私の書いた言葉を愛人に読んで聞かせる姿が目に浮かぶ。二人は夜ベッドに並んで身を起こしていて、私の綴《つづ》った情けない文句をあざ笑っている。楽しそうではないか？ 実に歓迎すべき気晴らし、実に邪《よこしま》な愉楽だ。大佐を十分楽しませつづければ、きっと彼は私が書くことをいつまでも許してくれて、私はだんだん、大佐お付きのピエロ、己のヘマを果てしなく書き綴る専属の道化師兼書記と化すだろう。かりにそのうち、私の綴る物語に飽きて、私を処刑させたとしても、原稿は残る。それが彼の戦利品になるのだ。コレクションに加えるべき、もうひとつの頭蓋骨に。

　とはいえ、いま私が感じている喜びを抑えるのは難しい。ド・ベガ大佐の動機がどういうものであって、いかなる罠《わな》や屈辱を彼が用意しているにせよ、逮捕されて以来いまが一番嬉しいというのが偽らざる真実である。私はテーブルに向かって、ペンが紙の表面を引っかく音に耳を傾けている。私は手を止める。ペンをインク壺《つぼ》に浸し、それから、手をゆっくり左から右へ動かしていきながらさまざまな黒い形が生まれ出るのを見る。端まで来て、反対側へ戻り、形たちが薄くなってくると、ふたたび手を止め、ペンをインク壺に浸す。かくして私は紙の上から下まで進む。出来上がっていく印の塊一つひとつが一個の単語であり、それぞれの単語は私の頭の中で響く音であって、さらにもう一語書くたびに、唇は何ら音を立てずとも、自分の声が作り出す音が聞こえてくる。

　軍曹がドアの鍵《かぎ》をかけるや否や、私はテーブルを持ち上げて西側の壁の方に持っていき、窓の真下に置いた。次に椅子を取りに帰って、椅子をテーブルの上に載せてから、手をついてよじのぼった――まずはテーブルの上に、それから椅子の上に。窓の鉄棒に指を巻きつけられるか見てみたかったのだ。そうして体を引き上げて、そのまま留まれば、外を見られるのではないか。だが、どれだけ頑張っても、指先は目標に届かない。あきらめてなるものかと、今度はシャツを脱いで、鉄棒めがけて投げ上げた。棒の向こうに通せれば、垂れてきた袖をつかんで体を引き上げられると思ったのだ。だがシャツは長さが足りず、生地を金属の棒のあいだに導くための道具（棒切れ、箒《ほうき》の柄《え》、何なら小枝だっていい）がないかぎり、シャツを前後に白旗のように振ることしかできない。

結局のところ、こうした夢を捨てるのはたぶんいいことなのだろう。窓の外を眺めて日々を過ごすのが叶《かな》わぬなら、手元の仕事に集中するしかない。肝腎《かんじん》なのは、大佐について心配するのをやめること、彼をめぐる思いをいっさい頭の外に押しやって自分の知る事実を書き綴ることだ。この報告書を大佐がどう処理するかは全面的に大佐の問題であって、彼の決断に影響を及ぼすよう私にできることは何ひとつない。できるのはただひとつ、自分の話を語ることだけだ。語るべき話の中身を思えば、それだけでも十分困難ではないか。

ミスター・ブランクはしばし目を休め、指で髪を梳《す》き、たったいま読んだ言葉の意味を考える。語り手が窓によじのぼって外を見る企てに失敗したことを考えたせいで、ミスター・ブランクは突然自分の部屋の窓を思い出す。より正確に言えば、窓を覆《おお》っているブラインドを。そして、いまや立ち上がらなくともそこまで行ける手段が見つかったのだから、いまこそブラインドを上げて外を見てみる時だとミスター・ブランクは判断する。周囲を眺めることができれば、記憶も戻ってきて、この部屋で自分が何をしているのか、手がかりも出てくるのではないか。一本の木とか、建物の蛇腹《コーニス》とか、空のどこか一画を見ただけで、自分の苦境に関する洞察が湧いてくるのではないか。そこで彼はタイプ原稿を読む作業を一時中断し、窓が設けられた壁の方へ行ってみることにする。たどり着くと、右手をつき出し、ブラインドの下をつかんで、ぐいっとすばやく引っぱってみる。こうすればバネが働いて、ブラインドは一気にてっぺんまで上がっていくものと思ったのだ。だがそれは古いブラインドであり、弾力はあらかた失われていて、上昇してその向こうの窓をさらすどころか、逆に窓台の下十数センチまで落ちてしまう。この失敗に苛立《いらだ》って、もう一度、もっと強く長く引いてみると、ブラインドはあっさりブラインドらしくふるまうことに決め、するすると窓のてっぺんまで上がっていく。

窓の外に目を凝らしてみて、シャッターが下ろされていて、外を見てここがどこかを知る可能性が排除されていることを見てとったときの、ミスター・ブランクの失望はいかばかりであったか。しかもこれは、板を動かせばすきまから若干の光は差してくる古典的な木の鎧戸《よろいど》ではなく、業務用仕様の金属製シャッターであり、すきまはいっさいない。鈍い灰色に塗られていて、ところどころ錆《さび》が出て表面を浸食しはじめている。ひとたびショックから回復すると、状況はそこまで悲惨ではないことをミスター・ブランクは理解する。シャッターは内側から鍵をかけるようになっていて、鍵に触れるには窓枠を一番上まで持ち上げればいい。そして鍵を外しさえすれば、シャッターを押し上げて、周りの世界を見ることができる。そうした操作を行なうのに必要な力を出すには椅子から立ち上がらないといけないが、そのくらいの代償は何でもない。そこでミスター・ブランクは体を椅子から持ち上げ、窓に鍵がかかっていないかを確認し（かかっていない）、両手の付け根を、下側の窓の上枠にしっかりと据え、一瞬止まってこれからの作業に向けて態勢を整えてから、ありったけの力を込めて押し上げる。意外にも、窓はぴくりとも動かない。ミスター・ブランクは手を休めて呼吸を整え、もう一度やってみるが、ふたたび何の成果も挙がらない。窓がどこか引っかかっているのだろうと——湿気が高すぎるせいなのか、ペンキを塗りすぎて窓の上半分と下半分がくっついてしまったのか——彼は推測するが、と、上の横木をもっとよく見てみると、さっきまで気づいていなかったことが目に入る。大きな建築用の釘《くぎ》が二本、頭にペンキが塗ってあるせいでほとんど見えなくなっているが、横木に打ちつけてあるのだ。大きな釘一本が左に、大きな釘一本が右に。これらの釘を引き抜くことはどう見ても不可能だから、窓は開けられない。いまも、あとでも、いかなる状況でも。

ついに証拠が現われた。誰かが、おそらくは複数の誰かが、この部屋にミスター・ブランクを閉じ込めたのであり、本人の意志に反して彼を囚人にしているのだ。少なくともそれが、窓枠に打ち込まれた釘二本という証拠からミスター・ブランクが得た結論である。たしかに有力な証拠には思えるが、まだドアの問題が残っている。ドアの鍵が外からかかっているのか、そもそも鍵がかかっているのかを確定するまでは、いま達した結論が誤りだという線も残っている。もしミスター・ブランクが明快にものを考えられる状態だったら、次の一歩としては、足か椅子を使いドアまで行って即刻この件に決着をつけることだろう。だがミスター・ブランクは窓際から動かない。単純に怖いのである。ドアを調べてみて何が判明するかが怖くて、真実と向きあう危険を冒す気になれないのである。代わりに彼は、椅子に深々と座ったまま、窓を割ることに決める。閉じ込められていようといまいと、ここがどこなのか、何としても知りたいのだ。さっきまで読んでいたタイプ原稿の中の男のことをミスター・ブランクは考え、自分もいずれ外に出されて射殺されたりしないだろうかと考える。あるいは、この方が彼の想像力にとってはもっとおぞましいが、まさにこの部屋で殺されるということもありうる。殺し屋の強い手で絞め殺される、といったふうに。

周りに鈍器は見当たらない。たとえば金槌《かなづち》もないし、箒の柄もシャベルも、つるしも木の大槌もなく、かくして、まだはじめもしないうちから自分の企てが挫《ざ》折《せつ》を運命づけられていることをミスター・ブランクは思い知る。にもかかわらず、ミスター・ブランクは試みる。怖いだけでなく、怒ってもいるからであり、その怒りに駆られて右足のテニスシューズを脱ぎ、その爪先を右手でしっかり握って、かかとでガラスを力一杯叩《たた》きはじめる。普通の窓だったら、こうして攻め立てられれば屈するかもしれないが、これは最高に頑丈な断熱複層ガラスであり、ゴムとカンバスの頼りない武器で老人が打ちかかったところでビクともしない。二十一回続けて叩いた末にミスター・ブランクはあきらめ、靴を力なく床に放り出す。怒りにいまや悔しさも加わって、窓に最終的勝利を与えてなるものかとげんこつでガラスを何度か叩くが、肉と骨は靴同様ガラスにひびを入れるには無力である。頭を窓に叩きつけたら、とも考えてみるが、いくら精神状態が万全でないとはいえ、どう見ても望みのない大義のために重大な肉体的危害を己に加えることの愚を理解するだけの明晰《めいせき》さはさすがに残ってい る。ゆえに重い心でミスター・ブランクは椅子に沈み込み、目を閉じる。怖いだけでなく、怒っているだけでなく、疲れはててもいる。

目を閉じた瞬間、幻影たちが頭の中を行進していくのが見える。それは長い、薄闇《うすやみ》に包まれた行進であり、百人以上の、ひょっとすると数百人の人物から成っていて、男もいれば女もいるし子供も老人もいて、背の低い者も高い者もいるし、丸い体もあれば痩せた体もあり、彼らの立てる音を聞きとろうとミスター・ブランクが耳を澄ますと、足音だけでなく、うめき声に似たものが聞こえてくる。彼ら皆のただなかから湧き上がってくる、かろうじて聞きとれる程度の、ささやかな集合的うめき。彼らがどこにいてどこへ行こうとしているのかミスター・ブランクにはわからないが、目下はどこかの忘れられた放牧地を、痩せた雑草と不毛な地面から成る無人地帯を通り抜けている最中らしい。そこは暗いし、みなうつむいて前進しているので、ミスター・ブランクには誰の顔も識別できない。彼にわかるのは、これら想像の産物を見るだけで自分の胸に恐怖がみなぎることである。和らげようのない罪悪感が、いま一度ミスター・ブランクを圧倒する。これは自分が長年さまざまな任務に送り出してきた人たちだろうとミスター・ブランクは推測する。アンナと同じく、彼らのうちの何人かは、あるいは多くは、あるいは全員が、決して楽ではない目に遭わされたのであり、耐えがたい苦しみを、あるいは死をすら余儀なくされたのだ。

確信は何もないが、これら幻影たちと机の上の写真とのあいだに何らかのつながりがありうることにミスター・ブランクは思いあたる。写真に写っているのが、彼の頭の中で演じられている情景を占めている、顔を特定できない人びとだとしたら？　だとしたら、いま目にしている幽霊たちは、空想の産物というよりむしろ記憶である。実在の人間の記憶である。存在しない人間の写真を撮ったなんて話は聞いたことがない。自説を支えるものは何もないこと、これが突拍子もない当て推量でしかないことはミスター・ブランクも承知している。が、自分の身にいまこういうことが起きているのには何らかの理由があるはずだ。これらの写真と四束の原稿があるこの部屋に自分がいるという事実を説明する動因、原理が何かしらあるはずなのだ。この全くの推量にいくらかでも真実があるか、もう少し追究してみて悪いことがあろうか？

窓に打ち込まれた二本の釘のことを忘れ、ドアのこともドアに外から鍵がかかっているか否かという問いのことも忘れて、ミスター・ブランクは椅子を操って机に行き、写真の山を手にとり、目の前に置く。もちろん一番上にはアンナがいる。ミスター・ブランクはふたたび少しのあいだその写真を見て過ごす。彼女の悲しげな、だが美しい若い顔をじっくり眺め、黒い、燃えるような瞳《ひとみ》の表情をしげしげと覗《のぞ》き込む。いいや、私たちが結婚していたことはない、とミスター・ブランクは結論を下す。彼女の夫はデイヴィッド・ジンマーという男だったのであり、ジンマーはもはやこの世にいない。

ミスター・ブランクはアンナの写真を脇へ置き、次の一枚を見る。これも女性で、二十代なかばだろうか、薄茶色の髪、落着いた油断なさげな目をしている。下半身は見えない。ドアが半開きになった、ニューヨークのアパートメントとおぼしき建物の戸口に立っているのだ。実際、訪ねてきた人を迎えようと自らドアを開けたのか、目には用心深そうな表情が浮かんでいるものの、小さな笑みが口の端に皺《しわ》を作っている。一瞬、認識の疼《うず》きをミスター・ブランクは感じるが、女の名前を思い出そうとあがいても、何も浮かんでこない。二十秒、四十秒、一分と頑張ってみても成果はない。アンナの名前はあんなにすぐ出てきたのだから、ほかの者たちも同じだろうとミスター・ブランクは考えていた。だがどうやらそうではないらしい。

ミスター・ブランクはさらに十枚写真を見てみるが、いずれも同じ失望に終わる。車椅子に座った、雀《すずめ》のように痩せて華奢《きやしや》な、盲人用の黒眼鏡をかけている老人。片手に酒を持ちもう一方の手に煙草《たばこ》を持ち、一九二〇年代のフラッパーのドレスを着て釣り鐘帽《クローシュ・ハット》をかぶってニヤニヤ笑っている女性。毛のない巨大な頭の、口から葉巻がつき出た、ぞっとするほど肥満した男。もう一人若い女性、こっちは中国人でダンサーのレオタードを着ている。口ひげを蠟《ろう》で固めた、タキシードを着てシルクハットをかぶった黒髪の男。公園とおぼしき草地で眠っている青年。もっと年上、おそらく五十代なかばの、クッションの山に両脚を載せてソファに横になっている男。あごひげを生やした、もじゃもじゃの髪の、大きな雑種犬を両腕で抱えて歩道に座っているホームレスの男。一九三七年—三八年のワルシャワの電話帳を掲げている、ぽっちゃりした六十代の黒人。テーブルに座って片手に五枚のカードを持ち、目の前にはポーカーチップが積まれているほっそりした若者。

失望がくり返されるたびに、落胆もますます募り、次の一枚のチャンスに対する疑念もいっそう深まっていき、とうとう、テープレコーダーには拾えないくらいの小声で何か呟《つぶや》きながらミスター・ブランクは試みを放棄し、写真の束を脇へ押しやる。

一分近く椅子の上でミスター・ブランクは前後に揺れて、心の平衡を取り戻し敗北を置き去りにすべく精一杯頑張ってみる。それから、もうそれ以上何も考えずに、タイプ原稿を手に取り、ふたたび読みはじめる。

私の名はジーグムント・グラーフ。四十一年前、偽《フォ=リュ》場地方北西部の織物町ルツで生まれ、ド・ベガ大佐に逮捕されるまで内務庁の人口統計局に勤務していた。若いころに万霊《オール・ソウル》大学で古典文学の学士号を取得したのち、南東国境戦争では陸軍の諜報《ちょうほう》部員を務め、小場《プティ＝リュ》公国と驚異《メルヴェイユ》公国の統一に帰着した戦闘に参加した。大尉《たいい》として名誉除隊となり、敵の通信を傍受し解読した功績により殊勲章を授かった。除隊後に首都へ戻って人口統計局に入り、現地統括者兼調査員となった。異人領に出発した時点では、局の一員となってから十二年が過ぎていた。最後の公職名は副局長補佐であった。

連邦の一市民として、私もそれなりの苦しみは味わってきたし、暴力と激変の時期を生き抜き、喪失の傷跡が心に刻まれてもいる。ボーシャンの神聖《サンクトウス》学院での暴動がフォ＝リュ言語戦争勃発《ぼっぱつ》に発展したときはまだ十四にもなっておらず、侵略の二か月後、ルツの大虐殺《だいぎゃくさつ》で母と弟が焼き殺されるのを目《ま》のあたりにした。父と私は隣の新世界《ノイエ・ヴェルト》州に大移動した七千人の中に入っていた。およそ千キロの道程を踏破するのに二か月以上かかり、目的地に着いたころには人数は三分の二に減っていた。最後の百キロあまり、父は病でひどく衰弱していたため私が背負ってやらねばならず、泥と冬の雨の中を私はなかば目も見えなくなった状態でふらふら歩み、やっとのことで夜城《ナハトブルク》のはずれに着いた。私たちは半年にわたってあの大都市の街頭で物乞《ものご》いをして生き延び、もはや餓死するかと思ったところで北に住む親族からようやく金が借りられて救われたのだった。その後、生活は改善したが、のちの年月どれほど裕福になっても、父はあの苦難の日々から決して完全には回復しなかった。十年前の夏に五十六歳で亡《な》くなった時点では、あの体験ゆえにひどく老《ふ》け込んでいて、七十くらいに見えた。

苦しみはほかにもあった。一年半前、私は統計局に命じられて、白《ティエラ・ブランカ》地州の独立共同体への調査旅行に赴いた。発《た》ってから一か月も過ぎないうちに、コレラが突如首都を襲った。今日、多くの人びとがこの伝染病を〈歴史疫《えき》〉と呼ぶ。長年かけて入念に連邦統一を計画してきて、その記念式典がいまにもはじまろうとしていた時期に病が首都を見舞ったことを思えば、それが凶兆と見られ、連邦の本質と目的自体に対する審判と解されたのも無理はない。私自身はその意見に与《くみ》しないが、私の人生も疫病によって一変させられたことは確かである。その後の四か月半、首都に関する知らせから完全に切り離されたまま、人里離れた南の山中に散在する共同体を私は行き来し、この地に根を下ろしたさまざまな宗教セクトの調査に携わった。八月に戻ってくると、危機はすでに過ぎていたが、私の妻と十五歳の娘はいなくなっていた。クロスターハム地区の隣人たちは大半、街を脱出したか、病に屈してしまったかであったが、残った者たちの誰一人、私の妻と娘を見た覚えのある人はいなかった。家は手つかずのまま残っていたし、家のどこにも、疫病がその壁を通って侵入した形跡は見当たらなかった。すべての部屋を隈《くま》なく調べたが、妻と娘がどのように、あるいはいつ家を捨てたかの秘密を明かしてくれるものは何もなかった。服も宝石もなくなっていないし、あわただしく残していった品が床に転がっていたりもしない。家は五か月前に私が去ったときと少しも変わっていなかった。妻と娘がもうそこにいないだけだった。

その後の数週間、二人の行方をめぐる手がかりを求めて街じゅう虱潰《しらみつぶ》しに歩き、二人の足跡《そくせき》の解明につながる情報を発掘しようとして挫折するたびに、絶望の念はますます募っていった。まずは友人や仕事仲間の話を聞き、見知った人間の（妻の女友だちや娘のクラスメートの両親はむろん、近所の商人や店員まで含めた）輪が尽きてしまうと、見知らぬ人間にも声をかけた。妻と娘の写真を手に、病人や瀕死《ひんし》の人びとを手当てした急ごしらえの病院や学校に勤務した無数の医者、看護師、ボランティアに質問したが、そのミニチュアを見せた数百人のうち、二人の顔に見覚えのあった人は一人もいなかった。とうとう、もはや結論はひとつしか考えられなかった。私の愛《いと》しい家族は疫病に連れ去られてしまったのだ。ほかの数千の犠牲者とともに、無名死者の埋葬地である臨終聖餐《ヴァイアティカム》絶壁の集合墓地に横たわっているのだ。

こうしたことを述べるのは、同情の目で見てもらうためではない。誰も私を憐れに思う義理はないし、こうした出来事の余波の中で私が犯した過《あやま》ちを大目に見てもらおうという気もない。私は人間であって天使ではない。悲しみが時に私の目を曇らせ、誤った行ないにつながったとしても、それで話の信憑《しんぴょう》性が疑わしくなるわけではないはずだ。わが履歴に残るそれらの汚点を他人が指摘して、この者は信用に足らずなどと言い出す前に、私は自ら進んで己の罪を世界に公言する。いまは油断のならない時代である。間違った耳にささやかれた一言によって、認識がいとも簡単に歪《ゆが》められてしまうことは私も承知している。ある人物の人格に疑義を呈すれば、その人間の為《な》すことすべてが、陰険な、うさん臭い、裏表ある動機に満ちたものに見えてくる。私自身の場合、問題となる瑕《きず》は、悪意ではなく苦悶《くもん》から、狡猾《こうかつ》さではなく錯乱から生じていた。私は道を見失い、数か月のあいだ、アルコールに忘却の慰めを見出《みいだ》したのだ。たいていの晩は一人、がらんとした真っ暗な家で飲んだが、晩によっては辛さもいっそう増した。そんな夜、思いは私を裏切りはじめ、じきに私は自分の息で窒息しかけていた。頭は妻と娘の姿で一杯になり、何度も何度も、泥にまみれた二人の亡骸《なきがら》が地中に降ろされる情景が目に浮かんだ。何度も何度も、二人のむき出しの手足が穴の中でほかの死体たちの手足と絡《から》みあっているのが見えた。そして突然、家の闇はもはやに耐えがたくなった。群衆の騒音と喧騒《けんそう》によって二人の呪縛《じゅばく》を破ろうと、私は公の場に出ていった。酒場や飲み屋に通い、そうした店のひとつにおいて、自分自身に、自分の信用にもっとも大きな害を与えたのである。十一月のある金曜の夜、ジャイルズ・マクノートンという男が風亭《オーベルジュ・デ・ヴァン》で私に喧嘩《けんか》を吹っかけた。私が先に手を出したとマクノートンは主張したが、法廷で十一人の証言者はこれを否定し、私は無罪放免となった。だがそれはちっぽけな勝利でしかなかった。私がその男の腕の骨を折り、鼻を潰したという事実は残ったのであり、酒に溺《おぼ》れてどうしようもなく堕《お》ちていなければ、かくも激しく反応したりもしなかったはずなのだ。私の行ないは正当防衛だったと判断して陪審は無罪を宣告したわけだが、それで裁判自体の汚名が消えはしなかった。内務庁の幹部職員が酒場で流血沙汰《ざた》にかかわったという事実が明るみに出たことから生じた醜聞が消えはしなかった。判決が下されて何時間も経たないうちに、庁の役人たちが陪審員数名を買収して私に有利な票を投じさせたという噂《うわさ》が広がった。私自身は、自分のために何か腐敗したやりとりが為されたかどうかはいっさい知らないが、そうした非難は根も葉もない噂話にすぎないと思う。私がたしかに知っているのは、その夜以前に私がマクノートンに会ったことは一度もなかったということだ。一方相手は、名前で呼びかけるくらい私のことを知っていた。彼がテーブルに近づいてきて私の妻について話し出し、妻の失踪《しっそう》の謎《なぞ》を解く助けとなる情報を持っていることをほのめかすと、とっとと失《う》せろと私は彼に言った。この男は明らかに金が目当てだった。そのまだらに染まった不健康そうな顔を一目見れば、こいつがペテン師で、私を見舞った悲劇のことを聞きつけてそれをダシに一儲《ひともう》けしようと企《たくら》んでいるのは明らかだった。そうやって邪険に追い払われたことが、どうやらマクノートンは気に入らない様子だった。退散するどころか、隣の椅子に腰を下ろし、怒った様子で私のベストをつかんだ。それから、私たちの顔がほとんど触れるまで私の体を引き寄せ、顔をくっつけてきて、言った。あんた、どうなってるんだ？　真実が怖いのか？　彼の目には怒りと蔑《さげす》みがみなぎり、何しろ私たちはたがいにぴったり接近していたから、その目は私の視界内にある唯一《ゆいいつ》の物体だった。彼の体から敵意が流れ出るのが感じられ、次の瞬間、その敵意がじかに自分の体内に入り込んでくるのを私は感じた。彼に襲いかかったのはその時だった。そう、手を出したのは向こうが先だったが、反撃を開始したとたん、私は彼を痛めつけたいと思った。可能な限りこっぴどく痛めつけたいと思った。

これが私の罪である。ありのままに受けとめてもらえればいい。だがこの報告書を読む行為に影響が及ぶようなことはないようにしていただきたい。災難は万人の許《もと》に訪れ、一人ひとりがそれぞれのやり方で世界と和解する。あの夜マクノートンに対して私が行使した暴力も正当ではなかったが、その暴力を行使する上で覚えた快感はもっと大きな悪だった。自分の行ないを許しはしないが、当時の精神状態を思えば、他人に危害を加えたのが風亭の一件だけで済んだことは驚きと言ってよい。その他の危害はすべて自分に対して加えられたのであり、酒への欲求（実のところそれは死への欲求だった）を抑えることを学ぶまでは、全面的な破滅の危険を私は抱えていたのだ。やがて、ふたたび何とか自分を制御できるようになったが、白状すれば私はもはやかつての自分ではない。それでも生きつづけているのは、何よりもまず、内務庁での仕事が、生きる理由を与えてくれているからだ。何とも皮肉な話である。連邦の敵と名指される私だが、過去十九年間、私ほど連邦に忠実であった公僕はいない。記録を見てもらえば明らかだ。かくも壮大な営みに携われる時代に生きたことを、私は誇りに思う。現場での仕事を通して、真実を何より愛する気持ちを植えつけられ、それゆえ己の罪や違犯に関する疑惑もすでに晴らしたが、むろん犯さなかった罪まで認める気はない。連邦が標榜《ひょうぼう》するものを私は信じるし、自分の言葉、行ない、血でもってそれを精一杯護《まも》ってきた。連邦が私に敵対したとすれば、それは連邦が自らに敵対したということなのだ。私はもはや生きることを望みえないが、もしこの文章が、書かれた精神そのままに読んでくれるだけの強い心を持つ人物の手に渡るなら、私が殺されることもまったく無駄にはならないだろう。

ずっと遠く、部屋の外、建物の外から、ふたたびかすかな鳥の声がミスター・ブランクの耳に届く。その音に気をそらされて彼は原稿から目を上げ、ジーグムント・グラーフの痛ましい告白をしばし放棄する。突然、圧迫感が胃を襲い、その感覚を痛みと呼ぶか単に不快と呼ぶかを決める間もなく、腸の管が大きな、朗々たる屁《へ》を放つ。ホーホー、とミスター・ブランクは声を上げ、上機嫌にうなる。ホパロング・キャシディ、ふたたび馬に乗る！　それから彼は椅子に座ったまま首をうしろにそらし、目を閉じて、体を揺らしはじめ、じきにぼんやりした、恍惚《こうこつ》状態にも似た、頭からすべての思い、すべての感情、自我とのすべてのつながりが抜けていく状態に入っていく。爬虫類《はちゅう》のごとき麻痺《まひ》の中に閉じ込められて、ミスター・ブランクはいわば周囲の状況に対して不在となる。少なくとも束《つか》の間《ま》そこから切り離されている。ゆえに彼はドアをノックしはじめた手の音を聞かない。なお悪いことに、ドアが開くのも聞かず、したがって、誰かが部屋に入ってきたものの、鍵が外からかかっているのか否《いな》かに関しては依然何もわからぬままである。より正確には、恍惚状態から抜け出たとき依然何もわからぬままだろう。

誰かが彼の肩をとんとん叩くが、ミスター・ブランクが目を開けて椅子を回して誰なのか見てみる間もなく、その人物はすでに喋《しゃべ》りはじめている。声の響きと抑揚からして男性の声であることはすぐにわかるが、それがコックニー訛《なま》り〔ロンドンの庶民訛り〕に聞こえるのでミスター・ブランクは戸惑ってしまう。

すみませんミスター・ブランク、と男は言う。何べんもノックしたんですが、開けていただけなかったので、何かあったのかと思いまして。

ミスター・ブランクはここで椅子をぐるっと回し、訪問者をしげしげと眺める。五十代前半あたりか、髪には小ぎれいに櫛《くし》を入れ、茶色いチョビひげに白いものが混じっている。背は低くもなく高くもないが、どちらかといえば低い方だとミスター・ブランクは判断する。ツイードのスーツを着て、ぴんと背の伸びた、ほとんど直線のような姿勢で立っている姿は、軍人か、あるいは下級役人に見える。

で、あんたは？　とミスター・ブランクが訊《き》く。

フラッドです。ファーストネームはジェームズ、ミドルネームはパトリック、ジェームズ・P・フラッドです。私のこと、覚えていらっしゃらないんですか？

ぼんやりとは覚えてるよ。ごくぼんやりと。

元警官です。

ああ。フラッド、元警官か。君、私を訪ねてくるはずだったんだよな？

はい。おっしゃるとおりです。だからこうしてここにいるのです。いまあなたをお訪ねしているわけです。

ミスター・ブランクは室内のあちこちに目をやり、フラッドに勧める椅子はないか見てみるが、どうやらいま自分が掛けているのが、この部屋で唯一の椅子らしい。

どうかなさいましたか？　とフラッドが訊く。

いやいや、とミスター・ブランクは答える。ただその、もうひとつ椅子がないかなと思ってね。

座りたくなったらベッドに座りますからお構いなく、とフラッドは答えてベッドを指し示す。それとも、もし元気がおありでしたら、向かいの公園に行っても。あそこならベンチがいくらでもありますから。

ミスター・ブランクは自分の右足を指して言う。靴が片方ないんだ。靴が片っぽだけじゃ外へ出られないよ。

フラッドはうしろに向き直って、窓の下の床に転がっている白いテニスシューズをただちに見つける。あそこにありますよ。猫を二振りするあいだに〔「すぐに」の意の成句〕履かせてさし上げます。

猫？　何の話だ？

ただの言い回しですよ、ミスター・ブランク。他意はありません。フラッドはしばし口をつぐんで、床に転がった靴を見下ろし、それから言う。で、どうなさいます？履きますか、やめておきますか？

ミスター・ブランクは長い、うんざりしたようなため息をつく。いいや、と彼は声にほんの少し皮肉を込めて言う。履かないでおくよ。こんな靴はもう飽きあきだ。どうせならこっちのも脱いじまいたいね。

　この言葉が口から出たとたん、そうした行為が可能性の範囲内にあることを実感してミスター・ブランクは勇気づけられる。このささやかな一件に関しては、事態を自分でコントロールできるのだ。ゆえに、一瞬もためらうことなく、ミスター・ブランクはかがみ込んで左足からスニーカーを取り去る。

うん、これでよし、と彼は言い、左脚を持ち上げ足指を宙でくねくねさせる。これでずっとよくなった。それにこれなら、まだ全身白だろう？

もちろんですとも、とフラッドが言う。そのことがどうしてそんなに大事なんです？

気にしなさんな、とミスター・ブランクは手を振ってフラッドの質問を脇へ追いやる。いいからそこのベッドに腰かけて用件を言いたまえ、ミスター・フラッド。

元スコットランド・ヤード警部はマットレスの足側に身を下げていき、およそ二メートル離れて机に背を向け椅子に座っている老人と顔が向きあうよう、左側の四分円に腰かける。そして、切り出しの文句を探すかのようにえへんと咳払《せきばら》いしてから、不安に上ずった小声で言う。夢のことで伺ったのです、ミスター・ブランク。

夢？　その言葉にすっかり面喰らってミスター・ブランクは言う。何の夢だ？

私の夢です、ミスター・ブランク。あなたがファンショーに関する報告書で言及なさった夢です。

ファンショーって誰だ？

覚えていらっしゃらないんですか？

いいや、とミスター・ブランクは苛立ち混じりの大声で言う。いいや、ファンショーなんて奴は覚えていない。私はほとんど何も思い出せないんだ。薬をさんざん飲まされて、もうほぼ何もかも失われてしまったんだ。たいていの時間、自分が誰なのかもわからない。自分のことも覚えてられないのに、そんな、ええと……ええと……

ファンショーです。

ファンショー……で、その方は、いったいどなたかね？

あなたの工作員の一人です、ミスター・ブランク。

私が任務に送り出した人間ってことか？

きわめて危険な任務に。

そいつは生き延びたのか？

確かなことは不明です。ですが大方の意見としては、もはや彼は我々と共にいないのではないかと。

小さくうめき声を漏らして、ミスター・ブランクは両手で自分の顔を覆ってささやく。呪《のろ》われた人間がもう一人か。

失礼、フラッドが口をはさむ。おっしゃったことが聞きとれませんでした。

何でもない、とミスター・ブランクはもっと大きな声で答える。何も言わなかったよ。

この時点で、会話は少しのあいだ途切れる。沈黙が広がり、その沈黙の中でミスター・ブランクは風の音を聞いたように思う。どこか近くの、相当近くの木立を抜けて吹く強い風の音。だがその風が現実かどうかはわからない。その間ずっと、フラッドの目はじっと老人の顔に向けられている。沈黙に耐えられなくなると、フラッドは思いきって対話の再開を試みる。いかがでしょう？　と彼は言う。

いかがって何が？　とミスター・ブランクは答える。

夢です。夢のことを話題にしていいでしょうか？

他人の夢のことなんかどうやって話せる――どんな夢かも知らないのに？

まさにそこが問題なのです、ミスター・ブランク。私自身もその夢の記憶がないのです。

では私には何もしてやれない、そうだろう？　私たちのどちらも、君の夢で何があったか知らないんだったら、言うべきことは何もない。

話はもっと複雑なのです。

そんなことはないさ、ミスター・フラッド。実に簡単な話だ。

それは報告書をお書きになったことを覚えていらっしゃらないからです。もしいま集中なさったら、本当に本気を出してやってみられたら、記憶が戻ってくるかもしれませんよ。

それはどうかかな。

いいですか。その報告書の中で、ファンショーは未発表の書物を数冊書いたとあなたは述べていらっしゃるのです。うち一冊は『どこでもない国《ネヴァーランド》』という題名だったそうです。あいにく、書物の中で起きるいくつかの出来事はファンショーの人生で起きた同様の出来事が発想の源になっていると締めくくられている以外、あなたはその主題について、ストーリーについて、本について何も言ってらっしゃいません。ひとつだけ、短い傍科白《わきぜりふ》のように、それもカッコの中で、こう書いておられる。記憶から引用します――（第七章のモンターグの家。第三十章のフラッドの夢）。要するにですね、ミスター・ブランク、あなたご自身は『ネヴァーランド』を読まれたにちがいなく、その点においてこの世界に存在するごく少数の人びとの一人であって、もしその夢の中身を思い出そうとしていただけたら私としては大変有難いのです。このみじめな心の底から感謝したいと思うのです。

その言い方からすると、『ネヴァーランド』というのは小説らしいな。

はい、そうです。虚構の物語です。

で、ファンショーが君を登場人物に使ったのか？

どうやらそうらしいのです。その点には少しも不思議はありません。作家というのは年中そういうことをやっているようですからね。

まあそうかもしれんが、だからといってなぜ君がそんなに気にするのかはわからんね。夢が実際にあったわけじゃないだろう。紙に記された言葉、まったくの捏造《ねつぞう》でしかない。そんなものは忘れてしまいたまえ、ミスター・フラッド。大したことじゃない。

私には大したことなんです、ミスター・ブランク。私の全人生がかかっているんです。その夢がなかったら、私は何ものでもないんです。まったくの無なんです。

一貫して大人しい態度だった元警官がこの最後の一言を発したときの熱っぽさ、魂《お》を引き裂く本物の絶望から生じる熱っぽさが、ミスター・ブランクにはたまらなく可笑《か》しく思えてしまう。この記述の冒頭以来初めて、ミスター・ブランクはゲラゲラ笑い出す。当然ながらフラッドはムッとする。自分の感情をそんなふうに無神経に踏みにじられていい気持ちがする人間はいない。特にこの時点でのフラッドのように、ひどく心細い気分になっていればなおさらだ。

不愉快です、と彼は言う。あなたに私をあざ笑う権利はありませんよ。

そうかもしれない、とミスター・ブランクは、胸の痙攣《けいれん》が収まるとともに言う。でもつい笑ってしまったんだ。君が自分のことをあまりにも真剣に考えているものだから。そういうのは見ていて滑稽《こっけい》なんだよ、フラッド。

私は滑稽かもしれませんが、とフラッドは声に怒りを募らせて言う。でもあなたは、ミスター・ブランク……あなたは残酷です……残酷で、他人の苦しみに無関心です。あなたは人の人生をもてあそんで、自分がしたことに何の責任もとらない。私としても、ここに居座って自分の問題であなたを退屈させる気はありませんが、私の身に起きたことはあなたのせいだと私は思っています。そのことで心の底からあなたを責めて、あなたを軽蔑《けいべつ》します。

問題？　とミスター・ブランクはにわかに口調を和らげ、精一杯同情を示そうとして言う。どんな問題かね？

まず第一に、頭痛があります。それと、早期退職を強いられたことも。それから、破産したことも。それに妻との、というか元妻との問題もありますし、もちろん子供たちのこともあります、向こうはもう私とはいっさいかかわりたがりません。私の人生は破綻《はたん》してしまったんです、ミスター・ブランク。幽霊のように世の中を歩き回って、時おり自分が存在しているかも定かでなくなるんです。いままで一度だって存在したことがあったかどうかも。

で、その夢のことがわかったらそういうのがみんな解決すると思うのか？　それはちょっと無理じゃないかね。

この夢はただひとつのチャンスなんです。私という人間の、行方不明の部分みたいなもので、それが見つかるまでは、いつまでも自分自身に戻れないんです。ファンショーという人物は覚えていない。そいつの小説を読んだことも覚えていない。報告書を書いたことも覚えていない。君を助けてあげられたらと思うよ、フラッド。でも処置を受けさせられているせいで、私の脳は錆びた鉄の塊になってしまったんだ。

思い出そうとしてみてくださいよ。お願いしているのはそれだけです。やってみてください。

打ちひしがれた元警官の目をじっと見ていると、涙が頬を流れ落ちていることにミスター・ブランクは気がつく。哀れなもんだ、と彼は胸のうちで言う。少しのあいだ、クローゼットを見つけるのを手伝ってくれとフラッドに頼もうかとも考える。けさの電話でクローゼットのことをフラッドが話題にしたことをいま思い出したからだ。だが結局、そう要求することの是非を天秤《てんびん》にかけた末、やめにする。代わりに彼は言う。許してください、ミスター・フラッド。笑ったりしてすみませんでした。

フラッドはいなくなった。ミスター・ブランクはふたたび一人で部屋にいる。心乱される出会いの余波で、老人はむっつり不機嫌な気分でいる。喧嘩腰の不当な非難を浴びて、彼としても傷ついている。それでも、現在の状況に関する情報を増やす機会は無駄にしたくないので、椅子《いす》を回して机に向かい、メモ帳とボールペンに手をのばす。もうこの時点では、いますぐ書き留めておかねば名前があっという間に頭から出ていってしまうことを彼は自覚している。忘れてしまう危険は冒したくない。ゆえにミスター・ブランクはメモ帳の一ページ目を開いて、ペンを手にとり、リストにもうひとつ名前を加える——

ジェームズ・P・フラッド
アンナ
デイヴィッド・ジンマー
ピーター・スティルマン・ジュニア
ピーター・スティルマン・シニア
ファンショー

ファンショーの名前を書いている最中、フラッドの訪問中にもうひとつの名が口にされたことにミスター・ブランクは思いあたる。例の本の第三十章に出てくるフラッドの夢に関連して聞いた名前である。が、いくら思い出そうと頑張ってみても、答えは浮かんでこない。たしか第七章がどうこうと言ってたぞ、とミスター・ブランクは思う。家がどうこうとか。だがそれ以外、ミスター・ブランクの頭の中にはブランクがあるのみだ。自分の無能ぶりに腹が立つが、それでもとにかく何かは書いておいて、今後いつか名前が戻ってくるのを期待することにする。その結果リストは次のようになる。

ジェームズ・P・フラッド
アンナ
デイヴィッド・ジンマー
ピーター・スティルマン・ジュニア
ピーター・スティルマン・シニア
ファンショー
家がある男

ペンを置くと同時に、頭の中でひとつの言葉が響きはじめる。この後しばらく、その一語が胸のうちで反響しつづけるとともに、自分が大きな突破口の手前まで来ていることをミスター・ブランクは感じる。自分の未来に何が控えているかを明かす一助となってくれる、決定的な転換点がすぐそこにあるのだ。その一語とは公園である。部屋に入ってきて間もなくフラッドが向かいの公園で話すのはどうかと提案したことをミスター・ブランクはいま思い出す。何はともあれ、これはミスター・ブランクがそれまで抱いていた、自分は囚《とら》われの身だという前提を覆《くつがえ》す発言ではないか。この四つの壁に囲まれた空間に自分は閉じ込められていて、世の中に歩み出ることを永久に禁じられていると思っていたわけだが、実はそうではないかもしれない。そう思うといくぶん元気づけられるが、かりに公園に行くのは許されているとしてもそれで自分が自由だとは限らないということもミスター・ブランクは自覚している。もしかしたら、厳密な監視の下にのみそうした外出も可能なのかもしれず、日光と新鮮な空気とをひとしきり味わったらただちに部屋へ連れ戻され、ふたたび己の意志に反して囚人に戻るのかもしれない。公園についてフラッドに訊いてみるだけの余裕が自分になかったことをミスター・ブランクは悔やむ。たとえばそこが公共の公園なのか、それとも単に、いま暮らしている建物なり病院なりの敷地内にある木深い、もしくは草深い場所ということなのか。そして、要はすべて――この数時間で何度こう思い至ったことだろう――そこにあるドアがいかなるたぐいのものかという問題に帰着する。外側から鍵《かぎ》がかかっているのか、いないのか。ミスター・ブランクは目を閉じて、フラッドが部屋から出ていったあとに聞こえた音を思い出そうとする。あれは閂《かんぬき》をしっかり入れる音だったか、シリンダー錠に鍵を入れて回す音だったか、それとも単に掛け金が下ろされる音だったか？　ミスター・ブランクは思い出せない。会話が終わったころには、あの感じの悪い小男の泣き言めいた難癖にすっかり気を乱されてしまって、鍵とか閂とかドアといったささいな事柄に気を配る余裕がなくなっていたのだ。

この件をいよいよ自分で調べてみる時ではないか、とミスター・ブランクは考える。たしかに怖くはあるが、いつまでも宙吊《ちゅうづ》りの状態でいるより、ここではっきり真実を知った方がよいのではないか。そうかもしれない、とミスター・ブランクは思う。が、そうではないかもしれない、とも思う。と、ドアまで思いきって行ってみる度胸が自分にあるのかどうか決める余裕もなく、突如新たな、より切迫した、切迫した欲求《アージェント・アージ》とでも呼ぶのがもっとも相応《ふさわ》しく思える問題が再浮上する。ミスター・ブランクの体内に、ふたたび圧迫が募ってきたのである。さっきのように胃のあたり全体に広がる圧迫ではなく、今回はその十数センチ下、腹部の南端に位置しているように思える。こうした事柄をめぐる長年の経験から、排尿の必要があることを老人は理解する。椅子に座ったまま浴室まで移動してはどうかとミスター・ブランクは検討するが、どのみち椅子は浴室のドアから中には入らないし、椅子に座ったまま放尿もできないので、結局いずれは立ち上がらないといけないことをミスター・ブランクは悟り、もしまためまいに襲われたらトイレの座部に座り込めばいいので、結局歩いていくことに決める。ゆえに彼は椅子から立ち上がり、立ってみると平衡が乱れもせずさっき襲ってきたようなめまいの兆《きざ》しもないことに気をよくする。だがミスター・ブランクが忘れているのは、彼がもはや白いテニスシューズを履いておらず、黒いスリッパも履いておらず、足に白いナイロンの靴下を着けているのみという事実である。この靴下の生地はおそろしく薄く、木の床はおそろしく滑らかであるため、最初の一歩を歩んでみると、滑って進むのも不可能ではないことをミスター・ブランクは発見する。スリッパをつっかえつっかえ引きずって歩むのではなく、アイススケートのようにすーっと進んでいけるのではないか。

新しい快楽の形態がこうして現われたわけであり、机からベッドまで二、三度試しに滑ってみると、それが椅子に座って前後に揺れたりぐるぐる回ったりするのに劣らず楽しいことをミスター・ブランクは発見する。ひょっとしたらそれ以上かもしれない。膀胱《ぼうこう》内の圧迫はますます募ってきているが、想像のリンクを回る一時《ひととき》をあと少しでも引き延ばそうと、ミスター・ブランクは浴室への移動をあえて遅らせる。片方の足を宙に浮かせ、次にもう一方の足を浮かせ、あるいは両足とも床に触れつつ漂うように部屋の中をスケートしているうちに、ミスター・ブランクはいつしかまた遠い過去に戻っていく。揺り木馬ホワイティの時代や、母親の膝《ひざ》に乗ってベッドの上で服を着せてもらった朝にまで戻りはしないが、それでもずいぶん昔まで戻る――少年時代のちょうど真ん中あたり、十歳、あるいは十一歳のころ。十二歳まで行っていなかったことは間違いない。一月か二月の寒い土曜の午後のことである。ミスター・ブランクが育った街の小さな池が凍って、当時はブランク坊《マスター・ブランク》ちゃんと呼ばれていた若きミスター・ブランクは、初恋の女の子と手をつないでスケートをしていた。女の子は緑の瞳に赤味がかった茶色の髪で、その長い赤味がかった茶色の髪が風に乱れ、頰は寒さに赤らみ、名前はもう忘れてしまったがたしかSではじまっていたはずだとミスター・ブランクは思う。うん、それは確かだ、ひょっとしたらスージーだったか、それともサマンサ、サリー、シリーナ、いやどれも違う。だがそれはどうでもいいことだ。肝腎《かんじん》なのは、そのとき彼が生まれて初めて女の子と手をつないだことであり、いま何より生々しく思い出すのは、自分が新しい世界に入ったという感触、女の子と手をつなぐことが何にも増して望ましい善である世界に入ったという感触である。名前がSではじまるこの幼い子に寄せる彼の思いはこの上なく熱かったから、スケートを終えて池のほとりの切株に二人で腰かけると、マスター・ブランクは大胆にも身を乗り出して彼女の唇にキスしたのだった。そのとき彼を戸惑わせ、かつ傷つけたことに、何らかの理由ゆえS嬢はゲラゲラ笑い出し、顔をそむけて、以来ずっと彼の記憶から消えていない一センテンスを発した。目下のような悲惨な事態に陥り、頭の中も万全ではなく、ほかの多くのことが失われてしまっていても、その一言は忘れていない――馬鹿なことしない《ドント・ビー・シリー》で。彼の愛の対象はまだ十歳か十一歳で、こうした事柄をまったく理解しておらず、異性の一員からの情愛あふれる接近が何らかの意味を持つ段階までいまだ成熟していなかった。それゆえ、マスター・ブランクのキスに対し自らのキスで応《こた》える代わりに、彼女は笑ったのである。

この拒絶はその後何日も脳裡《のうり》から消えず、胸に大きな痛みをもたらしたので、息子の陰気な様子を見た母親に、いったいどうしたのと訊かれたほどだった。ミスター・ブランクはまだ幼く、母親に秘密を打ちあけることにためらいを感じなかったので、何もかも母に話した。すると母は、心配ないわ、浜辺にはほかにも小石があるのよと言った。その表現をミスター・ブランクが聞いたのはこれが初めてで、女の子が小石にたとえられるなんて奇妙だと思った。少なくとも彼の経験では、両者は全然似ていないと思えたのである。にもかかわらず彼はその比喩《ひゆ》を理解し、母の言わんとしていることも把握したが、その意見には同意しなかった。情熱というものはつねに、現在も未来も、ただひとつの対象以外には目を閉ざしてしまうものである。ミスター・ブランクにしてみれば、意味ある小石は浜辺にひとつしかなかったのであり、そのひとつを我がものにできないのであれば、ほかの小石に興味はなかった。むろん時がそうしたいっさいを変え、年月が過ぎるにつれて母の言葉の叡智《えいち》がミスター・ブランクにも見えるようになった。そしていま、白いナイロン靴下で室内を滑走しつづけながら、あれ以来いくつの小石があっただろうとミスター・ブランクは考える。何しろ記憶がおよそ万全とは言いがたいため確信はないが、数十個あったことは間違いなく、ひょっとすると百を超えるかもしれない。数えきれないほどの小石が過去にあったのであり、そのひとつの頂点がアンナだったのだ――何年も前に失われ、今日この日、愛の無限の浜辺において再発見された女の子。

こうした思いが、ほんの数秒――十二秒か、せいぜい二十秒か――のうちにミスター・ブランクの頭の中を飛びかい、その間ずっと、過去が胸のうちに湧《わ》き上がってくるとともに、室内をスケートで回りながらバランスを失わぬよう集中力を保とうと彼は努める。が、ほんの十数秒のこととはいえ、やがて一瞬、過去の日々が現在を凌駕《りょうが》する瞬間が訪れる。考えつつ動く代わりに、自分が動いていることを忘れてもっぱら考えの方に集中してしまい、その直後、おそらく一秒と経たぬうち、長くてもせいぜい二秒後に、足が滑ってミスター・ブランクは床に倒れる。

幸い頭を打ちはしないが、その他あらゆる点でこれはたちの悪い転倒である。靴下を履いた両足が、つるつる滑る木の板に何とか留まろうとあがくなか、体はうしろ向きに虚空《こくう》へと落ちていき、ミスター・ブランクは転倒の衝撃を和らげようと空《むな》しく両手を背後につき出す。だが結局、尾骨がもろに床を打ち、活火山のごとき炎の滝を両脚から胴へと送り出す。落ちたときに両手もついたので、手首と肱《ひじ》も一気に炎に包まれる。ミスター・ブランクは床の上でのたうち回り、呆然《ぼうぜん》とするあまり自分を哀れに思う余裕もない。そして自分を包み込む痛みを何とか吸収しようと努めているうちに、ペニスおよびその周囲の筋肉を収縮させることをミスター・ブランクは忘れてしまう。スケートで過去へ入っていくあいだの短い時間、彼はずっとその収縮に努めていた。何しろもう膀胱は破裂しそうに膨らんで、意識して押さえ込む努力をしないことには、恥ずべき気まずいアクシデントを生み出す直前まで来ている。だがいまや痛みはあまりに大きい。ほかのすべての思いを痛みは頭の外に押しやり、ついに件《くだん》の筋肉が緩んでしまう。尿道が不可避の流れに屈するのをミスター・ブランクは感じ、次の瞬間、彼はズボンのなかに小便を漏らしている。これじゃ赤ん坊と同じだな、と生温かい尿が体内から流れ出て脚を伝って落ちていくとともにミスター・ブランクは思う。それからこう独り言をつけ加える――乳母に抱かれてメソメソ泣いてゲロ吐いて。そうして、洪水が収まると、声をかぎりに彼は叫ぶ――阿呆《あほう》！　阿呆の老いぼれ！　お前いったいどうなってるんだ？

目下ミスター・ブランクは浴室にいて、不随意に抑制を失ったせいでどれも黄色く濡《ぬ》れてしまったズボン、下着、靴下を脱いでいる最中である。己のヘマによる動揺から醒《さ》めやらず、床に激突したため骨もまだ痛む体で、服を一点一点いまいましげに浴槽に放り込み、それから、さっきアンナが体を拭いてくれるのに使った白いタオルを手に取って、湯で濡らしながら脚と股間《こかん》を洗う。そうしているうちに、締まりのない状態にあったペニスが徐々に肥大してきて、垂直から四十五度にまで上昇する。この数分間で何重もの屈辱を味わわされてきたミスター・ブランクであるが、この展開には慰めを覚えずにいられない。何だか、自分の名誉はいまだ損なわれていないことを証明してもらったような気がする。さらに何度か引っぱってみると、古き友は体から九十度の角度で突き出る。かくして、けさ二度目の勃起《ぼっき》に先導されてミスター・ブランクは浴室を出て、ベッドまで歩いていき、アンナが枕《まくら》の下に入れておいてくれたパジャマのズボンに脚をつっ込む。革のスリッパに両足を押し込むころにはミスター大物もう縮みはじめているが、それ以上何の摩擦も心理的刺激もないのだからまあ仕方ない。パジャマのズボンを穿《は》いてスリッパを履いてみると、白いズボンとテニスシューズのときより快適だが、と同時に、着替えたことを疚《やま》しく思わずにもいられない。もはや自分は全身白ずくめではなく、ピーター・スティルマン・ジュニアの要請に基づくアンナとの約束を破ったことになるからだ。このことが彼に深い痛みを、いまだ彼の体じゅうで反響しつづけている肉体的痛みよりもっと深い痛みをもたらす。タイプ原稿を読む作業を再開しようと、足を引きずって机に向かいながら、次にアンナに会ったら何もかも潔《いさぎよ》く白状しようと彼は心に決める。彼女ならきっと許してくれるだろう。

少しして、ミスター・ブランクはふたたび椅子に座り、尾骨が疼《うず》くのを感じながら尻《しり》をもぞもぞ動かし、まあいちおう我慢できる姿勢に落着く。そして彼は読みはじめる。

異人領で騒動が持ち上がっていると初めて聞いたのは半年前のことだ。真夏の夕方で、私は一人で執務室にいて、年二回の報告書の仕上げに取り組んでいた。そのころにはもうとっくに白い綿のスーツの季節に入っていたが、この日はことのほか暑く、むっとする空気が重くのしかかってきて、どんなに薄物の服でも過剰に感じられた。すでに十時に、上着を脱いでネクタイを外すよう部下たちに指示を出していたが、ほとんど効き目がないようだったので、正午にはもう全員を帰宅させた。どのみちみんな、朝のあいだずっと顔を扇《あお》いで額から汗を拭《ぬぐ》う以外何もしていなかったから、これ以上いさせても無意味だと思ったのだ。

外務省の角を曲がったところにある小さなレストランの兄弟館《ブルーダー・ホーフ》で食事したことを覚えている。そのあとサンタ・ヴィクトリア大通りをそぞろ歩き、顔を撫《な》でる風が少しは吹いているのではと川まで行ってみた。子供たちがおもちゃのボートを水に浮かべ、女たちが三人か四人ずつ黄色いパラソルをさしてはにかんだ笑みを浮かべながら通りかかり、若い男たちが芝生にたむろしていた。私は前々から、夏の首都が大好きだ。独特の静けさがこの季節を包んでいる。忘我にも似た雰囲気が、生物と無生物の違いを曖昧《あいまい》にしてしまうように思え、大通りを歩く人波はいつもよりずっと小さく静かで、ほかの季節の狂おしい賑《にぎ》やかさがほとんど嘘《うそ》のように思えてくる。これはきっと、この時期、摂政《せっしょう》とその一家が街を離れて、宮殿が空っぽになり、見慣れた窓に青い鎧戸《よろいど》が降りて、連邦の現実感が失われてくるからだろう。大いなる距離も、はてしない属領も人びとも、そこで生きられている生活の混沌《こんとん》と喧騒も、すべて意識はしているのだが、なぜかみんないつもより隔たったように感じられる。まるで、連邦が何か内面的なものに、一人ひとりが己のうちに抱えている夢になったかのように。

執務室に戻ると、四時まで休まず仕事を続けた。ちょうどペンを置いて、結びの一節に思いをめぐらせようとしたところで、大臣の秘書官が現われて邪魔が入った。ジエンセンだったか、ジョンソンだったか、そんな名の若い男だ。その男が私にメモを渡し、私が読んでいるあいだ慎ましくよそを向いて、大臣に持って帰る答えを待っている。それはごく短いメッセージだった。今晩私の家に寄ってもらえないだろうか。急な話で申し訳ないが、大事な用件があってぜひ相談したいのだ。ジュベール。

課の便箋《びんせん》を使って、お招きありがとうございます、八時に伺いますと返事を書いた。赤毛の秘書は手紙を持って立ち去り、その後数分私は机にとどまって、たったいまの出来事をどう考えるべきか、首をひねっていた。ジュベールは三か月前に大臣に任命されたが、以来私は一度だけ、彼の就任を祝う局主催の公式晩餐会《ばんさんかい》で会ったきりだった。普通の状況であれば、私程度の地位の人間が大臣とじかに接することはめったにない。自宅に、しかもこんなに急に呼ばれるなんて妙である。これまで聞いたかぎりでは、行政官として自分勝手にふるまったり派手派手しい真似《まね》に走ったりもしないらしいし、己の権力を気まぐれに、もしくは理不尽に誇示したりもしない。こうしたいかにも個人的な場に呼んだからには、べつに私の仕事を批判する気なのではあるまい。だが同時に、切羽詰まった感じの文面から見て、単なる社交的な会合で済みそうもないことも明らかだった。

そのような高い地位にのぼりつめた人物にしては、ジュベールは堂々たる見かけとは言いがたかった。もうじき六十に手の届く、ずんぐりした小男で、近眼に団子鼻、私と話していた最中もずっと鼻眼鏡の位置を直しつづけていた。大臣邸に着くと、私は召使いに案内されて廊下を歩き、一階の小さな書斎に通された。流行遅れの茶色いフロックコートを着て皺《しわ》くちゃの太いネクタイを締めたジュベールが私を迎えるべく立ち上がると、連邦の最重要人物の一人というよりは、判事助手補佐と握手しているという気にさせられた。が、いったん話がはじまると、そうした錯覚はたちまち霧散した。ジュベールは明晰《めいせき》で目配りの利《き》く人物で、その一言一言に権威と確信がこもっていた。こんな時期に呼びつけて済まないと謝ってから、机の向かいにある、金箔《きんぱく》を被《き》せた革の椅子を指すので、私は腰を下ろした。

——エルネスト・ラントのことは君も聞いたことがあるだろうね、と彼はそれ以上空虚な儀礼に時間を無駄にせず言った。

——もっとも親しい友人の一人でした、と私は答えた。南東国境戦争で一緒に戦いまして、そのあとも同じ諜報部《ちょうほうぶ》に勤務しました。三月四日の合併条約のあと、彼から女性を紹介されまして、結局彼女と結婚しました。もう亡《な》くなりました妻のベアトリーセです。エルネストはまれに見る勇気と能力の持ち主でした。コレラの流行で彼が死んだことは、私にとって大きな痛手でした。

——それが公式の物語だ。死亡証明書も市の文書館《もんじょ》にファイルされている。だが、最近何度か、ラントの名前が出てきているのだ。そうした報告が事実だとすれば、どうやら彼はまだ生きているらしい。

——それは素晴らしい知らせです。大変嬉《うれ》しいです。

——過去何か月か、ウルティマの駐屯地《ちゅうとんち》から噂が流れてきている。確証はいっさいないが、それらによると、ラントはコレラの流行が終わって間もなく国境を越えて異人領に入った。首都からウルティマまでは三週間の旅だ。だとすれば疫病《えきびょう》発生の直後にはもう街を出たことになる。ならばおそらく、死んではいない。単に行方不明になっただけだ。

――異人領は立入禁止ですよね。誰でも知っていることです。入領禁止令が実施されてもう十年になります。

――にもかかわらず、ラントはそこにいるのだ。もし情報が正しければ、百人以上の軍を従えて移動していた。

――おっしゃっていることがわかりません。

――原初民《プリミティヴズ》のあいだに不満を引き起こして、西方諸州に対する暴動を煽動《せんどう》しようとしていると我々は考えている。

――ありえません、そんなこと。

――この世にはありえないことなどないよ、グラーフ。そのことは君が誰よりよく知っているはずだ。

――連邦の理念をあれほど熱く信じている男はいません。エルネスト・ラントは愛国者です。

――人は時に考えを変える。

――きっと何かの間違いです。反乱なんて不可能です。軍事的行動を起こすには、原初民同士がひとつにまとまる必要があります。そんなことはあったためしがないし、これからだってありえません。私たちと同じで、多種多様に分離していますから。習慣の違い、言葉の違い、宗教の違いゆえに何世紀も反目しあってきたのです。東のタッカマンたちは我々と同じく死者を埋葬します。西のギャンギは盛り土の上に死者を横たえて、死体が陽《ひ》なたで腐るよう放置します。南の烏人《カラスびと》は火葬に付します。北のヴァーントゥーは死体を料理して食べます。我々の目には神への冒瀆《ぼうとく》と映る行為ですが、彼らにとっては神聖な儀式なのです。それぞれの国がいくつもの部族に分かれて、それがまたさらに士族に分かれていて、過去何度も国同士で争ってきたのはもちろん、国内の部族同士も諍《いさか》いをくり返してきました。彼らが団結するなんてとうてい考えられません。もしまとまった行動ができていたら、そもそも戦争に負けはしなかったでしょう。

――どうやら君は、属領のことがよくわかっているようだな。

――庁に勤めて間もないころ、原初民に混じって一年以上暮らしましたから。もちろん、入領禁止令が出される前のことです。あちこちの士族の部落を渡り歩いて、それぞれの社会のしくみを研究して、食事の掟《おきて》から交尾の儀式まで調査したのです。忘れがたい経験でした。それ以後どの仕事にも全力を尽くしてきましたが、あれが私のキャリアの中で一番やり甲斐《がい》のある任務だったと思います。

――かつてすべては彼らのものだった。やがて船団がやって来て、イベリアとガリアから、アルビオン、ゲルマニア、タタールの諸王国から移住者が入ってきた。原初民はじわじわと自分の土地から追い出されていった。我々は彼らを虐殺《ぎゃくさつ》し、隷属《れいぞく》させ、それから、西方諸州の彼方《かなた》のひからびた不毛な属領にまとめて押し込んだ。君も各地を回っていて、相当の恨みつらみに行きあたっただろうな。

——案外そうでもなかったですよ。四百年も争いが続いたあとですからね、大半の国は平和になって喜んでいました。

——それも十年前の話だ。もういまでは彼らも、自分たちの立場を考え直しているかもしれない。もし私が彼らの境遇だったら、何としても西方諸州を再征服したいと思うだろうね。あそこなら土地も肥沃《ひよく》だ。森には獲物がたくさんいる。もっといい、楽な暮らしができる。

——原初民の全国家が入領禁止令を承認したことをお忘れですよ。もう戦いも終わりましたし、今後は連邦の干渉もなしに自分たちだけの世界で生きることを望むはずです。

——私としても君の言うとおりならいいと思うよ、グラーフ。だが私の義務は連邦の安全を護《まも》ることだ。根拠があってもなくても、ラントをめぐる報告を調査せざるをえない。君は彼を知っていて、属領で暮らしたこともある。庁で君ほどこの役に相応しい人物はほかに思いつかない。君に行けと命令はしないが、引き受けてくれたら実に有難い。事によると連邦の未来がかかっているかもしれない。

――ご信頼いただけるのは大変名誉です。でも、国境を越えることを許可されなかったらどうします？

――駐屯地の司令官ド・ベガ大佐に宛《あ》てた私の信書を持たせる。向こうはいい顔をしないだろうが、といってどうしようもあるまい。中央政府からの命令に従わないわけには行かないさ。

――ですがもしおっしゃることが本当で、ラントが百人の兵士を連れて異人領にいるとしたら、心穏やかでない疑問が生じるのではないでしょうか。

――疑問というと？

――どうやってそこに行ったか、です。聞くところでは、境界にそってずっと軍勢が配置されているはずです。一人の人間がくぐり抜けるというならまだ想像できますが、百人は無理です。ラントが抜け出したとすれば、ド・ベガ大佐も承知の上でのことだったにちがいありません。

――そうかもしれない。そうでないかもしれない。その点も君に解明してほしい謎《なぞ》だ。

――いつ出発すればいいでしょう？

――できるだけ早く。省からの馬車を一台、自由に使えるよう手配する。必要な品は揃《そろ》えるし、手続きに関してもすべてこっちでやる。着のみ着のまま、信書だけ持っていってくれればいい。

――では明日の朝に発《た》ちます。ちょうど半年に一度の報告書を書き終えたところで、机の上も片付いていますから。

――信書を受けとりに九時に省へ来たまえ。執務室で待っている。

――かしこまりました。では明日朝九時に。


グラーフとジュベールの会話の終わりまで来たとたんに電話が鳴り出し、原稿を読む作業はふたたび中断を強いられる。小声で悪態をつきながらミスター・ブランクは椅子から身を引き出し、よたよたと部屋の反対側のベッドサイドテーブルに向かうが、さっき転んだせいで動きはおぼつかず、足どりもひどく重く、やっと受話器を取るのはベルが七回鳴った時点である。さっきフラッドからかかってきたときはもっと動きも敏捷《びんしょう》で、四回目に出られたのだが。

何の用だ？　とミスター・ブランクはベッドに腰を下ろしながらきつい声で言い、突然、またいつものめまいが体の中で渦巻くのを感じる。

物語を読み終えたかどうか知りたいんです、と落着いた男の声が答える。

物語？　何の物語だ？

あなたが読んでいた物語です。連邦をめぐる物語です。

物語だとは知らなかったよ。報告書みたいに読めるよ、本当に起きた話みたいに。

絵空事ですよ、ミスター・ブランク。フィクションです。

なるほど。どうりで聞いたこともない場所なわけだ。今日は頭が万全じゃないことはわかってるが、てっきりこの原稿、グラーフが書いて何年も経《た》ってから誰かが見つけて、タイピストが清書したのかと思った。

まっとうな誤解です。

馬鹿《ばか》な誤解だよ。

心配は要りません。私はとにかく、読み終わったかどうかだけわかれば。

あと少しだ。もう何ページかで終わる。こんな電話がかかってきて邪魔されたりしなけりゃ、きっといまごろ終わりまで来てるさ。

結構。十五分か二十分したら伺いますから、診察をはじめましょう。

診察？　何の話だ？

私はあなたの医師です、ミスター・ブランク。毎日そちらに伺っています。

医者なんかいた覚えはないぞ。

もちろんそうでしょう。処置が効いてきた証拠です。

私の医師に名前はあるのかね？

ファー。サミュエル・ファーです。

ファー……ふむ……うん、サミュエル・ファーね……君、アンナという名前の女性を知っていたりしないよな？

その話はあとでしましょう。当面は、物語を読み終えてくださればいいのです。

わかった、では読み終えよう。だが君がこの部屋に来たとき、どうやって君だとわかる？　君のふりをした他人だったらどうする？

机の上に私の写真があります。上から十二枚目です。しっかり見ておいてください、そうすれば私が来たときにすぐわかりますから。

ミスター・ブランクはふたたび椅子に座って、机の上にかがみ込んでいる。指示されたとおりサミュエル・ファーの写真を山の中から探す代わりに、メモ帳とボールペンに手をのばし、リストにもうひとつ名前を書き足す。

ジェームズ・P・フラッド
アンナ
デイヴィッド・ジンマー
ピーター・スティルマン・ジュニア
ピーター・スティルマン・シニア
ファンショー
家がある男
サミュエル・ファー

メモとペンを脇《わき》へ押しやり、すぐさま物語のタイプ原稿を手に取る。部屋の中にあるはずのクローゼットを探すことをとっくに忘れてしまったのと同じように、サミュエル・ファーの写真を探すつもりだったのもすっかり忘れている。最後の数ページには次のように書かれている。

ウルティマまでの長旅で、この任務の意味について考える時間はたっぷりあった。三百キロごとに御者が交代し、私は座って外の風景を見ている以外何もすることがなく、目的地に近づくにつれてだんだん恐怖感が募ってきた。エルネスト・ラントはかつて私の同志であり親友だった。生涯わが身を献《ささ》げてきた大義に対する反逆者に彼がなったというジュベールの審判は、私にはとうてい受け容《い》れがたかった。第三十一年の合併後も彼は軍隊にとどまり、戦争省の諜報部員として仕事を続けた。わが家に来て私たち一家と食事をしたり、官庁通り近くの酒場で二人で午後の食事を共にしたりするたび、連邦の不可避の勝利をめぐって彼は熱っぽく語り、私たちがごく若かったころからずっと夢見てきたすべて、そのためにこそ戦ってきたすべてがついに実現するのだという確信をみなぎらせていた。それがいま、ウルティマにいるジュベールのスパイによれば、ラントはコレラ流行の際に死を逃れたばかりか、実は己の死を偽装して、反連邦派の小さな軍隊を率いて荒野に姿を消し、原初民のあいだに反乱を煽動しようとしているという。彼について私が知るすべてから考えて、馬鹿げた、途方もない非難としか思えなかった。

ラントは北西部の古地《ティエラ・ビエハ》地方の農業地帯の出で、私の妻のベアトリーセと同郷である。二人は幼馴染《おさななじ》みで、何年ものあいだ、どちらの家族もいずれ二人が結婚するものと決めていた。一度、ベアトリーセも私に、エルネストが初めての恋人だったことを打ちあけたことがある。やがて彼が自分に背を向け、至高《モン・シュブリム》山地方の出の海運業財閥の娘オルタンス・シャテルトンを妻に娶《めと》ったときは人生が終わってしまったような気がしたという。だがベアトリーセは強い娘だった。自分の苦しみを誰かに打ちあけるにはプライドが高すぎた。そして、見事な勇気と威厳を示して、両親と兄二人と一緒に、シャテルトン屋敷で開かれた豪勢な結婚祝いにも出席した。私たちが紹介されたのはそのときだった。初めて会ったその晩に私は彼女の虜《とりこ》となったが、一年半にわたる求婚を経てやっと、彼女は私のプロポーズを受け容れてくれた。彼女の目から見て、自分がラントの足下にも及ばないことは私も承知していた。ラントほどハンサムでも才気煥発《かんぱつ》でもないし、私の堅実な性格や彼女に対する熱烈な献身が、生涯共に暮らす上では劣らず重要な特質だということを納得してもらうにはしばらく時間がかかった。ラントを敬服してはいても、彼の欠点にも私は気がついていた。彼にはつねにどこか粗暴で荒々しいところがあって、自分が他人より優れていることを頑迷に確信していた。魅力も説得力もあるし、どこにいても人目を惹《ひ》きつける力を生まれつき持っているのに、その表面のすぐ下に、度しがたい虚栄心がひそんでいることも感じさせた。オルタンス・シャテルトンとの結婚は不幸な結果に終わった。ラントはほとんどはじめから妻に不義を働き、四年後彼女が出産時に亡くなったときも、その喪失からすぐに立ち直った。喪に服し、公《おおやけ》に悲しみを表明するといった型はひととおり演じたものの、心の底には傷心よりも安堵《あんど》があるように私には感じられた。その後私たち一家は、しじゅう彼に会うようになった。私たちが結婚した当初よりもずっと頻繁に会った。こういう点は彼のいいところだと思うが、私たちの幼い娘マルタを非常に可愛《かわい》がるようになって、家に来るときはいつもお土産を持ってきて、惜しみなく愛情を示してくれたので、娘は彼のことを英雄的存在と、この世で誰より立派な人間と見るようになった。私たちと一緒にいるときのラントはいつもこの上なく礼儀正しかった。とはいえ、かつて私の妻の胸のうちで彼のために燃えていた炎が本当にすっかり消えたのか、時おり疑問に思った私を誰がとがめられるだろう？　不適切なことは何も起こらず、私の嫉妬《しっと》を招くような言葉や視線が交わされたりもしなかった。だが、妻とラント両方の命を奪ったはずのコレラ流行も過ぎたいま、ラントが生きているという報告が届き、ベアトリーセの行方を私が懸命に調べて回ったにもかかわらず疫病流行中に首都で彼女の姿を見かけた人間が一人も見つかっていないという事実は、いったいどう捉《とら》えたらよいのか？　あれでもし、ジャイルズ・マクノートン相手に、妻に関する悪意あるほのめかしが元の醜悪な喧嘩《けんか》をやったりしていなければ、ウルティマへ向かう道中、あそこまで暗い疑念で自分を苛《さいな》みはしなかっただろう。でももし、私がティエラ・ブランカ地方の独立共同体を旅しているあいだに、ベアトリーセとマルタがラントと一緒に家出したのだとしたら？　そんなことはありえないと思えたが、出発前夜にジュベールが私に言ったとおり、この世にありえないことなどひとつもないのであり、そのことは私が誰よりよくわかっているはずなのだ。

馬車の車輪は回転を続け、旅の中間地点であるウォリングハムの郊外に着いたころには、自分が二重に恐ろしい事態に近づきつつあることを私は理解した。もしラントが連邦を裏切ったのなら、大臣からの命令は彼を拘禁し鎖につないで首都に連れ帰ることだ。これだけでも気が滅入《めい》る話だが、もし友が私の妻と娘をさらって私を裏切ったのだとしたら、私は彼を殺す気だった。それだけは確かだった。どういう波紋がそこから生じようと構いはしない。そんな考えを抱いたことで神に呪《のろ》われても仕方ないが、エルネストのためにも私のためにも、ベアトリーセがすでに死んでいますようにと私は祈った。

ミスター・ブランクは原稿を机の上に放り出し、不満と軽蔑にふんと鼻を鳴らし、終わりのない物語を読まされたことに憤慨している。まだはじまったばかりの未完作品、ただのしょうもない断片ではないか。何てクズだ、と彼は声に出して言い、それから、椅子を一八〇度回転させて浴室のドアまで転がしていく。ミスター・ブランクは喉《のど》が渇いている。手近に飲み物がないので、唯一《ゆいいつ》の解決策は浴室の洗面台の水をコップに注ぐことである。椅子から立ち上がり、ドアを開けて、まさにそれを実行するために足を引きずって前進しながらも、出来損ないの、物語とも呼べない代物《しろもの》に時間を無駄にしたことを悔やんでいる。そしてコップに一杯水を飲み、もう一杯飲み、左手を洗面台に載せてバランスを取りながら、浴槽に放り込まれた洗濯物を侘《わび》しい顔で眺める。せっかくこうして浴室に来ているのだから、念のためもう一度小便に挑戦しておくか、とミスター・ブランクは考える。あまり長く立っているとまた転んでしまうと思って、パジャマのズボンを下ろして便座に腰かける。女みたいだな、と胸のうちで独りごち、もし男に生まれなかったら人生ずいぶん違っていただろうな、と考えてにわかに愉快な気分になる。さっきのアクシデントもあって、彼の膀胱は己を弁護する言葉もさして持たないが、それでもチョロチョロと貧弱なほとばしりを何回か達成する。ミスター・ブランクはパジャマのズボンを引き上げながらそろそろと立ち上がり、水を流して、洗面台で手を洗い、その手をタオルで拭《ふ》き、それから回れ右してドアを開ける――と、一人の男が部屋の中に立っているのが見える。またチャンスを逃したな、とミスター・ブランクは思う。きっとトイレを流す音で、この男が入ってくる音がかき消されたにちがいない。ドアの鍵が外からかかっているか否《いな》かの問題は依然未解決である。

ミスター・ブランクは椅子に腰を下ろし、くるっと半回転して、新たな訪問者を見てみる。背の高い、三十代半ばの男で、ブルージーンズに襟の開いた赤いボタンダウンのシャツ。黒い髪、黒い瞳《ひとみ》、もう何年も笑っていないかのように見える頬のこけた顔だ。だが、ミスター・ブランクがこう観察したとたん、男は彼に向かってにっこり笑い、こんにちはミスター・ブランク、ご機嫌いかがです？　と言う。

前にお会いしたかね？　とミスター・ブランクは訊《き》く。

写真をご覧にならなかったんですか？　と男は応じる。

写真って？

机の上の写真ですよ。上から十二枚目のです。覚えてます？

ああ、それか。うん、覚えてると思うよ。見ておけって言われたんだったよな？

それで？

忘れたよ。あの馬鹿な話を読むのに忙しくて。

構いませんよ、と男は言い、回れ右して机まで歩いていき、写真の束を取り上げ、問題の一枚にたどり着くまで山をめくっていく。それから、ほかの写真を机の上に戻し、ミスター・ブランクの方に歩いていって肖像を渡す。どうです、ミスター・ブランク？と男は言う。私ですよ。

じゃああんたが医者なんだな、とミスター・ブランクは言う。サミュエル……サミュエル・何とかだ。

ファー。

そうだ。サミュエル・ファー。思い出したぞ。あんた、アンナと何か関係があるんだよな？

ありました。でももうずっと前の話です。

両手にしっかり握った写真を、ミスター・ブランクは自分の顔の真ん前に来るまで持ち上げ、たっぷり二十秒くらいしげしげと眺める。いまとほとんど変わらないファーが、どこかの屋敷の庭に座っていて、医者の白衣を着て、人差し指と中指のあいだにはさんだ煙草《たばこ》に火が点《つ》いている。

わからんな、ミスター・ブランクは言い、突然また新たな苦悶《くもん》の発作に襲われる。それが熱い石炭のように胸を焼き、胃はぎゅっとこぶしの形に縮まる。

どうしてです？　とファーが訊く。よく似てると思いませんか？

完璧《かんぺき》に似てるさ。いまの方が一、二歳年をとってるかもしれんが、写真の男は間違いなく君だ。

それってまずいですか？

だって君、すごく若いじゃないか、とミスター・ブランクは震える声で言い、目にたまってきた涙を必死にこらえている。アンナも写真では若い。だけどあれは三十年以上も前に撮ったと言ってたぞ。彼女はもう若い娘じゃない。髪は白いし、夫も亡くしたし、もう年寄りになりかけてる。でもファー、君は違う。君は彼女と一緒にいたんだろう。私が彼女を送り出したあの恐ろしい国に君はいた、そしてそれは三十年以上も前のことなのに君は全然変わっていない。

ファーはためらう。どう答えたらいいか、明らかに迷っている。ベッドの縁に腰かけて、膝の上に両手を広げ、床を見下ろし、奇《く》しくもこの報告書のはじまりで我々が目撃した老人の姿勢と同一のそれに落着く。長い沈黙が続く。やっとのことで、ファーは小声で言う。それについては話すことを許されていないんです。

ミスター・ブランクはぞっとした顔でファーを見る。つまり君は死んでるってことだろう、と彼は叫ぶ。そうだろう、そうなんだろう？　君は帰ってこなかった。アンナは生き延びたが、君は駄目だったんだ。

ファーは顔を上げてにっこり笑う。ミスター・ブランク、私、死んでいるように見えますか？ そりゃ人間みんな辛《つら》い目に遭ったりしますが、私だってあなたと同じに生きてますよ、ほんとです。

ああ、だが誰に断言できる、私が生きていると？ とミスター・ブランクは言って陰鬱《いんうつ》な顔でじっとファーに見入る。ひょっとして私だって死んでるのかもしれないじゃないか。けさあったいろんなことからして、死んでたとしてもちっとも驚かないね。何が処置だ。それって要するに、死んでるってことだろう。

いまは覚えてらっしゃいませんが、とファーは、ベッドから立ち上がってミスター・ブランクの両手から写真を抜き取りながら言う。すべてはあなたの思いつきなんですよ。私たちはあなたに頼まれたことをしているだけです。

馬鹿馬鹿しい。弁護士に会わせろ。弁護士にここから出してもらう。私にだって権利はあるんだぞ。

それはご用意できます、とファーは答えて、写真を机に持っていき、山の中に戻す。よろしければ今日の午後にでも人を来させましょう。

それは結構、とミスター・ブランクは、ファーの思いやりある柔軟な姿勢にやや拍子抜けして口ごもる。そう来なくちゃ。

腕時計をチラッと見ながらファーは机から戻ってきて、ふたたびベッドに腰を下ろし、浴室のドアのかたわらで椅子《いす》に座ったままのミスター・ブランクと向きあう。そろそろ話をはじめませんと、と青年は言う。もう時間も遅くなってきましたから。

話? 何の話だ?

診察ですよ。

その言葉は知ってるが、その言葉で何を意味してるのかはさっぱりわからんね。

物語について二人で話しあうことになってるんです。

そんなことして何になる? あんなの物語といったってはじまりだけじゃないか。私が生まれ育ったところじゃ物語にははじまりと真ん中と終わりがあるんだぜ。

まったく同感ですね。

で、あの代物を書いたのは誰だ? 表に引っぱり出して射殺してやればいいんだ。

ジョン・トラウズという男です。聞いたことあります?

トラウズ……ふむ……たしか、小説家じゃなかったかね? もう何もかもぼやけちまったが、何冊か読んだんじゃないかな。

読まれています。大丈夫、お読みになっています。

じゃあ何でそういうのを読ませないんだ？　あんな中途半端《はんぱ》な、タイトルもない書きかけの話なんかじゃなしに。

実は書き上げたんです。原稿にして一一〇ページになります。トラウズが五〇年代はじめ、まだ作家として駆け出しのころに書いたんです。あまり評価なさらないかもしれませんが、二十三か四の若者にしては悪い出来じゃありません。

どういうことだ。なぜ残りを見せてくれない？

処置の一環だからですよ、ミスター・ブランク。私たちがいろんな文書を机に置いたのは、単にあなたを楽しませるためじゃありません。ちゃんと目的があるんです。

たとえば？

まず、反射能力のテスト。

反射能力？　そんなの何の関係がある？

精神面の反射能力。感情面の反射能力。

で？

物語の続きを語っていただきたいのです。読み終えたところからはじめて、このあとどうなるのがいいかを、最後の一段落、最後の一語まで聞かせてください。はじまりはもうあります。真ん中と終わりを考えてほしいんです。

何なんだこれ、パーティの余興か？

そう思っていただいても。私としては、想像力を活《い》かした理性的思考の練習と考えたいですが。

耳当たりのいい言葉だな、ドクター。想像力を活かした理性的思考。いったいいつから想像力と理性が結びついたのかね？

いまからですよ、ミスター・ブランク。あなたが物語の続きを語りはじめる瞬間からです。

いいだろう。どうせほかにもっとましな用事があるわけじゃなし。

その意気ですよ。

与えられた課題に集中しようとミスター・ブランクは目を閉じるが、部屋を遮断し身の周りの世界を追い出したとたん、悪《あ》しき影響が生じてしまう。この物語において以前にもミスター・ブランクの脳内を行進したあの虚構の存在たちが、またぞろぞろ歩き出すのだ。ぞっとする光景にミスター・ブランクは思わず身震いし、それを消そうとすぐさま目を開ける。

どうしました？　とファーが心配そうな顔で訊く。

あの亡霊どもだよ、とミスター・ブランクは言った。また来たんだ。

亡霊？

私の犠牲になった連中さ。長年のあいだに私が苦しめた人たちだよ。いまになって復讐《ふくしゅう》しに来たんだ。

目を開けていればいいですよ、ミスター・ブランク。そうすればいなくなります。とにかく物語を進めないと。

わかった、わかった、とミスター・ブランクは言い、ふうっと長く、自分を憐《あわ》れんだため息をつく。ちょっと待ってくれ。

連邦についてどう思われるか話してみませんか。取っかかりにいいかもしれませんよ。

連邦……れ-ん-ぽ-う……簡単なことだろう？　要するにアメリカの別名さ。私たちが知っている合衆国そのものじゃなくて、別の形で発展した、別の歴史を持つアメリカだ。でもその国の木々、山々、大草原、みんな現実のアメリカとまったく同じ場所にある。川も海もすべて一緒だ。人間は二本足で歩き、二つの目で見て、二つの手でものに触れる。二重の思考を行ない、口の両側から同時に喋《しゃべ》る。

結構。それで、ウルティマに着いたらグラーフはどうなります？

ジュベールからの手紙を持ってド・ベガ大佐に会いに行くが、大佐は子供から親の言付けを渡されたみたいな反応しか示さない。ラントとぐるになっているからさ。中央政府の官僚からの命令には服従ですよとグラーフは指摘するが、自分は戦争省の下で仕事をしているのであって何があっても入領禁止令を維持するよう厳命されているのだと大佐は答える。ラントと兵百人が異人領に入ったという噂《うわさ》をグラーフは口にするが、ド・ベガは知らんぷりを決め込む。ならば戦争省に手紙を書いて禁止令の特別解除を請求するしかありませんね、とグラーフは言う。好きにするがいい、とド・ベガは言う。首都との手紙のやり取りは一月半かかるんだぞ、その間どうする気だね？ ウルティマ見物でもしますよ、返事が来るのをゆっくり待ちます、とグラーフは言う——自分の手紙が首都に届くことを大佐が許すはずはなく、送ろうとしたとたんに遮られてしまうだろうと十分承知しつつ。

なぜド・ベガが陰謀に絡《から》んでるんです？ 私の見るかぎり、忠実な将校に思えますが。

忠実だとも。それは兵百人を連れて異人領にいるエルネスト・ラントも同じさ。

わかりませんね。

連邦は出来たばかりの、かつては独立していた植民地や公国の寄り集まった国家だ。こういう希薄な連合をひとつにまとめるのに、共通の敵を捏造《ねつぞう》して戦争をはじめる以上にいい手口があるか？　今回は敵として原初民が選ばれた。ラントはいろんな部族をそそのかして反乱を起こすよう属領に送り出された二重スパイだ。南北戦争後に我々がインディアンにやったことと大して変わらないさ。まず原初民の怒りを募らせて、それから虐殺する。

でもド・ベガがそれに絡んでることがグラーフにはどうやってわかるんです？

ド・ベガがろくに質問もしなかったからさ。少なくとも、興味があるふりくらいはすべきじゃないか。それに、ド・ベガとラントが二人とも戦争省に所属しているという事実もある。もちろん、ジュベールをはじめ内務庁の連中は陰謀について何も知らないが、これはまったく普通のことだ。政府の部局間で秘密を隠しあうのは日常茶飯事だからな。

それから？

グラーフはジュベールから三人の男の名前を伝えられている。ウルティマに駐在している内務庁のスパイ三人だ。彼らはたがいの存在について何も知らないが、三人合わさってジュベールにとってラントに関する情報源となっている。大佐と話したあと、グラーフは三人に会いに出かける。ところが行ってみると、一人また一人と、三人とも何らかの意味でよそへ「飛ばされた」ことが判明する。そいつらに名前をつけよう。

登場人物には名前があった方が面白いからな。まずジャック・デュパン大尉《たいい》……いや少佐だ……は二か月前に中央高地へ配置替えになった。カーロス……ウォバーン博士は六月に天然痘の流行がはじまるとボランティアで北方へ発った。そしてウルティマで一番裕福な床屋ドクラン・ブレイは八月初旬に食中毒で死んだ。偶然か故意かは知りようがないが、とにかく哀れグラーフは、いまや庁とのつながりもすべて断ち切られ、一人の味方も友もなく、荒涼たる地の果てで完全に孤立している。

大変結構。名前をつけるというのが効いてますね。

脳が時速百マイルで動いてるのさ。今日一番の冴《さ》えだね。

古い習慣は簡単に消えぬってやつですね。

どういうことだ？

いえべつに。あなたが好調で、エンジン全開になってきたっていうだけです。それからどうなるんです？

グラーフは一か月以上ウルティマにとどまり、国境を越えて属領に入る手を探っている。何といっても歩いていくわけには行かない。馬、ライフル、食料は要るし、たぶんロバも必要だろう。当面、毎日これといってすることもないので、だんだんとウルティマの社会に引き入れられていく。まあ社会といったって、人里離れた駐屯地にある冴えない小さな町でしかないが。いろんな人間のなかで、誰より友好的な態度を示すのは偽善者のド・ベガだ。グラーフを晩餐会に招いて――軍の将校、町の役人、商人階級、その女房、女友だちなんかが集まる長ったらしい退屈なパーティだ――町でトップクラスの娼館《しょうかん》に連れ歩き、二度ばかりは一緒に猟に出かけもする。そして大佐の愛人もいる……カルロッタ……カルロッタ・ハウプトマン。自堕落な男好き、絵に描いたような淫乱《いんらん》未亡人で、ファックとトランプが何よりの娯楽という女だ。もちろん大佐は結婚していて、小さな子供も二人いるから、カルロッタのところに行けるのはせいぜい週に一、二度だ。女がほかの男とお楽しみにふける余裕はいくらでもある。まもなくグラーフも彼女と関係を持つようになる。ある晩、二人一緒にベッドに入っていてラントのことを訊いてみると、噂はそのとおりだとカルロッタは答える。そうよ、ラントは部下たちを連れて一年ちょっと前に属領に入っていったわ、と女は言う。なぜこんなことをグラーフに明かすのか？　女の動機はいまひとつ定かでない。グラーフに惚《ほ》れ込んでいて彼の役に立ちたいのかもしれないし、大佐が大佐なりの密《ひそ》かな理由で彼女をけしかけたのかもしれない。このあたりは慎重に進めないといけないな。カルロッタがグラーフを罠《わな》に陥《おとし》いれようとしているのか、それともただ単に喋りすぎなのか、読者は最後まで確信できない。ここがウルティマだということを忘れちゃいけない。連邦中どこより侘しい前哨《ぜんしょう》地点とあっては、楽しみと言ってもセックス、ギャンブル、噂話くらいしかないんだ。

グラーフはどうやって国境を越えるんです？

よくわからない。たぶん何か賄賂《わいろ》を使うんだろうな。それはどうでもいいんだ。肝《かん》腎《じん》なのは、ある夜とにかく国境を越えることであって、そこから物語の第二の部分がはじまる。舞台は砂漠のただなかに移っている。あたり一面何もなく、頭上は獰猛《どうもう》な青空が広がり太陽がぎらぎら照りつけ、やがて陽が沈むと、今度は骨の髄まで凍る寒さがやって来る。グラーフは何日か、目と目のあいだに白い斑《まだら》があるせいでホワイティと呼ばれる栗毛《くりげ》の馬に乗って西へ旅を続ける。十二年前に来たことがあるのでこのへんの地理はおなじみで、目下彼はギャンギ族の住む方に向かっている。以前旅したときに一番仲よくやっていけたし、すべての原初民の中で一番温和な部族だと思ったからだ。ある朝遅く、やっとギャンギ族の野営地が見えてくる。ホーガン〔北米ナヴァホ族の、土と木で作った住居〕が十五か二十あるだけの小さな村で、人口は七十から百のあいだというところだろう。村落の縁まで三十メートルくらいというあたりに近づくと、やって来たことを住民に告げる挨拶《あいさつ》の言葉を地元のギャンギ方言で叫ぶ。だが何の反応もない。どうしたんだろう、と心配になってグラーフは馬の足を速め、一気に村の中心に駆け込むが、人けはまったくない。馬から降りて、ホーガンのひとつに歩いていき、扉の役を果たしている水牛の革を押しのける。小さな住居に入ったとたん、すさまじい死臭がグラーフを襲う。腐敗しつつある死体の、吐き気を催さずにはいられない臭《にお》いだ。そしてそのホーガンの薄闇《うすやみ》の中、虐殺された十人あまりのギャンギ族の姿が目に入る。男も女も子供も、冷酷に撃ち殺されている。グラーフはよろよろと外に出て、鼻をハンカチで覆《おお》い、村じゅうのホーガンを一つひとつ見て回る。全員、一人残らず死んでいて、中には十二年前にグラーフが仲よくした者たちも混じっている。成長して若い娘になった女の子たち、若い青年になった男の子たち、いまでは祖父母になった親たち、それがもう誰一人息をしていないし、誰一人今後ずっと、一日分たりとも歳《とし》をとらない。

誰の仕業です？　ラントとその部下ですか？

まあまああわてなさんな、ドクター。この手のことは急《せ》かしちゃいけない。これは残虐と死の話、無垢《むく》なる者たちの殺戮《さつりく》の話であって、グラーフはまだ発見のショックに頭がくらくらしてるんだ。何があったか、とうてい吸収できるような状態じゃない。でもかかりにそういう状態だったとしても、ラントがかかわっているとグラーフが考える理由はあるだろうか？　グラーフとしては、旧友が反乱を起こそうと、連邦の西方諸州に侵入する原初民軍を組織しようとしているという前提に立っているんだ。死者たちの軍隊じゃ、あんまりよく戦えないだろう？　ラントは自分の未来の兵士たちを殺したのだ、なんて結論をグラーフが下すはずはない。

すみません。もう邪魔しませんから。

好きなだけ邪魔してくれていいさ。これは込み入った物語であって、物事は見かけどおりとは限らないんだ。たとえばラントの軍隊。彼らは自分たちの本当の使命が何なのか全然わかっていないし、ラントが戦争省の二重スパイだとは夢にも思っていない。みんな教養ある夢想家、連邦に反対する急進主義者であって、ラントに誘われて異人領に入ったときも、奴の言葉を真に受けて、自分たちは原初民が西方諸州を併合するのを助けるんだと思ってたのさ。

グラーフはいずれラントを見つけるんでしょうか？

見つけるしかないだろう。でなければ、語るべき物語もありはしない。でもそれはずっとあと、何週間か何か月か経《た》ってからのことだ。虐殺されたギャンギ族の村を出てから二日後、グラーフはラントの部下の一人に出くわす。よろよろと、朦朧《もうろう》として、食べ物も水も馬もなしに砂漠を歩いている。グラーフは助けようと試みるがもう手遅れで、相手は数時間で息絶えてしまう。事切れる前、兵士はグラーフに向かって、訳のわからない言葉をえんえん口走る。もうみんな死んでしまった、はじめから見込みはなかった、何もかも最初から罠だった、といったことを言っているらしい。グラーフは話について行くのに苦労する。みんなって誰のことだ？　ラントとその部隊か？　ギャンギ族か？　それとも、ほかのいろんな原初民部族のことか？　若者は答えず、陽が沈む前に息を引きとる。グラーフは死体を埋葬して先へ進み、一日か二日後、もうひとつ、やはり死体ばかりのギャンギ村落に行きあたる。どう考えたらいいのか、グラーフはもうわからなくなってくる。やっぱりラントの仕業だったら？　暴動の噂が実は、もっとずっと邪悪な企《たくら》みを——すなわち、原初民をひっそり虐殺してその領土を白人が植民できるようにし連邦を西の海まで広げる企みを——隠すためのおとりだったとしたら？　でもそれだけの大仕事を、そんなちっぽけな軍隊がなし遂げられるはずがない。百人が数万人を抹殺する？　ありえないことに思えるが、もしラントがかかわっていないのだとしたら、残る唯一の解釈は、ギャンギ族が別の部族に殺されたということ、原初民たちがたがいに戦争状態にあるということだ。

ミスター・ブランクはいまにも先を続けようとしているが、次の言葉を口から出す間もなく、ドアをノックする音が彼と医者を遮る。物語を練り上げることに没頭し、遠い地の架空の出来事を思いどおりに紡《つむ》ぎ出すことを楽しんではいても、これぞまさに自分が待っていた時間であることをミスター・ブランクはただちに理解する。ドアの謎がいまにも解明されようとしているのだ。ノックが聞こえたとたん、ファーは音がした方向に顔を向ける。どうぞ、と彼は言い、ドアはあっさり開いて、一人の女性がステンレスのカートを押して入ってくる。おそらくさっきアンナが押してきたのと同じ種類の、ひょっとするとまさに同一のカートかもしれない。今回ばかりはミスター・ブランクも注意を払っていて、彼の知るかぎり錠が外される音は聞こえなかった。閂《かんぬき》、掛け金、鍵《かぎ》などの音に似たものはいっさい生じなかった。ということはつまり、もともとドアは施錠《せじょう》されていなかったということだ。ドアにははじめから、鍵はかかっていない。少なくともミスター・ブランクはそう推測し、自分は好きに出たり入ったりできるのだと思って嬉《うれ》しくなってくるが、次の瞬間、事態はそれほど単純ではないかもしれないことを彼は理解する。ドクター・ファーが入ってきた際に鍵をかけ忘れたのかもしれない。あるいは、この方がもっと確率が高いが、かりに囚人たるミスター・ブランクが逃げようとしたところでたやすくねじ伏せられると決めて、わざわざ施錠するまでもないとファーは思ったのかもしれない。うん、たぶんこれが正解だ、と老人は胸のうちで言う。未来の見通しに関してとかく悲観を抱きがちなミスター・ブランクは、ここでもまた、絶えざる宙吊《ちゅうづ》り状態で生きることを受け容れる。

こんちはサム、と女は言う。お話の途中にごめんなさいね、でもミスター・ブランクのお昼の時間なの。

やあソフィー、とファーは言い、腕時計を見下ろすと同時にベッドから立ち上がる。気づいてなかったよ、もうこんな時間だとは。

どうなってるんだ？　とミスター・ブランクは、椅子の肱《ひじ》掛けを叩《たた》きながら駄々っ子のような口調で訊く。まだ物語の続きがあるんだぞ。

時間切れです、とファーが言う。今日の診察はおしまいです。

でもまだ終わってないぞ！　と老人は叫ぶ。結末まで来てないんだ。

わかってます、とファーは答える。でもみんなきっちりしたスケジュールでやってるんで、仕方ないんです。続きはまた明日にしましょう。

明日？　とミスター・ブランクは、憤慨と動揺の念に包まれて絶叫する。何の話だ？　明日は今日言ったことなんか一言も覚えてられないんだぞ。あんたにもわかってるだろう。私にだってそれくらいはわかるぞ、ほかには何ひとつわかってない私にだって。

ファーはミスター・ブランクの方に歩み寄って、その肩をぽんぽんと叩く。患者に接する微妙な技術に長《た》けた人間の、古典的ななだめのしぐさである。わかりました、とファーは言う。手を打ってみましょう。まずは許可を取らないといけませんが、もし今晩私が戻ってきた方がよければ、たぶん設定できると思います。それでいいですか？

それでいい、とミスター・ブランクはもごもご言う。ファーの声にこもった優しさと気遣いに、いくぶん気持ちも軟化している。

ではこれで失礼します。と医者は宣言する。またあとで。

それ以上何も言わずに、ミスター・ブランクと、ソフィーと呼ばれる女にファーは手を振り、ドアまで歩いていって、ドアを開け、敷居をまたいで、外に出てからドアを閉める。カチッという音が聞こえるが、それだけである。閂を入れるガタゴトという音も、鍵を回す音もしない。ひょっとしてこれは、閉めたとたん自動的に鍵のかかるたぐいのドアだろうか？

この間ずっと、ソフィーと呼ばれる女性は忙しく働いていて、ステンレスのカートをベッドの横に押していき、ミスター・ブランクの昼食の皿をカートの下の棚から上の面に移し換えている。皿が全部で四つあって、真ん中に穴のあいた丸い金属の蓋《ふた》がそれぞれの皿を覆っていることをミスター・ブランクは見てとる。それらの蓋を見て、ミスター・ブランクは不意にホテルのルームサービスの食事を連想し、今度はそこから、自分は生涯のうちにいくつの夜をホテルで過ごしただろうと思案する。数えきれないくらいさ、と自分の中から声が聞こえるが、それは彼自身の声ではない。少なくとも彼が彼自身の声だと認識できる声ではない。が、声にはいかにも権威と確信がこもっているので、それが真実を語っているにちがいないことをミスター・ブランクは認める。だとしたら――と彼は考える――ならば自分はかつてずいぶん旅をしたにちがいない。いろんな場所から場所へ、自動車、列車、飛行機で移動したにちがいない。そのとおり――と彼はさらに胸のうちで言う――飛行機で世界中に行ったんだ、いくつもの大陸のたくさんの国に。そしてきっとそれらの旅は、あの多くの人々、彼のせいでさんざん苦しんだ気の毒な人々を送り出した任務と関係があるにちがいない。だからこそ自分はいまこうしてこの部屋に閉じ込められ、もはやどこへ旅することも許されないのだ。この四つの壁の中に入れられているのは、他人に与えた大きな害の罰を受けているのだ。

この束《つか》の間《ま》の夢想は、女の声によって流れを断ち切られる。さあ、昼食になさいますか？　と訊くので、相手を見ようと顔を上げると、自分がもはや女の名前を思い出せないことにミスター・ブランクは思いあたる。女は四十代後半か五十代前半で、繊細で魅力的な顔だとミスター・ブランクは思うが、理想の女性の範疇《はんちゅう》に入れるにはいささか肉付きがよすぎる。ちなみに、彼女の服がさっきアンナが着ていた服とまったく同じであることは指摘しておくべきだろう。

私のアンナはどこだ？　とミスター・ブランクは訊く。アンナが私の世話をしてくれるんじゃなかったのか。

そうですよ、と女は言う。でも急な用事が出来て、代わりに行ってくれって私に頼んできたんです。

そんな、とミスター・ブランクはさも悲しげに言う。いや、もちろん君がどうこうと言うわけじゃないよ、君が誰だかもわからないが。でも私は何時間も、また彼女に会えるのを待っていたんだ。あの人は私にとってすべてなんだ。彼女なしでは生きていけないんだよ。

わかっています、と女は言う。みんなそのことはわかっています。でも――ここで女は親しげににっこりささやかな笑顔を見せる――私にはどうしようもありません。申し訳ありませんが私で我慢していただくしかないんです。

うーん、とミスター・ブランクはため息をつく。きっと君に悪気はないんだろうが、私としては失望を隠す気にはなれないね。

隠す必要なんかありません、ミスター・ブランク。自分の感じることを感じる権利があなたにはあります。あなたのせいじゃないんですから。

君が言うとおり、私たちがおたがいで我慢するしかないんだったら、君が誰かを教えてくれてもいいんじゃないかね。

ソフィーです。

ああ。そうだった。ソフィー……実に可愛い名前だ。Sの字ではじまる、そうだよな？

そうでしょうね。

思い起こしてくれ、ソフィー。君は私が十歳のときに池のほとりでキスした女の子かね？　私たちはアイススケートを終えて、切株に腰を下ろして、私が君にキスしたんだ。あいにく君はキスを返してくれなかった。君は笑ったんだ。

それは私じゃありません。あなたが十歳のとき、私はまだ生まれてもいませんでしたから。

私はそんなに年寄りなのか？

年寄りってわけじゃありません。私よりずっと年上なだけです。

わかった。あのソフィーじゃないんだったら、どのソフィーだ？

答える代わりに、ミスター・ブランクが十歳のときにキスした女の子でないソフィーは、机の方に歩いていって、山から一枚の写真を取り出して宙にかざす。これが私です、と彼女は言う。二十五年くらい前の。

もっとこっちへ来てくれ、とミスター・ブランクは言う。そこじゃ遠すぎる。

数秒後、ミスター・ブランクは写真を両手に持っている。見ればそれは、さっきあれほどじっくり眺めた写真である。ニューヨークのアパートメントとおぼしき建物のドアを、たったいま開けた若い女性の写真。

いまよりずっと瘦《や》せてたんだな、とミスター・ブランクは言う。

中年ですよ、ミスター・ブランク。中年は女の子の体型にいろんな悪さをするんです。

教えてくれ、とミスター・ブランクは人差指で写真をとんとん叩きながら言う。これは何が起きてるんだ？　廊下に立ってる人間は誰で、君はなぜこんな顔をしてるんだ？　何となく不安そうだが、と同時に喜んでもいる。そうでなければ微笑《ほほえ》んだりしないはずだ。

ソフィーは椅子に座ったままのミスター・ブランクのかたわらにしゃがみ込み、しばし黙って写真をじっくり眺める。

私の二番目の夫です、と彼女は言う。私に二度目に会いに来たときだと思います。これ初めてのときは、赤ん坊を抱えてドアを開けたことをはっきり覚えてますから。これはきっと二度目のときです。

なぜこんなに不安そうなんだ？

私のことをこの人がどう思ってるか、まだよくわからないからです。

微笑みは？

この人にまた会えて嬉しいからです。

二番目の夫なんだな。じゃあ一番目は？　誰だった？

ファンショーという男です。

ファンショー……ファンショー……ミスター・ブランクは独りごとのように呟《つぶや》く。やっと少し見えてきたぞ。

ソフィーはまだかたわらでしゃがみ込み、若かった彼女の白黒写真もまだ彼の膝《ひざ》の上に載っている。と、ミスター・ブランクはいきなり椅子を操ってよたよた前に進み出す。机の方向に、精一杯速く移動する。着くと、ソフィーの写真をアンナの写真の上に放り出し、小さなメモ帳に手をのばして、一ページ目を開く。名前のリストを指でたどっていって、ファンショーまで来たところで止まり、椅子をぐるっと回してソフィーの方を向くと、相手はもう立ち上がっていて、ゆっくりこっちへ歩いてくる。やっぱり、とミスター・ブランクは指でメモ帳を叩きながら言う。そうだと思ったんだ。ファンショーは何もかもに絡んでる、そうだろう？

おっしゃることがわかりませんね、とソフィーは言ってベッドの足側で立ちどまり、さっきジェームズ・P・フラッドが占めたのとおおよそ同じ位置に腰を下ろす。もちろんファンショーは絡んでいます。私たちみんな絡んでるんです、ミスター・ブランク。もうおわかりかと思ってました。

相手の反応に戸惑いながらも、老人は自分の思考の流れを逃すまいとあがく。君、フラッドっていう奴《やつ》のことは聞いたことあるかね？　ジェームズ・P・フラッド。イギリス人で、元警官だ。コックニー訛《なま》りがある。

まずはお昼を召し上がりませんか？　とソフィーが訊く。食べ物が冷めてきましたよ。

じきに食べるさ、とミスター・ブランクは相手が話をそらしたことにムッとして言い返す。ちょっと待て。食べる食べないの前に、君がフラッドについて知ってることをすべて話してもらおうじゃないか。

何も知りません。けさここに来たってことは聞きましたけど、会ったこともないんです。

でも君の夫は……つまり一番目の夫は……そのファンショーっていう……作家だったんだろう？　で、その著書の中で、ええとタイトルは……何てこった……タイトルが思い出せない。ネヴァー……ネヴァー何とかだ。

『ネヴァーランド』。

そうだ。『ネヴァーランド』。その本でフラッドを登場人物に使っただろう、そして三……たしか三十章だったはずだ、それとも七章だったかで、フラッドが夢を見るんだ。

覚えてませんわ、ミスター・ブランク。

君、夫の書いた小説を読まなかったって言うのか？

いいえ、読みました。でもずっと昔のことで、それ以来見てもいないんです。たぶんわかっていただけないでしょうけど、自分の心の平安のためにはっきり決めたんです、ファンショーのこと、彼の作品のことは考えまいと。

結婚はどうやって終わったんだ？　奴が死んだのか？　君たち離婚したのか？

私はまだすごく若いころに彼と結婚したんです。何年か一緒に暮らして、私が妊娠して、彼がいなくなったんです。

何かあったのか、それとも彼は意図的に出ていったのか？

意図的にです。

頭がどうかしてたんだな。君みたいに若くて美しい人を捨てて出ていくなんて。

ファンショーは大きな問題を抱えた人でした。優れた資質がいくつもあって、立派なところもたくさんあったのに、心の底では自分を破壊したいと思っていて、結局まさにそうしたんです。私に背を向けて、自分の作品に背を向けて、自分の人生から出ていって、姿を消したんです。

自分の作品に。書くのをやめたってことか？

そうです。何もかも捨てたんです。素晴らしい才能の持ち主だったんですよ、なのに自分のそういう部分を軽蔑《けいべつ》するようになって、ある日あっさりやめてしまいました。ぷっつり書かなくなったんです。

それは私のせいじゃないよな。

そこまでは言いません。もちろんあなたの役割もありましたけど、あなたは自分がなさるしかないことをなさっていただけですから。

君、私のことを憎んでるだろうな。

いいえ、憎んでません。しばらく辛い時期はありましたけど、そのあとは何もかもけっこううまく行ったんです。申し上げたとおり再婚して、今日に至るまでいい結婚でした。長い、いい結婚生活でした。息子も二人います。ベンとポール。二人とももうすっかり大きくなりました。ベンは医者で、ポールは人類学者になるために勉強しています。私が言うのも何ですが、二人ともまあよくやってると思いますね。いつの日かお会いになれるといいんですが。きっとあなたも誇りに思われますよ。

ソフィーとミスター・ブランクはベッドに並んで、ステンレスのカートと向きあって座っている。カートの上にはミスター・ブランクの昼食が載っていて、それぞれの皿が真ん中に穴の開いた丸い金属の蓋に覆われている。ミスター・ブランクは食欲が湧《わ》いていて早く食べたがっているが、まずは午後の薬を飲まないと食べてはいけないとソフィーに言われる。この数分間で二人のあいだの理解は深まったし、ソフィーの温かくたっぷりした体のすぐそばにいるのはミスター・ブランクとしても楽しいが、こう命じられてとたんに渋い顔になり、薬を飲むことを彼は拒む。けさ服用した薬は緑、紫、白だったが、いまステンレスのカートに載っているのはピンク、赤、オレンジである。中身もちゃんと違うんです、朝に飲んだのとは効力が違うんです、ほかの薬と併せてこれも飲まないと処置はうまく行きませんよとソフィーは説明する。話としてはミスター・ブランクにもわかるが、それで納得して気が変わりはしない。最初の一錠をソフィーが親指と中指でつまみ上げて飲ませようとすると、ミスター・ブランクは頑《かたく》なに首を振る。

お願いしますよ、とソフィーが頼み込む。お腹《なか》が空《す》いてらっしゃるのはわかりますけど、とにかくこの薬を体内に入れていただかないと召し上がっちゃいけないんです。

食い物なんか知るか、とミスター・ブランクは憎々しげに言う。

ソフィーがふうっと、苛立《いらだ》たしそうにため息をつく。あのねお爺《じい》さん、あたしはあんたを助けようとしてるだけなのよ。あたしはこのあたりでいまだにあんたの味方でいる数少ない人間の一人なんですからね。あんたが協力しないんだったら、この薬をあんたの喉《のど》に無理矢理押し込みに喜んでここへ来る男、少なくとも一ダースは思いつくわよ。

わかったよ、とミスター・ブランクはいくぶん態度を軟化させて言う。ただしひとつ条件がある。

条件？　何のことです？

薬は飲む。でもその前に君が服を脱いで、体を触らせてくれないといけない。

あまりに馬鹿《ばか》げた提案に、ソフィーはゲラゲラ笑い出す。ずっと昔、ミスター・ブランクの幼年時代に凍った池のほとりでの似たような状況でもう一人のソフィーもまさにこういう反応をしたことなど、彼女には知る由《よし》もない。さらに、侮辱を上塗りして、彼女はとどめの言葉を口にする——馬鹿なこと言わない《ドント・ビー・シリー》で。

ああ、とミスター・ブランクはまるで、誰かに顔を平手打ちされたかのようにうしろにのけぞる。ああ、とうめき声が漏れる。君が何を言ったって構わん。でもその一言だけはやめてくれ。それだけは勘弁してくれ。ほかには何を言っても構わんが、その一言だけは。

何秒もしないうちに、ミスター・ブランクの目が涙で一杯になり、何がどうなっているのか自分でもわからないうちに涙が頬を流れ落ち、老人はわあわあ大泣きしている。

ごめんなさい、とソフィーが言う。あなたの気持ちを傷つけるつもりはなかったんです。

君を見たいと思って何が悪いんだ？ とミスター・ブランクは涙で喉を詰まらせながら言う。君はすごく綺麗《きれい》な胸をしてるじゃないか。私はただ君の胸を見て、触りたいだけなんだ。君の肌に手をあてて、君の陰毛に指を滑らせたいんだ。それのどこがそんなにひどい？　君に危害を加えたりはしないよ。ささやかな優しさが欲しいだけなのに。ここでいろんな目に遭わされて、それくらい望んでもいいじゃないか？

そうねえ、とソフィーは、ミスター・ブランクの苦境に明らかに同情しながら言う。おたがい、妥協点はあるんじゃないかしら。

たとえば？　とミスター・ブランクは手の甲で涙を拭《ぬぐ》いながら言う。

たとえば……たとえばあなたが薬を飲んで、一錠飲み込むたびに私の胸を触らせてあげる。

むき出しの胸か？

いいえ。ブラウスは着けたままよ。

それじゃあ不十分だ。

いいわ、じゃあブラウスは脱ぐ。でもブラはそのままよ。わかった？

楽園とは行かないが、まあ手を打つしかないな。

このようにして問題は解決を見る。ソフィーはブラウスを脱ぎ、ミスター・ブランクは彼女の着けているブラがレースのついた薄いたぐいであるのを見て元気づく。年配のご婦人や、肉体の愛に関し勝負を放棄した連中が着用する味気ない装具ではない。

丸い豊満な胸の上半分はあらわになっていて、下の方も、ブラの素材がひどく薄いため乳首が生地を押し出しているのがはっきり見える。楽園とは行かないが、まあなかなか悪くないな、とミスター・ブランクは、一錠目を水一口と一緒に飲みながら心のうちで言う。やがて、両手がその胸に置かれる――左手を右胸に、右手を左胸に。ソフィーのやや垂れた、だが堂々たる乳房の大きさと柔らかさを味わっていると、彼女が笑みを浮かべていることに気づいてミスター・ブランクはますます嬉しくなってくる。まあ快楽ゆえにではあるまいが、少なくとも面白がってはいるのだろう。笑みを通して、彼に悪意を抱いていないこと、この冒険を嫌がらず受け容《い》れていることを伝えているのだ。

あんたってスケベ爺《じじい》ねえ、ミスター・ブランク、とソフィーは言う。

わかってる、とミスター・ブランクは答える。でもスケベなのは若いときからさ。

このプロセスを、二人はもう二回くり返す。ピルの服用に、胸との甘美な遭遇が続く。やがてソフィーはふたたびブラウスを着て、昼食の時となる。

あいにく、魅力ある女性の肉体をくり返し愛撫《あいぶ》したせいで、愛撫した者自身の肉体にもありがちな変化が訪れている。ミスター・ブランクの旧友がまた活気づいたのだ。我々のヒーローはもはや綿のズボンと下着を穿《は》いておらず、パジャマズボンの下は裸であるため、ミスター大物がスリットから飛び出して昼日なかに頭を突き出すことを妨げるものは何もない。その出来事が、ソフィーが金属の蓋を皿から外そうと身を乗り出したまさにその瞬間に生じ、蓋をカートの下の棚に置こうと体を折り曲げると、彼女の目は作法を弁《わきま》えぬ罪人からほんの十数センチのところまで来ている。

何よあんた、とソフィーはミスター・ブランクの勃起《ぼっき》したペニスに向けて言葉を発する。ご主人があたしのおっぱいを二、三回揉《も》んだだけで、もうすっかり態勢整っちゃうなんて。駄目よあんた。お楽しみはもうおしまいよ。

申し訳ない、とミスター・ブランクは言い、今度ばかりは己のふるまいに心底気まずい思いでいる。ひとりでに飛び出してしまったんだよ。全然予想してなかったんだ。

謝らなくていいです、とソフィーは答える。それをさっさとズボンの中に戻して、仕事にかかりましょう。

この場合、仕事とはミスター・ブランクの昼食のことである。小さなボウルに入ったもう生ぬるい野菜スープ、白パンのトーストのクラブサンド、トマトサラダ、カップ入りの赤いゼリー。この食事の摂取について詳述は控えるが、ひとつの出来事は言及に値する。朝に薬を飲んだときと同じに、ミスター・ブランクが食べ物を食べようとしたとたん、両手が抑えようもなく震え出したのである。違う薬であって効能も違えば付いている色も違うものの、手の震えという副作用においてはまったく同じである。ミスター・ブランクはまずスープから取りかかる。案の定、ボウルから出発してミスター・ブランクの口へ向かうスプーンの初回の旅は困難をきわめ、意図された目的地には一滴もたどり着かない。彼自身の落ち度ではないものの、スプーンに載ったすべてがミスター・ブランクの白いシャツの上に降りかかってしまう。

やれやれ、またやっちまった、とミスター・ブランクは言う。

食事が先へ進みうる前に、というより食事がはじまりうる前に、いま身につけている最後の白い衣料たるシャツを脱いでパジャマのシャツに着替えることをミスター・ブランクは余儀なくされる。こうして彼は、この報告書のはじまりにおいて目撃されたのとまったく同じ服装に戻っている。これはミスター・ブランクにとって悲しい瞬間である。これでもう、ミスター・ブランクに服を着せて今日一日に備えさせようとしたアンナの優しい、細心の努力の形跡は何ひとつなくなってしまった。さらに悪いことに、白い服を着るという約束にもいまや全面的に背いてしまったのだ。

アンナと同じように、ソフィーもやはりミスター・ブランクに食べさせる役を引き受けてくれる。そしてアンナに劣らず親切に辛抱強く接してくれるが、ミスター・ブランクはアンナを愛しているようにソフィーを愛してはいないから、彼女がスプーンやフォークを口に持ってきてくれるなか、彼はその左肩の背後の、壁の一点を見つめて、隣に座っているのはソフィーではなくアンナなのだというふりをしている。

アンナのことはよく知っているのかね？　と彼は訊《たず》ねる。

何日か前に知りあったばかりですけど、もう三度か四度じっくり話し込みました、とソフィーは答える。私たち、何から何まで全然違うんですけど、大事な事柄に関してはしっかり意見が合うんです。

たとえば？

たとえばあなたに関してです、ミスター・ブランク。

だから今日も君に代わってくれと頼んだのかね？

だと思います。

朝からさんざんな一日だったが、彼女にまた会えたことはすごく有難かったんだ。

彼女なしではどうしたらいいかわからないんだよ。

彼女もあなたのことをそういうふうに考えていますよ。

アンナ……でもアンナ・何だ？　もう何時間も、彼女の名字を思い出そうとしてるんだ。Bではじまると思うんだが、それ以上先へはどうしても進めない。

ブルーム。アンナ・ブルームです。

そうだった！　とミスター・ブランクは左の手のひらで額をぴしゃりと叩きながら叫ぶ。私ときたらいったいどうなってるんだ？　一生ずっと、知ってた名前じゃないか。アンナ・ブルーム。アンナ・ブルーム。アンナ・ブルーム……

ソフィーはいなくなった。ステンレスのカートもなくなったし、スープの飛び散った白いシャツも、浴槽に入った濡《ぬ》れた洗濯物もなくなった。ソフィーの助けを借りて今度は無事しかるべく排尿を遂げた末、ミスター・ブランクはふたたび一人で部屋にいる。狭いベッドの縁に座り、両の手のひらを広げて膝に載せ、うつむいて床を見つめている。ついさっきのソフィーの訪問について思いをめぐらし、一番大事な事柄について何も訊《き》かなかった自分を責めている。たとえば、ここはどこなのか。自分は監視なしで公園を歩くことを許されているのか。クローゼットはどこにあるのか（そもそもあるとして）、なぜ自分にはそれが見つけられないのか。そして何より、ドアをめぐる永遠の謎《なぞ》。ドアは外から鍵がかかっているのか、いないのか。なぜさっき自分の胸のうちをソフィーにさらすことをためらったのだろう、とミスター・ブランクは自問する。どう考えても同情してくれていて、彼に何の恨みも持っていなさそうなのに。単に怖いということだろうか、それとも処置とやらに関係があるのだろうか——おぞましい処置が彼を衰弱させ、己を擁護して戦う力を少しずつ奪ってしまったのか?

どう考えたらいいかわからないので、ミスター・ブランクは肩をすくめ、両手で膝をぱんと叩き、ベッドから立ち上がる。数秒後、机に向かって座っていて、右手にボールペンを持ち、目の前には一ページ目を開けた小さなメモ帳を置いている。ミスター・ブランクはリストの中にアンナの名前を探し、二行目、ジェームズ・P・フラッドのすぐ次に見つけて、ブルーームと書き込み、これで項はアンナからアンナ・ブ、い、い、い、ルームに変わる。それから、一ページ目の行はすべて埋まったので、二ページ目をめくって、リストに二行付け加える。

ジョン・トラウズ

ソフィー

メモ帳を閉じながら、トラウズの名前が何の苦もなく戻ってきたことに気づいてミスター・ブランクは愕然《がくぜん》としてしまう。これだけ何度も苦心惨憺《さんたん》して、名前や顔や出来事を思い出せずに終わったあとでは第一級の快挙ではないか。この達成を祝って、椅子《いす》を前後に揺らしながら彼は思案する。ひょっとすると午後の薬が、その前数時間の記憶の喪失を是正してくれたのだろうか。それともこれは単なる幸運、見たところ何の理由もなしに起きる偶発的な出来事なのか。原因は何であれ、とにかく夕方に医者が来ることを期待して、物語についてまた考えつづけることにミスター・ブランクは決める。彼が物語を終わりまで語れるよう最善を尽くすとファーは言ってくれたのだ――それも、これまで語ったことをあらかた忘れてしまっているにちがいない明日にではなく、今日のうちに。だが、老人が椅子に座って前後に身を傾けていると、ふと机の表面の、白いテープが目に入る。今日一日で、もう五十回、百回は見たテープだが、そのたびに白い帯には**机**という言葉がはっきり記されていた。ところがいま、驚くなかれ、そこに**ランプ**という言葉が記されているのをミスター・ブランクは目にする。まずとっさに思ったのは、これは何らかの錯覚だということであり、そこでもっとよく見てみようと体を前後に揺するのをやめる。身を乗り出し、鼻がほとんどテープにくっつくまで頭を低くし、その単語をじっくり見てみる。何とも悔しいことにやはりそれは**ランプ**と読める。

不安が募るなか、ミスター・ブランクはよろよろと椅子から立って、足を引きひき部屋の中を回り、ほかの言葉も変わっているかと、物に付けられた白いテープの帯一つひとつの前で立ちどまって見てみる。徹底的に調べてみた結果、前と同じ位置にあるラベルはひとつもないことが判明してミスター・ブランクはぞっとしてしまう。壁にはいまや**椅子**と書いてある。ランプには**浴室**と書いてある。椅子には**机**と書いてある。ミスター・ブランクの頭の中に、いくつかの解釈が同時に浮かぶ。自分は何か脳卒中、脳損傷のたぐいを被《こうむ》った。字を読む能力を失った。誰かがたちの悪いいたずらを仕掛けた。だが自分がいたずらの餌食《えじき》なのだとしたら、仕掛けたのは誰か？　この数時間に、何人かがこの部屋を訪れた。アンナ、フラッド、ファー、ソフィー。女性のどちらかがそんなことをするとはとうてい信じられない。一方、フラッドが入ってきたときミスター・ブランクの心はよそへ行ってしまっていたし、ファーが入ってきた際にも浴室にいてトイレの水を流していたわけだが、この男たちのどちらかが、そんなに手の込んだ入れ替え作業を、ミスター・ブランクの視界の外にいたごくわずかな時間に——せいぜい数秒、ほとんどゼロに近い時間だ——やってのけたとは考えがたい。たしかにミスター・ブランクは万全の状態とは言えず、頭の働きも本来の鋭さを失っているが、いまの自分が一日がはじまった時点での自分と較《くら》べて特に悪くもないことはちゃんとわかるし、だとすれば脳卒中説はありえず、またもし字を読む能力をなくしたのだとすれば、ついさっきリストに二つ名前を追加できたことはどう説明する？　狭いベッドの縁にミスター・ブランクは腰かけ、ソフィーが出ていってから何分間か居眠りしなかっただろうかと自問する。眠りに落ちた覚えはないが、結局のところそれが唯一《ゆいいつ》筋の通る解釈である。五人目の、アンナでもフラッドでもファーでもソフィーでもない人物が部屋に入ってきて、ミスター・ブランクが束の間、いまや忘れてしまった無意識状態に陥っていたあいだにラベルを入れ替えたのだ。

敵がこの建物にひそんでいる、とミスター・ブランクは胸のうちで言う。もしかすると数人が、大勢が結託して動いていて、彼らの意図はただひとつ、ミスター・ブランクを怯《おび》えさせること、混乱させること、自分は正気を失いかけているのではないかと思わせることだ。頭のなかに巣くう幻影たちが、いまや生きた亡霊に変容したのではないか、この小さな部屋に侵入して最大限の錯乱を生じさせる任を負った身体なき魂に変身したのではないか、彼らはそうミスター・ブランクに思い込ませようとしている。だがミスター・ブランクは秩序を愛する人間である。自分を捕囚した者たちの子供っぽいいたずらに気分を害している。長年の経験から、何事においても正確さと明瞭《めいりょう》さを彼は尊ぶようになっている。傘下《さんか》に置いた者たちにさまざまな任務を与えて世界中に送り出した年月にも、彼らがその道程の一歩一歩において見たり考えたり感じたりしたことの真実を裏切らない言葉で彼らの活動を伝える報告書を書こうと、細心の注意を払ったのだ。となれば、椅子を机と呼び机をランプと呼ぶのはよくない。そのような幼児的な気まぐれにふけるのは、世界を混沌《こんとん》の中に投げ込むこと、人生を狂人以外の万人にとって耐えがたいものにしてしまうことにほかならない。名前が貼《は》りつけられていないと物を特定できない段階にはまだ達していないものの、ミスター・ブランクが衰えつつあることは間違いないし、脳がもっと衰退していってある物を認識するためにその物の名前が付いていることが必要になる日もそう遠くない――もしかしたらもうじきかも、明日かもしれない――こともミスター・ブランクは承知している。ゆえに彼は、見えない敵に為《な》された害を元に戻すべく、ごたまぜにされたラベルを一つずつ正しい位置に戻すことに決める。

作業は彼が考えたより長い時間がかかる。じき思い知らされたことに、言葉が書かれているテープにはほとんど超自然的なまでの粘着力が付与されていて、それを剝《は》がすには全面的な集中と努力が必要なのである。まず左手親指の爪《つめ》を使って一つ目（ベッド足側のオークのボードに行きついた壁という言葉）を剝ごうとしてみるが、テープの右下隅に滑り込ませたとたん、爪の先がぱちんと折れてしまう。今度はもう少し短くゆえに折れにくい中指の爪を使って、右下隅のしぶとい部分をこつこつ剝がしていき、やがて親指と中指で一部がはさめるくらいまでベッドから分離させ、破れてしまわぬようそうっと引っぱって、ついに全体をオークのボードから除去することに成功する。悦《よろこ》ばしい瞬間だが、ここまで来るにはたっぷり二分、厄介な手仕事が必要だったのだ。剝がすべきテープは全部で十二あり、その間ミスター・ブランクがさらに三枚の爪を折った（その結果使える指は六本にまで減る）と聞けば、作業を終えるのに三十分以上かかったと聞いても読者は納得するであろう。

煩《わずら》わしい営みに疲れてしまったので、部屋の中を見渡して自分の仕事をほれぼれと眺める余裕もなく（ごくささやかな取るに足らぬ仕事に見えようとも、これは彼にしてみれば壊れた宇宙に秩序を回復させる象徴的な企てにほかならない）、ミスター・ブランクは顔の汗を洗い流そうと足を引きずって浴室に入る。さっきと同じめまいがまた戻ってきて、左手で洗面台につかまりながら右手でばしゃばしゃ顔に水を浴びせる。蛇口を閉めてタオルに手をのばすとともに、一気に気分が悪くなってくる。こんなに悪いのは今日初めてだ。どうやら原因は胃のあたりらしいが、胃という言葉を口にする間もなく、むかつきは気管を上がってきて、あごの不快な疼《うず》きがそれに伴う。ミスター・ブランクはとっさに両手で洗面台をつかんで頭を低くし、不可解にも襲ってきた嘔吐《おうと》に備えて体に力を入れる。そして一、二秒抗《あらが》いながら、迫りくる爆発を撃退できればと祈っているが、それは望みなき戦いであり、次の瞬間、ミスター・ブランクは洗面台にゲーゲー吐いている。毒を盛られたんだ！　と彼は発作が過ぎるとともに叫ぶ。あの人でなしども、毒を盛ったんだ！

出来事が再開すると、ミスター・ブランクはベッドの上に大の字になっていて、白い、ペンキを塗ったばかりの天井を見上げている。致死的な毒素が体内から一気に押し流されたいま、エネルギーをすっかり絞りとられたような気分である。数分前に浴室で生じた嘔吐、むかつき、すすり泣きの激しい発作で、半分死んでしまったような気分である。とはいえ、そんなことが可能であるなら、いつになく平穏を感じている。今なくいい気分になってもいる。衰弱した体の奥で、ミスター・ブランクはいつに後に間違いなく控えている試練と向きあう覚悟が、いつになく出来ている気がするのだ。

なおも天井と睨《にら》めっこしていると、その白さが次第に、ひとつのイメージをミスター・ブランクの胸に呼び起こす。いま見ているのは天井ではなく、何も描いていない一枚の紙なのだ、と彼は想像してみる。どうしてそう思うのか自分でもわからないが、たぶん天井の形と関係があるのだろう。すなわち天井は長方形であって正方形ではなく、したがって部屋もやはり長方形であって正方形ではないことになるわけだが、とにかく天井は一枚の紙よりずっと大きいけれども、その縦横の比率は、標準的な二一六ミリ×二七九ミリの用紙とだいたい同じなのだ。こうした思いをミスター・ブランクがたどっていると、彼の中で何かが動き出す。心の中で、これと特定できない遠い記憶がうごめいて、近寄るとまたすうっと離れてしまうものの、脳内にあるその何かをはっきり見ることを妨げている暗い霧の向こうから、一人の人間の輪郭がほのかに見えてくる。明らかにミスター・ブランク自身である、机に向かって座って一枚の紙を古い手動タイプライターに巻き込んでいる男。たぶん報告書だな、とミスター・ブランクは穏やかな、静かな声に出して言う。それから、自分はあのしぐさを何回くり返したのだろう、長年続けたあいだに何回やっただろう、と自問し、それが数千回を下らないことをいま彼は理解する。数千枚、数万枚、一日では数えきれない、一週間、一月かけても数えきれない数の紙。

タイプライターについて考えたことで、さっき読んだタイプ原稿が思い起こされ、白いテープの帯を剝がしてそれぞれ正しい位置に戻すという苛立たしい作業の疲れもひとまず取れて、胃の中で展開された激烈な戦闘も鎮圧されたいま、自分が物語の先を進めるつもりでいたことをミスター・ブランクは思い出す。今晩医師がもう一度来てくれるのに備えて、話を結末まで考えておくつもりだったのだ。目を開けてベッドの上に大の字になったまま、ミスター・ブランクはしばし、無言のまま続けるべきか——すなわち、頭の中で黙って物語を進めるか——それとも、聞いてくれる人間は誰もいなくても思いつくままに声を出して語っていくべきか思案する。目下のところ、自分は独りぼっちなのだという思いはいつにも増して強く、強いられた孤独の重みに押しつぶされそうな気分でいるがゆえ、医師がいまこの部屋にいるふりをしてさっきと同じように進めることにミスター・ブランクは決める。つまり、単に頭の中で考えるだけでなく、声に出して物語を語る。

さあ、それじゃやろうか、とミスター・ブランクは言う。連邦。ジーグムント・グラーフ。異人領。エルネスト・ラント。この架空の世界、時代はいつだ？　まあ一八三〇年ごろだろうな。汽車もなくて電報もないんだし。移動は馬で、手紙が届くのに三週間かかる。アメリカとよく似ているが、まったく同じじゃない。たとえば黒人奴《ど》隷《れい》はいない。少なくとも、文中で言及されてはいない。でもその時代のアメリカより民族はこっちの方が多様だな。ドイツ系の名、フランス系の名、イギリス系の名、スペイン系の名。よし、で、どこまで行ったかな？　グラーフは異人領にいて、ラントを探していて、ラントは二重スパイかもしれずそうでないかもしれず、グラーフの妻と娘を連れて逃亡したかもしれずそうでないかもしれない。少し戻ってみよう。早く進めすぎて、いささか速断が多すぎたからな。ジュベールが言うには、ラントは連邦に対する謀反《むほん》人であって、原初民の西方諸州侵略を先導しようと自前の軍隊を結成した。ちなみにこの言葉は気に入らんな。原初民《プリミティヴズ》。平板すぎる。あからさますぎて、何の面白味もない。何かもっとカラフルな言い方を考えようじゃないか。ふむ……そうだなあ……たとえば……霊の民《スピリット・ピープル》とか。いや。駄目だ。ザ・ドルメン。オルメン。トルメン。全然駄目だな。どうも調子が出ない。ジィン。これだ。ザ・ジィン《The Djinn》。ちょっとインジャン〔インディアンの蔑称〕に似てるが、ほかの意味合いも混じっている〔Djinnはdjinまたは Jinn＝アラブ神話の聖霊・魔神を想起させる〕。よしジィンだ。ラントが異人領にいてジィンを率いて西方諸州を襲撃しようとしているとジュベールは考えている。だがグラーフは、話はもっと複雑だと考えている。なぜか？ まず、ラントは連邦に忠実だと彼は思っている。それにグラーフの言うとおり、ド・ベガ大佐が知ることなしに百人の部下を連れて国境を越えられたなんてありえない。ド・ベガ本人は何も知らないと言ってるが、グラーフはカルロッタから、ラントは一年以上前に異人領に入ったと聞かされている。彼女が嘘《うそ》をついているのでないかぎり、ド・ベガも陰謀に絡《から》んでるんだ。それとも、これはいま初めて思いついたんだが、ラントがド・ベガを巨額の賄賂《わいろ》で買収した可能性もある。この場合ド・ベガは陰謀にはまったく加担していない。だがどのみち、グラーフには関係ない話だ。賄賂という可能性は彼の頭にはまったくないからだ。グラーフの推論するところ、ラント、ド・ベガ、そして軍隊全体が、連邦の結束を強めるためジィン相手のにせの戦争を目論《もくろ》んでいる。これによってジィンを撲滅する気でいるかもしれないし、それはないかもしれない。当面、選択肢は二つだけだ。ジュベールの説か、グラーフの説か。だがこの物語がそれなりのものになるためには、第三の可能性が、誰にも思いつきそうにない説が必要だ。でないと意外性がなさすぎる。

よしわかった、とミスター・ブランクはしばし思考を整理した末に先を続ける。グラーフはギャンギ族の村を二つ訪れ、どちらの村の住民も虐殺《ぎゃくさつ》されていた。うわごとをわめいていた白人兵士を埋葬したいま、どう考えたらいいのかグラーフはわからずにいる。当面、ラントのいる方へじわじわ向かっていくなか、グラーフが直面している二つの疑問を切り離して考えることにしよう。職業上の疑問と、個人的な疑問。ラントは属領で何をしているのか？ グラーフの妻と娘はどこにいるのか？ 正直言って、家庭内の問題の方は私には退屈だ。解決の方法はいくつかあるが、どう結末をつけたところで気まずいだけだ。些末《さまつ》すぎて、ありきたりすぎて、考えるに値する展開はひとつもない。一、ベアトリーセとマルタはラントと一緒に逃げた。グラーフは彼らが一緒のところを見つけたらラントを殺すと誓っている。それは成功するかしないかのどちらかだが、どのみちその時点で物語は単純なメロドラマに堕している。寝取られ男が自分の名誉を護《まも》ろうとしている、それだけだ。二、ベアトリーセとマルタはラントと一緒に逃げたが、ベアトリーセは死んだ——コレラの流行に巻き込まれたか、もしくは属領での生活の苛《か》酷《こく》さの結果か。かりにマルタが、いまや十六歳で大人の女となったマルタが、ラントの愛人として一緒に旅をしているとしよう。ならばグラーフはどうするか？　やはりラントを殺そうとするだろうか？　自分の一人娘に、どうか愛する男の命を助けてやってほしいと頼み込まれても、かつての友を殺そうとするだろうか？　お願いパパ、お願いだからやめてパパ！　それとも過ぎたことは水に流して、何もかも忘れようとするだろうか？　どちらにしろ、説得力はない。三、ベアトリーセとマルタはラントと一緒に逃げたが、二人ともすでに死んだ。ラントはグラーフの前で二人の名を口に出さず、結局このエピソードは尻《しり》切《き》れトンボに終わる。この作品を書いた時点でトラウズはどうやらまだ相当若かったらしいし、出版に至らなかったのも不思議はない。二人の女を抱えて、話は袋小路に入り込んでしまったんだ。どの結末を思いついたかは知らないが、十中八九、二番目だと思うね。まあろくでもない結末という意味では、一番目や三番目と変わらないがな。私としては、ベアトリーセとマルタのことはさっさと忘れてしまいたいね。コレラの流行で死んだ、それで済ませておこう。たしかにグラーフには気の毒だが、いい物語を語ろうと思ったら同情なんかしてられないさ。

よし、とミスター・ブランクは言って、えへんと咳払《せきばら》いして話の流れに戻っていこうとする。どこまで行ったかな？　グラーフだ。グラーフが一人でいる。愛馬ホワイティに乗ったグラーフが、砂漠をさまよい、謎の失踪《しっそう》を遂げたエルネスト・ラントを探している……

ミスター・ブランクは言葉を切る。新しいアイデアが頭に浮かんだのだ。衝撃的な、この上なく残酷な啓示が訪れて、足の爪先から脳の神経細胞まで、体じゅうを快楽の波が貫いていく。一瞬にして、彼にとってすべてが明らかになる。これしかないといまやはっきりわかる選択肢、相対立するさまざまな可能性の中で唯一使える展開がもたらす破滅的な結末に思いをめぐらしながら、老人は胸を叩き、足を蹴《け》り上げ、肩を震わせつつ、狂おしい、痙攣《けいれん》のような笑い声を上げる。

ちょっと待て、とミスター・ブランクは、架空の話し相手に向けて片手を上げながら言う。全部消してくれ。やっと見えたぞ。はじめからやり直しだ。第二部のはじめから。第二部はじめの、グラーフがひっそり国境を越えて異人領に入るところからやり直すんだ。ギャンギ族の虐殺はなしだ。二つ目のギャンギ虐殺もなしだ。グラーフはジィンの村落や集落をすべて迂回《うかい》する。入領禁止令が施行されてもう十年経《た》っていて、行ったところでジィンが歓迎してくれるはずがないことは見えているからだ。属領を一人で旅する白人？　ありえないね。見つかったら命はないも同然だ。ゆえに彼はジィンに近づかず、国同士を隔てている広大な荒野から出ることなしにラントとその部下たちを探している。うん、うわごとを言っている兵士には出会う。そこは変えない。だが、探していたものがついに見つかると、それはグラーフが思っていたものとは似ても似つかない。属領の北中部にある不毛な平原に、ユタの塩原《えんげん》に似た土地が広がっていて、グラーフはそこで、一一五人の死体の山に行きあたる。手足を切断された死骸《しがい》もあれば五体そのままのものもあるが、どれもみな陽《ひ》にさらされて腐り、朽ちかけている。ギャンギ族の死体ではなく、ジィン諸国のどの部族の死体でもなく、白人の死体だ。兵士の服を着た白人の死体だ——なかには裸にされて切り刻まれたものもあるが。虐殺された者たちの、すさまじい悪臭を放つ山のあいだをよろよろ歩いているうちに、犠牲者の一人がかつての友エルネスト・ラントであることをグラーフは発見する。仰向《あおむ》けに倒れたラントの額には銃弾による穴がひとつ空いていて、蠅《はえ》と蛆虫《うじむし》の群れが、すでに半分食べられた顔の上を這《は》い回っている。このぞっとする光景に対するグラーフの反応を詳しく語るのは控えよう。嘔吐し、泣き、絶叫し、服が裂かれる。大事なのは次のことだ。うわごとを言う兵士と出会ったのはわずか二週間前だから、虐殺が比較的最近の出来事であることがグラーフにはわかる。だがそこで何より大事なのは、ラントと部下たちがジィンによって殺されたとグラーフが確信していることなんだ。

ミスター・ブランクは言葉を切って、ふたたび笑い声を漏らす。さっきの笑いより抑制されてはいるが、笑いは笑いであって、しかも喜びと苦々しさの両方を伝える笑いである。なぜなら、物語を自分独自の構想に従って作り変えたことは嬉《うれ》しくても、それが陰惨な物語であることもやはりわかって、これから語ろうとしている出来事に自分でもどこか怯《ひる》んでいるのだ。

だがグラーフは間違っている、とミスター・ブランクは言う。自分がどれほど邪悪な策謀に巻き込まれたか、グラーフにはまるでわかってないんだ。奴は映画で言う罪かぶり《フォール・ガイ》、政府がことを進めるために罠《わな》にかけたスケープゴートだ。誰もが絡んでいる。ジュベール、戦争省、ド・ベガ、みんなグルなんだ。そう、ラントはたしかに二重スパイとして属領に送り出された。ジィンを煽動《せんどう》して西方諸州を侵略するよう指示を受け、それによって政府が何より欲している戦争が勃発するはずだった。ところが、ラントは任務に失敗する。一年経っても何も起こらないと、ラントは裏切ったのだ、経緯はどうあれとにかく良心に屈してジィンと和平を結んだのだという結論に権力者たちは達する。そこで彼らは新しい計画を練り、第二の軍隊を属領に送り込む。ウルティマからではなく、北に千キロあまり行った別の駐屯地《ちゅうとんち》から。今度の分遣隊はもっとずっと大きい。少なくとも十倍は大きい。千人の軍隊が相手では、ラントと百人の雑多な理想主義者の群れに勝ち目はない。そう、君の聞き違いじゃない。連邦は第一の軍隊を抹殺するために第二の軍を送り込むんだ。むろんすべては秘密裡《り》に行なわれる。そして、グラーフのような人間がラントを探しに行かされて、悪臭ふんぷんたる切り刻まれた死体の山を見たら、当然ジィンたちの仕業と思うはずだ。この時点で、グラーフが作戦の鍵《かぎ》を握る存在になる。自分ではそうと知らずに、戦争を始動させる人物になるんだ。どうやってか？　ウルティマのあの狭苦しい独房で物語を書くのを許されることによってだ。ド・ベガはまずグラーフを痛めつけ、丸一週間暴力を加えつづけるが、それは単に恐怖心を植えつけて、自分はいまにも処刑されるんだと信じ込ませるためにすぎない。もうじき死ぬと思っている人間は、書くことを許されたとたんに胸のうちを紙にさらけ出すものだ。かくしてグラーフは、連中の狙《ねら》いどおりのことを実行する。ラントを探し出す任務について書き、塩原で発見した大虐殺のところまで来ても何ひとつ省かず、忌《い》まわしい出来事の、血なまぐさい細部すべてを余すところなく語り尽くす。そこが肝腎《かんじん》なんだ。目撃者による、生々しい、何もかもジィンの仕業と見る報告。書き終わると、ド・ベガは原稿を受けとり、グラーフを釈放する。グラーフは呆然《ぼうぜん》とする。てっきり射殺されると思っていたのが、多額の報奨金を与えられて、一等の馬車で首都へ送り返してもらえるんだ。首都に帰りつくころには、原稿は巧みに編集を施されて、国中のすべての新聞社に送られる。**ジィンに虐殺された連邦兵士たち**――内務庁副局長補佐ジーグムント・グラーフによる現地報告。

グラーフが首都に帰ると、全人口が武装していて、異人領侵略を口々に唱えている。自分がどれほど残酷にだまされたかをグラーフは思い知る。連邦を破壊しかねないほどの大規模な戦争、その恐ろしい火を点《つ》けたマッチは自分、自分一人なのだ。グラーフはジュベールのところへ行って説明を求める。万事思いどおりに進んだいま、ジュベールも嬉々《きき》としてすべてを打ちあける。そしてグラーフに昇進と大幅な昇給を約束するが、グラーフは自分自身の提案を返す。すなわち、私は辞職します、と言って、部屋からさっさと出てドアを乱暴に閉めていく。その夜、誰もいない自宅の闇《やみ》の中で、グラーフは弾の入ったリボルバーを手に取り、頭蓋骨《ずがいこつ》に銃弾を撃ち込む。それですべてだ。完。喜劇、終わり。

二十分近く休まず喋《しゃべ》りつづけて、ミスター・ブランクは疲れている。声帯が疲労したというだけではない。喋り出す直前に浴室で吐いたこともあって、喉は元々ヒリヒリしていたし、語りの最後の方は声もはっきり嗄《か》れていた。ミスター・ブランクは目を閉じる。そうすることで、荒野をさまよう虚構の存在たちの行進が呼び戻され、呪《のろ》われた顔なき者たちが彼を取り囲んで八つ裂きにしてしまう恐れがあることも忘れているが、今回は幸い悪鬼たちが押し寄せてくることもなく、目を閉じるとふたたび過去に戻っていて、ある種の木の椅子――アディロンダック・チェアと言うのだと思う――に座っている。そこはどこかの田園の芝生の上で、場所は特定できないがどこだか人里離れた場所で、周りじゅう緑の芝が生えていて、遠くには青っぽい山並が広がり、気候は暖かい。これは夏の暖かさであり、空には雲ひとつなく、陽が肌に降りそそぐ。どうやらミスター・ブランクは、ずっと昔の、大人になり立ての日々に戻っていて、アディロンダック・チェアに座って両腕で小さな子供を抱きかかえている。白いTシャツを着て白いおむつをつけた一歳の女の子で、ミスター・ブランクはその子の目を覗《のぞ》き込みその子に話しかけているが、何と言っているかはわからない。この過去への回帰は無音のうちに進行しているからだ。ミスター・ブランクが女の子に話しかけるなか、女の子は張りつめた真剣な表情でミスター・ブランクを見返している。そしていま、目を閉じてベッドに横たわりながら、この小さな人物は生まれ立てのアンナ・ブルームではなかろうか、愛するアンナ・ブルームその人ではないか、もしアンナでないとしたら自分の娘ではないか、とミスター・ブランクは思案する。でも娘って誰だ、とミスター・ブランクは自問する。どういう娘で、何という名前だ、それに自分が父親だとしたら母親はどこだ、何という名前だ、と自問し、次に誰かが入ってきたらこのへんのことを訊いてみよう、と頭の中でメモする。自分にはどこかに、妻と子供がいる家庭があるのか。あるいはかつて妻がいたのか、かつて家庭があったのか。それとも自分はこれまでずっとこの部屋で暮らしてきたのか。だがミスター・ブランクはもうすでにこの頭の中のメモを忘れかけていて、ゆえにこれらの問いを問うことも忘れてしまうだろう。彼はいまやひどく疲れているのであり、アディロンダック・チェアに座って幼い子を両腕に抱いている自分の姿もたったいま消え去り、ミスター・ブランクはすでに眠りに落ちている。

この報告書を通してずっと毎秒一枚写真を撮りつづけてきたカメラのおかげで、ミスター・ブランクのうたた寝が二十七分十二秒続くことを私たちは確実に知っている。放っておかれたらもっとずっと長く眠りつづけたかもしれないが、男が一人部屋に入ってきて、ミスター・ブランクを起こそうと肩をとんとん叩《たた》く。目を開けると、眠りの国にしばし滞在したおかげでミスター・ブランクはすっかりさわやかな気分になっていて、すぐさま体を起こし、気も張っていて何でも来いという態勢になっている。さっき頭を覆《おお》っていた、ぼうっとした雲は跡形もない。

訪問者は五十代後半か六十代前半に見える。さっきのファーと同じくブルージーンズを穿いているが、ファーが赤いシャツを着ていたのに対しこの男のシャツは黒で、ファーが手ぶらで部屋に入ってきたのに対し黒いシャツの男はファイルとフォルダの分厚い束を両手で抱えている。明らかに見覚えのある顔だが、今日写真であれ現実であれ目にしたほかの多くの顔と同様、ミスター・ブランクはその顔に名前を割り振ることができない。

あんた、フォッグかね？　とミスター・ブランクは訊く。マーコ・フォッグか？

訪問者はにっこり笑って首を振る。いいえ、残念ながら、と彼は言う。どうして私がフォッグだと思われたんです？

わからない。ただ、たったいま目を覚ましたとき、昨日のいまごろにフォッグが寄っていたことをふっと思い出したんだ。実際ちょっとした奇跡だよ、考えてみれば。つまり、思い出したことがさ。とにかくフォッグが来たんだ。それは確かだ。午後のお茶に。しばらく二人でトランプをやったよ。話もした。いくつか面白いジョークも聞かせてもらった。

ジョークですか？　と訪問者は言い、机まで歩いていって椅子を一八〇度回転させ、膝に文書の束を載せて腰かける。それと入れ替わりにミスター・ブランクは立ち上がり、足を引きずって一メートルばかり前に出て、マットレスの足側の縁に腰を下ろす。そして朝のうちにフラッドが占めたのとほぼ同じ位置に身を落ち着ける。

そう、ジョークだ、とミスター・ブランクはさらに言う。全部は思い出せないが、特にいいと思ったのがひとつあったな。

よかったら聞かせてもらえませんかね、と訪問者は言う。いいジョークはいつだって歓迎です。

やってみるか、とミスター・ブランクは答え、しばし黙って考えをまとめる。ええと、と彼は言う。ふむ。ええと。たしかこんなふうにはじまるんだ。一人の男が午後五時にシカゴの酒場に入ってきて、スコッチを三杯注文する。一杯ずつじゃなく、三杯いっぺんに注文するんだ。この変わった要求にバーテンはいささか面喰らうが、何も言わずに求められたものを出す。三杯のスコッチが、カウンターの上に一列に並んでいる。男は一杯ずつそれを飲み干し、金を払って、立ち去る。翌日、男はまた五時にやって来て同じものを注文する。三杯のスコッチを、同時に。そしてその次の日も、そのあとも毎日、二週間ずっと。とうとう、バーテンは好奇心に屈する。すみません、詮索《せんさく》するつもりはないんですが、二週間のあいだ毎日ここにいらして、スコッチを三杯注文なさいましたよね。よかったら訳を教えていただけませんか。たいていの人は一度に一杯ずつ注文しますからね。うん、とても簡単な話さ、と男は言う。僕には兄弟が二人いる。一人はニューヨークに、一人はサンフランシスコに住んでいて、僕たちはとても仲がいい。それで、兄弟の絆《きずな》を確かめあう手立てとして、僕たちはみな午後五時に酒場に入ってスコッチを三杯注文し、三人一緒に同じ場所にいるふりをして、黙ってたがいの健康を祝すのさ。奇妙な儀式の理由がやっとわかってバーテンはうなずき、もうそれ以上何も考えない。これがさらに四か月続く。男は毎日五時にやって来て、バーテンが三杯の酒を出す。やがて、異変が起きる。ある日の午後、男はいつもの時間に現われるが、今回はスコッチを二杯しか注文しないのだ。バーテンは心配して、少ししてから勇気を奮い起こし、すみません、詮索するつもりはないんですが、いままで四か月半、毎日ここにいらしてスコッチを三杯注文なさったのに、今日は二杯しか注文なさいませんよね。お節介だとは思うんですが、ご兄弟に何かあったわけじゃないですよね。何もないよ、と男はいつもと同じく明るく元気に言う。じゃあどうなさったんです？　とバーテンは訊く。とても簡単な話さ、と男は言う。僕、酒をやめたんだ。

訪問者はあははと笑い出してそのまま長いこと笑いつづけ、すでにオチを知っていたミスター・ブランクは一緒になって笑いはしないものの、黒いシャツの男に笑顔を向けながら、ジョークをしっかり決められたことに気をよくしている。やっと笑いが収まると、訪問者はミスター・ブランクを見て言う。私が誰だかわかりますか？

よくわからんね。と老人は答える。とにかくフォッグじゃない。でも前にも会ったことがあるのは間違いない――たぶん、何回も。

私はあなたの弁護士です。

私の弁護士。それはいい……実にいい。今日あんたに会えればと思ってたんだよ。話すことがたくさんあるんだ。

ええ、と黒いシャツの男は言って、膝に載せたファイルとフォルダの束をぽんぽん叩く。話すことはたっぷりあります。でもそれに取りかかる前に、私のことをよく見て、私の名前を思い出そうとしてみてもらえますか。

男の細い、角ばった顔をミスター・ブランクは注意深く見て、大きな灰色の目を覗き込み、あごと額と口をしげしげ眺めるが、結局ため息をつき、降参して首を振る。

私はクインです、ミスター・ブランク、と男は言う。ダニエル・クイン。あなたの最初の工作員です。

ミスター・ブランクはうめき声を漏らす。自分を恥じる気持ちで胸が一杯になって、あまりの気まずさに、自分の中のある部分、一番奥の部分で、どこかの穴にもぐり込んで死んでしまいたいと思うほどである。どうか許してくれ、とミスター・ブランクは言う。私の大事なクイン――私の兄弟、同志、誠実な友よ。これもみんな、飲まされてる薬のせいなんだ。頭をめちゃくちゃにされて、もう何が何だかわからなくなってしまってるんだ。

あなたは私を、誰よりも多くの回数送り出したんです、とクインは言う。スティルマン事件のことは覚えてらっしゃいますか？

少し、とミスター・ブランクは答える。ピーター・スティルマン。たしかジュニアとシニアだよな。一方は白い服を着ていた。どっちだかは忘れたが、たぶん息子の方だったと思う。

そのとおりです。息子です。それから、ファンショーをめぐる不思議な一件もありました。

ソフィーの最初の夫だな。失踪した気の狂った男。

それも正解です。でもパスポートを忘れちゃいけません。ささいな点だとは思うんですが、楽じゃなかったんですよ。

パスポートって？

私のパスポートです。あなたがアンナ・ブルームを送り出したときに彼女が見つけたやつです。

アンナ？　君、アンナを知ってるのか？

もちろん。みんなアンナを知ってますよ。このあたりではちょっとした伝説です。

その資格はあるさ。あんな女性はこの世に二人といない。

そうして、しんがりを務めるのは、私の叔母のモリー・フィッツシモンズです。ウォルト・ローリーと結婚した女性です。私、ウォルトが回想録を書くのを手伝ったんですよ。

ウォルト・誰だって？

ローリー。かつてはウォルト・ザ・ワンダーボーイの名で知られていました。

ああ、そうだった。もう昔の話だよな？

そうです。ずっと昔の話です。

それから？

それだけです。それが済むと、あなたは私を引退させたんです。

何で私がそんなことする？　私は何を考えてたんだ？

私もずいぶん長くやりましたからね。もう引き際《ぎわ》だったんです。工作員は永久には続けられません。そういう仕事なんです。

いつのことだ？

一九九三年です。

で、いまは何年だ？

二〇〇五年です。

十二年か。そのあいだ何をしてたんだね、私が……私が君を引退させて以来？

だいたいは旅をしていました。いまじゃもう、世界中ほとんど全部の国を回りましたよ。

そしていままた戻ってきて、私の弁護士をしているわけか。君でよかったよ、クイン。君は信頼できるといつも思っていたよ。

信頼してくださって結構です、ミスター・ブランク。だからこそ私は仕事を与えられたんです。何しろもうずいぶん長いつき合いですからね。

君、私をここから出してくれ。もうこれ以上耐えられない。

それは簡単な話じゃないですね。ものすごくたくさんの訴訟があなたに対して起こされていますから。私は大量の事務手続きを抱え込んでるんです。ここは辛抱していただかないと。はっきり申し上げられるといいんですが、すべて片が付くのにどれくらいかかるか、見当もつかないんです。

訴訟？　どういうたぐいの訴訟だ？

ありとあらゆるたぐいです、残念ながら。犯罪的無関心から性的暴行まで。詐欺《さぎ》の陰謀から過失致死殺人。名誉毀損《きそん》から第一級謀殺。もっと続けましょうか？

でも私は無実だ。そんなことはひとつもやってない。

そこは議論の余地がありますね。すべては見方次第です。

負けたらどうなるんだ？

処罰のあり方はまだ議論が尽くされていません。寛容を唱えて、全面的恩赦を呼びかけるグループもいます。でも血を求めるグループもいます。それも一つや二つじゃありません。ごっそりたくさんいて、日に日にますます声高になってきています。

血。わからない。殺すってことか？

答える代わりに、クインは黒いシャツのポケットに手を入れて一枚の紙切れを取り出し、それを広げて、書いてあることをミスター・ブランクに見せる。

二時間前に会合があったんです、とクインは言う。脅《おど》かすつもりはありませんが、誰かが立ち上がって、これを解決策として本気で提案したんです。読み上げます。街、、、、、、、、、、、、、、、、、、、、、、、、、、、、、、、、、、、、、、、、、、

中を引き回して刑場へ連れていき、絞首刑に処し、息絶える前に綱を切って、体を切り開き、心臓と内臓を抉り出し、男根を切り落として本人の目の前で火にくべる。そして頭を体から切り離し、体は四つに切り分け、私たちが随意に処理するものとする。

素晴らしい、とミスター・ブランクはため息をつく。で、どこの心優しき魂がこの案を思いついたのかね？

それは問題じゃありません、とクインは言う。とにかく私たちがどういうものを相手にしているかを実感していただきたいんです。もちろん私は最後まであなたのために戦う気ですが、現実は見なくちゃいけません。この様子だと、どうやら何らかの妥協点を探る必要がありそうなんです。

フラッドだ、そうだろう？　とミスター・ブランクは訊く。けさここに来て私を侮辱していったあの胸糞《むなくそ》悪い小男だ。

いいえ、フラッドじゃありません。といって奴《やつ》が危険人物ではないってことじゃあ

りませんが。公園に行こうという誘いをお断りになったのは賢明でしたよ。上着にナイフを隠し持っていたことがあとでわかったんです。部屋の外に出したらあなたを殺すつもりだったんです。

やっぱり。そんなことだろうと思った。あの虫酸《むしず》の走るろくでなしのクズが。

この部屋に閉じ込められているのが大変なのはわかりますが、ここにとどまることをお勧めしますよ。もし誰かほかにも公園へ散歩に行こうと誘ってきたら、何か口実を作ってお断りなさい。

じゃあほんとに公園があるのか？

ええ、ほんとに公園はあります。

それに鳥だ。鳥は私の頭の中にいるのか、それともほんとに声が聞こえるのか？

どういう鳥です？

カラスかカモメか、どっちだかはわからない。

カモメです。

じゃあ海が近いんだな。

場所はご自分で選ばれたんですよ。まあここではいろいろありましたが、とにかく私たちみんな、美しい場所に呼んでもらいましたよ。そのことは感謝します。

じゃあ何で私にも見せてくれない？　窓も開けられないんだぞ。

あなたご自身の安全のためです。あなたは最上階を所望されましたが、こちらとしては危険を冒すわけには行きませんからね。

自殺する危険を言ってるんだったら、見当違いだぞ。

わかってます。でも誰もが私と同意見じゃないんです。

これも君の言う妥協ってことか？

答える代わりにクインは肩をすくめ、チラッと下を向いて腕時計を見る。

時間が少なくなってきました、とクインは言う。ひとつの訴訟のファイルを持ってきたんで、そろそろ取りかからないと。もちろんあなたがすごく疲れていらっしゃれば別ですが。もしその方がよければ、明日もう一度出直してきます。

いやいや、とミスター・ブランクはうんざりした様子で片腕を振りながら答える。さっさと済ませてしまおう。

クインは一番上のフォルダを開いて、二十×二十五センチの白黒写真を四枚取り出す。椅子を転がして前に出て、写真をミスター・ブランクに渡して言う。ベンジャミン・サックス。聞き覚えはありますか？

あると思うが、よくわからない、と老人は答える。

悪い一件です。最悪の件のひとつと言ってもいいですが、この訴訟に対して説得力ある弁護が打ち出せれば、ほかの件に対しても前例に使えるかもしれません。私の言うことがわかりますか、ミスター・ブランク？

ミスター・ブランクは黙ってうなずき、すでに写真に目を通しはじめている。一枚目は四十歳くらいののっぽの男で、ニューヨークのブルックリンとおぼしき場所の、非常階段の手すりの上に乗って、目の前に広がる夜の闇に見入っている。ところが、二枚目を見てみると、突如同じ男が、手すりから手が外れて、闇の中を落下している――手足が広がった、地面めがけて落ちていくシルエットが中空で捉《とら》えられている。これだけでも十分不穏だが、ミスター・ブランクが三枚目を見てみると、認識の身震いが彼の体内を通り抜ける。のっぽの男はどこか田舎の砂利道にいて、ソフトボール用の金属バットを、目の前に立っているあごひげを生やした男に向かって振っている。写真に写った像は、バットがあごひげの男の頭部と接触するまさにその瞬間で凍りついていて、男の表情から、この一撃が男の命を奪うこと、あと数秒で男の頭蓋骨が割れて男は地面に倒れ傷口から血が流れ出て死体の周りに池が出来ることは明らかだ。ミスター・ブランクはがばっと自分の顔をつかんで、指でその皮膚を引っかく。いまや息をするのも困難だ。四枚目に何が写っているのか、すでにわかっているからだ。

どのように、あるいはなぜわかるのかは思い出せないが、手作りの爆弾が暴発して、のっぽの男の体を引き裂き、バラバラになった死体をあたり一面に吹き飛ばしてしまうことを予測できるがゆえ、ミスター・ブランクはそれを見ることができない。四枚の写真が手から滑り落ち、ミスター・ブランクは両手をまた顔に持っていって、目を覆ってしくしく泣き出す。

クインはいなくなり、ミスター・ブランクはふたたび一人で部屋にいて、右手でボールペンを持って机に向かって座っている。涙の奔流は二十分以上前に止まり、メモ帳を開いて二ページ目を見ながら、ミスター・ブランクは胸のうちで、私は自分の仕事をしていただけなんだ、と言う。悪い結果になったとしても、報告書を書かないわけには行かなかったんだし、真実を語ったせいで責められることはできないはずじゃないか？　それから彼は、眼前の作業に気を入れて、リストにさらに三つ名前を加える。

ジョン・トラウズ

ソフィー
ダニエル・クイン
マーコ・フォッグ
ベンジャミン・サックス

ミスター・ブランクはペンを置き、メモ帳を閉じて、両方を脇《わき》へ押しやる。自分がフォッグの来訪を、あれこれ愉快な話をしてくれるあの男の訪問を期待していたことをミスター・ブランクは悟る。だが、部屋に時計はないし手首に腕時計もなく、何時なのかおおよその見当すらつかなくても、お茶と軽い会話の時間がもう終わってしまったことをミスター・ブランクは感じとる。たぶんじきにアンナが戻ってきて夕食を食べさせてくれるだろう。もしアンナでなくて、女でも男でも誰か代理が送られてきたら、抗議行動に出るつもりだ。さんざん暴れて、わめき散らして、屋根を吹っ飛ばすくらい騒ぎ立ててやる。

当面ほかにすることもないので、ミスター・ブランクは文書を読み進めることにする。ジーグムント・グラーフと連邦をめぐるトラウズの物語のすぐ下に、もっと長い、一四〇ページあまりの原稿があって、前の作品とは違い表紙もちゃんとついていて、作品名と著者名が掲げられている。

写字室の旅

N・R・ファンショー　著

うん、今度は有望だ、とミスター・ブランクは声に出して言う。やっと少し先へ進めるかな。

そうして一ページ目を開き、読みはじめる。

老人は狭いベッドの縁に座り、両の手のひらを広げて膝《ひざ》に載せ、うつむいて床を見つめている。真上の天井にカメラが据えられていることを、老人は知らない。シャッターは一秒ごとに音もなく作動し、地球が一回転するなかで八六四〇〇枚のスチール写真を生み出す。かりに監視されていることを老人が知っていたとしても、何も変わりはしないだろう。彼の心はここになく、頭の中にあるさまざまな絵空事のただなかに迷い込んでいるからだ。自分にとり憑《つ》いて離れない問いへの答えを、老人は探している。

老人は何者か？　ここで何をしているのか？　いつやって来て、いつまでここにいるのか？　うまく行けば、時がすべてを明かしてくれるだろう。ひとまず私たちの唯《ゆい》一《いつ》の務めは、できるかぎり注意深く写真を観察し、早まった結論を避けることである。

部屋にはいくつか物があり、それぞれの表面に白いテープが貼ってあって、活字体でひとつだけ単語が書かれている。たとえばベッドサイドテーブルには、**テーブル**という語。ランプには、**ランプ**。壁の上にさえ、壁は厳密には物とは言えないものの、**壁**と書いたテープが貼ってある。老人はしばし顔を上げ、壁を見て、壁に貼られたテープを見て、静かな声で壁と発音する。この時点でまだ知りえないのは、老人がテープに書かれた語を読み上げているのか、それとも単に、壁そのものに言及しているのかだ。もしかしたらもう字は読めなくなっているが、物をありのままに認識する力はまだ残っていて、その物を名前で呼ぶことができるのかもしれないし、あるいは逆に、物を認識する力は失われているが、字はまだ読めるのかもしれない。

老人は青と黄のストライプの入った綿のパジャマを着ていて、両足は黒い革のスリッパにすっぽり包まれている。ここはいったいどんなところなのか、本人にもよくわかっていない。部屋の中だというのは確かでも、では部屋はどんな建物の中にあるのか？　住宅の中？　病院？　監獄？　自分がいつからここにいるのかも、どういう経緯でこの場所に移されることになったのかも、老人には思い出せない。もしかしたらはじめからずっとここにいるのかもしれない。生まれた日からずっとここで暮らしてきたのかもしれない。彼にわかっているのは、自分の胸に、消しがたい罪悪感が満ちていることだ。と同時に、自分は恐ろしい不正の犠牲者なのではないかという思いからも逃れられずにいる。

　部屋には窓がひとつあるが、ブラインドが下ろしてあって、思い出せるかぎりずっと、窓の外を見たことはない。部屋のドアと、その磁器のノブも同じだ。自分はここに閉じ込められているのか、それとも自由に出入りできる身なのか？　この点についてもまだ調べていない。最初の段落で述べたように、彼の心はここになく、過去を漂っているからだ。頭の中にひしめく幻影たちのあいだを彼はさまよい、自分にとり憑いて離れぬ問いに答えようとあがいている。

　写真は嘘をつかないが、さりとてすべてを語ってくれるわけでもない。それらはあくまで過ぎていく時間の記録であり外面的な証拠である。たとえば老人の年齢は、わずかにピントのぼけた白黒の像からは確定しがたい。ひとまずの確実性をもって書きとめうる事実は、彼がもう若くないということだけだが、老人という言葉はきわめて柔軟な言葉であり、六十歳から百歳まで、どのあたりの年齢の人間を指すのにも使いうる。ゆえに私たちは、老人という形容を却下し、これ以降は部屋にいるその人物をミスター・ブランクと呼ぶことにする。当面、ファーストネームは必要あるまい。

ミスター・ブランクはようやくベッドから立ち上がり、束《つか》の間《ま》動きを止めてバランスを取り、それから、足を引きずるようにして、部屋の反対側にある机まで歩いていく。彼は疲れを感じる。切れぎれの眠りから成る、あまりに短い一夜から目覚めたばかりのように。スリッパの裏がむき出しの木の床をこするなか、彼は紙やすりの音を思い起こす。ずっと遠く、部屋の外、部屋がある建物の外からかすかな鳥の声が聞こえる。カラスか、カモメか、どっちだかはわからない。

ここまで来たころには、ミスター・ブランクはもうすっかりうんざりしている。こんなもの、どう面白がれというのか。たまりにたまった怒りと苛立《いらだ》ちを爆発させて、ミスター・ブランクは手首をさっとひねって原稿をうしろに放り投げる。それがどこに落ちるか、ふり向いて見ようともしない。原稿が宙をはためき、うしろの床にどさっと落ちるなか、ミスター・ブランクはげんこつで机をどんと叩き、大声で叫ぶ。このたわごと、いつ終わるんだ?

いつまでも終わらないだろう。なぜならいまやミスター・ブランクは私たちの一人だからだ。己の苦境を理解しようといくらあがいても、彼はつねに失われたままだろう。これもすべて自業自得《じごうじとく》なのだと言うとき、私は彼の部下全員を代表して語っていると思う。自業自得、それ以上でもそれ以下でもない。処罰の一形態ではなく、至高の正義と同情の措置。彼がいなければ私たちは何ものでもないが、ここには逆説がある。他人の精神が作った虚構でしかない私たちは、私たちが作った精神がいなくなっても生きつづける。ひとたび世界に放り出されると、私たちは永遠に存在しつづけ、私たちの物語は私たちが死んだあともなお語られつづけるのだ。

長年のあいだに、傘下《さんか》に置いた何人かに対して残酷にふるまったことはあっても、私たちに尽くそうとミスター・ブランクが精一杯努力したことは、私たちの誰一人として疑っていない。だからこそ私は、彼をいまの場所にとどめておくつもりなのだ。部屋はいまや彼にとっての世界であり、処置が長く続けば続くほど、自分に対して為《な》されたことの寛大さが彼にもだんだん見えてくるだろう。年老いて、体も弱っているが、窓にシャッターの下りた、ドアに鍵のかかった部屋にとどまるかぎり、ミスター・ブランクは絶対に死なない。絶対に消えずに、私が彼のページに書いている言葉でありつづける。

少ししたら、一人の女が部屋に入ってきて、彼に夕食を食べさせてくれるだろう。その女が誰なのか、私はまだ決めていないが、いまからそのときまで万事うまく行けば、アンナを送り出そうと思う。そうすればミスター・ブランクは喜ぶだろうし、何と言っても今日一日、彼もおそらく十分苦しんだのだ。アンナが夕食を食べさせてくれて、体を洗ってくれて寝かしつけてくれるだろう。それからしばらくは眠らずに闇の中に横たわり、はるか遠くの鳥の声を聞いているだろうが、やがてやっと瞼《まぶた》も重くなってきて、目が閉じるだろう。ミスター・ブランクは眠りに落ちて、朝になって目が覚めると処置がはじまるだろう。だがいまはまだ、この報告書の最初の一語が書かれたあとずっと続いているその日であって、そしていまは、アンナがミスター・ブランクの頰にキスをして寝かしつけてくれる瞬間であり、そしていまは、彼女がベッドから立ち上がってドアに向かって歩き出す瞬間である。お休みなさい、ミスター・ブランク。

明かりが消える。

# 闇の中の男

*Man in the Dark*

ダヴィッド・グロスマン
その妻ミハル
息子ヨナタン
娘ルティに
そしてウリの思い出に

私は一人闇《やみ》の中にいて、頭の中で世界をこねくり回しながら、今夜も不眠症をくぐり抜けようとあがいている。大いなるアメリカの荒野での、またもう一晩の白夜。二階では、私の娘と孫娘がそれぞれの寝室で眠っている。二人ともやはり一人の身だ。私の一人っ子で今年四十七歳のミリアムは、過去五年間ずっと一人で眠ってきたし、ミリアムの一人っ子で二十三歳のカーチャは、かつてはタイタス・スモールという若者と一緒に眠っていたが、タイタスはもう死んで、カーチャはいま、壊れた心を抱えて一人で眠っている。

明るい光、それから闇。陽《ひ》が空一面から降り注いだあとに、黒々とした夜、物言わぬ星々、木の枝でそよぐ風。毎日このくり返しだ。病院から解放されて以来、この家に住みはじめてからもう一年以上経《た》つ。ミリアムに強く勧められてここへ来て、はじめは二人だけで暮らした。昼間、ミリアムが仕事に出ているあいだ、看護師が一人私の世話をしに来てくれるだけだった。それから三か月して、カーチャの人生の屋根が崩れ落ちて、彼女はニューヨークの映画学校をドロップアウトし、ここヴァーモントにある母の家に戻ってきた。

タイタスという名は、レンブラントの息子ティトゥスにちなんで両親がつけた。何枚かの絵に描かれたあの子供だ。赤い帽子をかぶった、金色の髪の子供。勉強の合間にふと夢想する子供。幼い子は青年となって病に冒され、カーチャのタイタスと同じく二十代のうちに死んだ。それは呪《のろ》われた名、永遠に流通を禁じられるべき名なのだ。私はしばしばタイタスの死を想《おも》う。その死をめぐる恐ろしい物語を、その死を伝える映像を、その死が私の孫にもたらした壊滅的影響を。だがいまはそこへは行きたくない、いまはそこへ行けない、それを極力遠くへ押しやらねばならない。夜はまだはじまったばかりであり、こうしてベッドに横になって、天井も見えぬほど黒い闇を見上げていると、昨日の夜に考えはじめた物語が思い出されてくる。眠りがやって来ようとしないとき、私はこの手を使う。ベッドに横になって、自分に向かって物語を語るのだ。大したものが出来はしないが、物語の中に入っているかぎり、できれば忘れていたい事柄については考えずに済む。けれどいつも集中できるとは限らない。ややもすると心は、私が語ろうとしている物語を離れ、考えたくない事柄の方へ漂い出てしまう。これはどうしようもない。私はくり返し挫折《ざせつ》する。成功より挫折の方が多い。でもとにかくベストは尽くしているのだ。

私は男を穴の中に入れた。これは悪くない出だしに思えた。話を動かしはじめる上で、有望な設定ではあるまいか。眠っている男を穴の中に入れて、目が覚めて穴から這《は》い出ようとしたらどうなるか。それは地面に掘られた深い穴である。深さおよそ三メートル、完璧《かんぺき》な円形に掘ってあって、切り立った内壁はぎっしり詰まった土、非常に硬く表面の肌理《きめ》は焼き物のよう、ほとんどガラスのようである。つまり穴の中の男は、目を開けたところで穴から出られはしない。登山用具でも持っていれば別だが――例えばハンマーとハーケン、あるいはそばの木に引っかけるロープ――この男にそんな道具はない。意識を取り戻したとたん、己の陥った窮地を思い知るだろう。

というわけでそれは起きる。意識が戻ってきて、自分が仰向《あおむ》けに横たわって雲のない夜空を見上げていることに男は気づく。彼の名はオーエン・ブリック、どうやってこの地点に行きついたのか見当もつかないし、こんな円筒形の穴に落ちた記憶もまったくない。見たところ、穴の直径はおよそ三メートル半。そして男は起き上がる。自分が粗い灰褐色のウール製軍服を着ているのを見て男は仰天する。頭には帽子をかぶっていて、両足には頑丈そうな履き古した黒い革のブーツを履き、くるぶしの上でしっかり二重に結んである。上着の袖章《そでしょう》にはそれぞれ縞《しま》が二本入っていて、この軍服が伍長《ごちょう》の位にある人間のものであることを示している。その人間がオーエン・ブリックなのかもしれないが、穴の中のオーエン・ブリックという名の男は自分が軍隊に入った覚えもないし、これまでいかなる戦争で戦った覚えもない。

ほかに説明も思いつかないので、自分は頭を殴られて一時的に記憶を失ったのだと男は仮定してみる。だが、頭皮に指先を這わせて、こぶや裂傷はないかと探ってみても、どこにも腫《は》れた形跡はなく、切り傷も打ち傷も、とにかくそのような怪我《けが》が起きたことを示すものはいっさいない。ではなんなのか？　何かひどいトラウマを被《こうむ》って、脳の大部分が塗りつぶされてしまったのか？　そうかもしれない。が、そのトラウマの記憶が突如戻ってこないかぎり、自分では知りようがない。次に男は、これは家にいてベッドで眠っていて異様に明晰《めいせき》な夢の中に閉じ込められているのだという可能性を検討してみる。あまりに生々しい、強烈な夢であるがゆえ、夢と意識の境界がほとんど溶解してしまったのではないか。もしそうだとしたら、彼としてはただ目を開け、ベッドから跳ね起き、朝のコーヒーを淹《い》れにキッチンへ行くだけでいい。でも、もう開いている目をどうやって開けられる？　まばたきすれば呪縛《じゅばく》が解けるのでは、と子供っぽく考えて何度かやってみるが、むろん解くべき呪縛などありはせず、魔法のベッドも出現しない。

ムクドリの群れが頭上を通りかかり、五秒か六秒視界に入ってきて、また黄昏《たそがれ》の中に消えていく。ブリックは立ち上がって周りを見渡そうとし、そうするなかで、ズボンの左前ポケットに何か膨らんだ物があることに気づく。見ればそれは札入れ、自分の札入れであり、アメリカの金《かね》七十六ドルに加えて、ニューヨーク州発行、一九七七年六月十二日生まれのオーエン・ブリックなる人物の運転免許証が入っている。ブリックがすでに知っていることをこれは追認する。すなわち彼は、クイーンズ、ジャクソンハイツに住む、じき三十にならんとしている男である。彼はまた、自分がフローラという名の女性と結婚していて、過去七年、手品を生業《なりわい》とし、ザ・グレート・ザヴェッロなる芸名で、主としてニューヨーク内外の子供の誕生日パーティで仕事をしてきたことも知っている。こうした一連の事実も、謎《なぞ》を深めるばかりである。自分が何者か、これだけ確かにわかっているのに、どうやってこんな穴に行きついたのか――伍長なぞの制服を着てはいても、身分証明書、認識票、軍隊のＩＤカードなど、兵士としての地位を証明するものは何もなしに？

脱出は問題外であることを理解するのにさして時間はかからない。円形の壁は高すぎるし、表面を凹《へこ》ませてのぼる足がかりを作れないかとブーツで蹴《け》ってみたが、足の親指が痛くなっただけである。夜は急速に更《ふ》けてきて、冷気も漂う。湿っぽい春の冷気が体にじわじわ染《し》み込んでくる。怖くなってきてもいるが、目下のところは怖さより戸惑いが勝っている。それでも、助けを求める叫び声をブリックは上げずにいられない。これまでずっと周りは静まり返り、ここがどこか人里離れた山の中であることを伝えている。時おり鳥の声がして、風がそよぐ程度。ところが、何か歪《ゆが》んだ因果関係でもあるのか、**助けてくれ**と彼が叫んだ瞬間、あたかも合図に応《こた》えたかのように、大砲の発射音が遠くで轟《とどろ》き、暮れかけた空がパッと、破壊の彗星《すいせい》の筋に照らし出される。マシンガンの音、爆発する手榴弾《しゅりゅうだん》の音がブリックにも聞こえる。そしてそれらに混じって、明らかに何キロも向こうで、絶叫する人声《ひとごえ》の鈍いコーラス。これは戦争なんだ、と彼は悟る。そして俺はその戦争の兵士なんだ、なのに俺には使える武器もないし、攻撃から身を護《まも》るすべもない。穴の中で目覚めて初めて、彼は心底、本気で怖くなる。

銃撃が一時間以上続いた末、音も次第にまばらになって、やがて静寂が訪れる。まもなく、微《かす》かなサイレンの音が聞こえてくる。襲撃で破壊された建物へ消防車が急いでいるのだろう。じきにそのサイレンも止《や》み、ふたたび静けさが降りてくる。ブリックは寒く、怯《おび》えているが、また疲れはててもいる。円筒形の牢獄《ろうごく》の内部を、空に星が現われるまで歩き回った末に、その底に大の字になって、やっとどうにか眠りに落ちる。

翌朝早く、穴の上から呼ぶ声で目が覚める。見上げると、縁の向こうから身を乗り出している男の顔が見える。顔以外は何も見えないので、きっと男は腹這いになっているのだろうとブリックは考える。

伍長、と男は言う。ブリック伍長、もう行く時間だぞ。

ブリックが立ち上がると、目から相手の顔までの距離は一メートル前後まで縮まるので、見知らぬ人物が浅黒い、あごの角張った男で、二日分の不精ひげを生やしているのが見える。そして男は、ブリック自身と同じ軍帽をかぶっている。行きたいのはやまやまだが行ける態勢にないのだとブリックが訴える間もなく、男の顔が消える。

心配するな、と男が言うのが聞こえる。すぐに出してやるよ。

少し経ってから、ハンマーか鉄製の大槌《おおづち》かで、何か金属を叩《たた》く音が聞こえてくる。その響きがだんだん、一打ごとにこもり気味になってくるので、地面に杭《くい》を打ち込んでいるのではとブリックは考える。そしてもし杭だとしたら、たぶんロープがまもなくその杭に縛りつけられ、そのロープを使ってブリックは穴から這い出ることができるだろう。ガンガンという響きが止んで、さらに三、四十秒が過ぎてから、案の定ロープが一本、ブリックの足下に降りてくる。

ブリックは手品師であってボディビルダーではないし、一メートルかそこらロープを登るというのは三十歳の健康な男にとって過度の力を要する仕事ではないものの、わが身を引っぱり上げるのに彼は相当苦労する。壁を使おうにも、ブーツの裏はその滑らかな表面をつるつる滑ってしまうので役に立たないし、ブーツでロープ自体を挟み込もうとしても、がっちり締めつけるのは無理で、結局両腕の力に頼るしかなく、腕は取り立てて筋肉質でも力強くもないし、ロープはごわごわの素材で出来ていて手のひらが擦りむけてしまうため、この単純な作業はちょっとした戦闘に変容する。やっとのことで縁に近づき、相手の男が右手を摑《つか》んで平らな地面に引き上げてくれると、ブリックはもうすっかり息が切れていて、自分自身にほとほとうんざりしている。こんな醜態をさらしたからには、からかわれても仕方ないと覚悟するが、なんの奇跡か、蔑《さげす》むような言葉を男はいっさい口にしない。

のろのろ立ち上がりながら、救出してくれた者の軍服が、一点の例外を除いて自分と同じであることをブリックは見てとる。相手の袖には、縞が二本ではなく三本あるのだ。あたりには霧が濃く立ち込めていて、ここがどこなのかも見きわめがたい。思ったとおり、どこか山の中の人里離れた場所ではあるが、昨夜攻撃されていた都市なり町なりはどこにも見あたらない。はっきり見てとれるのは、ロープが巻きつけられた金属製の杭と、穴の縁から三メートルくらいのところに駐《と》めた、泥の撥《は》ねかかったジープだけである。

伍長、と男は言って、ブリックの手をがっちり熱っぽく握る。俺はトーバック軍曹、あんたの上司だ。みんなサージ軍曹《サージ》って呼ぶがね。

ブリックは自分よりたっぷり十五センチ背の低い男を見下ろし、その名を低い声でくり返す。サージ・サージ。

わかってる、とトーバックは言う。笑えるよな。でも根付いちまったものはどうしようもない。長いものには巻かれろ、だろ？

私、ここで何してるんですか？　とブリックは、募ってくる苦悶《くもん》を抑えながら訊《き》く。

おいおい、しっかりしろよ。お前戦争やってんだぞ。なんだと思ったんだ？　ファンワールド一泊旅行か？

なんの戦争です？　ここはイラクだってことですか？

イラク？　イラクがどうしたんだ？

アメリカはイラクで戦争してるじゃないですか。誰だって知ってます。

イラクなんかどうだってんだ。ここはアメリカさ、アメリカがアメリカと戦争してるんだ。

なんの話です？

内戦だよ、ブリック。お前、なんにも知らんのか？　もう四年目だぞ。でもまあお前が来たからにはじきに終わるさ。お前がこの戦争を終わらせるんだから。

どうして私の名前知ってるんです？

お前は俺の小隊にいるんじゃないか、阿呆《あほう》。

じゃあ穴は？　私、穴の底なんかで何してたんです？

通常の手順だよ。新兵はみんなそうやって俺たちのところに来るんだ。

でも私、入隊してませんよ。志願なんかしてません。

もちろんさ。そんなこと誰もしないよ。だけどそうなってるんだよ。いつもどおり暮らしてると思ったら、次の瞬間にはもう戦争の中にいるのさ。

トーバックの言葉にブリックはすっかり面喰らって、なんと言ったらいいかわからない。

こういうことさ、と軍曹はなおも喋《しゃべ》りつづける。お前は大仕事に抜擢《ばってき》されたんだ。なぜって訊かれても困るけど、とにかく参謀幕僚が、この任務にはお前が最適だと決めたのさ。お前が誰にも知られてないからかもしれんし、お前がその……なんて言うかな……いかにも穏やかな物腰だもんだから、まさか暗殺者だとは誰も思わないからかもしれない。

暗殺者？

そう、暗殺者。でも俺としては解放者という言葉を使いたいね。じゃなきゃ平和の使者とか。なんと呼ぶにしても、お前なしじゃ戦争は絶対終わらないんだよ。

ブリックとしてはその場で逃げ出したいところだが、何しろ武器も持っていないので、とりあえず相手に話を合わせる以外は思いつかない。で、誰を殺すんです？と彼は訊く。

誰っていうより何だな、と軍曹は謎めいた答えを返す。何しろ俺たち、奴《やつ》の名前さえよくわかってないんだからな。ブレークかもしれない。ブラックかもしれない。ブロックかもしれない。でも住所はわかってるし、逃げ出しちまったりしてないかぎり問題はないはずだ。お前を町の仲介役に引きあわせて、お前が秘密行動に入って、三、四日すればすべて終わるって寸法さ。

で、その男、どうして死ななきゃいけないんです？

そいつが戦争を所有してるからさ。そいつが戦争を発明したのであって、起きること、起きようとしてること、すべては奴の頭の中にある。その頭を抹殺すれば、戦争は止まる。簡単な話だよ。

簡単？　そいつのこと、神みたいに言うんですね。

神じゃないよ、ただの人間だよ。一日じゅう部屋にこもって、書いてるんだ。奴が書けば、なんでもすべて現実になる。情報部の報告では、激しい罪悪感に苛《さいな》まれているものの、やめようにもやめられないんだそうだ。もしそいつに自分の脳味噌《のうみそ》をブチ抜く根性があったら、俺たちこんな会話やってないんだがね。

じゃあ物語だってことですか。その男が物語を書いていて、俺たちみんなその物語の一部だと。

まあそんなところだ。

それで、そいつが殺されたらどうなるんです？　戦争は終わるだろうけど、俺たちは？

すべて正常に戻るさ。

それとも俺たち、あっさり消えてしまうかも。

かもな。でもまあそれはやってみるしかない。一か八かさ。もう千三百万人以上、死んだんだからな。これ以上こんなことが続いたら、じき人口の半分がいなくなっちまうぜ。

ブリックは誰を殺す気もないし、トーバックの話を聞けば聞くほど、この男は掛け値なしの狂人だという確信が強まる。だが当面は、わかったような顔を保つしかない。任務遂行の意志大ありと見せておくしかないのだ。

サージ・サージはジープの方に歩いていき、膨らんだビニールの鞄《かばん》を後部席から持ってきて、ブリックに渡す。新しい服だ、と軍曹は言って、その場で軍服を脱いで鞄に入った市民服を着るよう手品師に命じる。ブラックジーンズ、青いオックスフォードシャツ、赤いVネックセーター、ベルト、茶色い革ジャン、黒い革靴、それから、さらなる着替えの服、ひげ剃《そ》り道具、歯ブラシ、歯磨き、ヘアブラシ、三八口径リボルバー、銃弾の箱が入った緑のナイロン製バックパックを渡す。そして最後に、五十ドル札が二十枚と、仲介者の名前と住所を書いた紙切れとが入った封筒をブリックは与えられる。

ルー・フリスク、と軍曹は言う。いい奴だ。街に着いたらすぐ会いに行くんだ。必要なことはみんな教えてくれる。

街ってどの街です？とブリックは訊《たず》ねる。ここがどこかもさっぱりわからないんですよ。

ウェリントンだよ、とトーバックは、体をくるっと右に回して濃い朝霧の中を指さしながら言う。真北に二十キロ。この道をずっとまっすぐ行くんだ。午後なかばには着く。

歩いていくんですか？

悪いな。乗せてやりたいところだが、行く方向が反対なんだ。部下たちを待たせてるし。

朝食はどうなんです？　空《す》きっ腹で二十キロってのは……

それも悪いな。俺がエッグサンドとコーヒーを届けるはずだったんだが、忘れちまったんだ。

部下たちの許《もと》に向かう前、サージ・サージは穴からロープを引っぱり上げ、地面から金属の杭を引っこ抜いて、ジープのうしろに放り込む。それから運転席によじのぼり、エンジンを始動させる。ブリックに別れの敬礼を送りながら、じゃあな、頑張れよ、とサージ・サージは言う。お前あんまり人殺しに見えんけど、まあ俺にわかることじゃないよな。俺は何事も正しかったってためしがないんだ。

それ以上何も言わずに、トーバックはアクセルを踏んであっさり行ってしまい、ものの数秒で霧の中に消える。ブリックはまったく動かない。寒くて腹も空いていて、動揺し怯えてもいる。一分以上ただ道の真ん中に立って、これからどうしようかと思案している。やがて、凍《い》てつく寒さの中、体が震え出す。それで話が決まる。ここは手足を動かして、体を暖めるしかない。ゆえに、先に何が控えているのかまったくわからないまま、ブリックは回れ右し、両手をポケットにつっ込んで、街へ向かって歩き出す。

いましがた二階でドアが開いて、廊下を歩く足音が聞こえる。ミリアムかカーチャか、どちらだかはわからない。バスルームのドアが開いて、閉まる。微《かす》かに、ごく微かに、尿が水に当たる聞き慣れた音楽が聞きとれるが、排尿を終えた人物は、家族を起こしてしまわぬよう水を流すことは控える。もっとも、構成員の三分の二はもうすでに起きているわけだが。それからバスルームのドアが開いて、ふたたび廊下を静かに歩く音と、ベッドルームのドアが閉まる音。しいて選ぶとしたら、たぶんカーチャだろう。気の毒な、苦しんでいるカーチャ。脚が言うことを聞かぬ祖父と同じくらい、彼女は眠りに抗《あらが》ってしまう。私が階段をのぼって行って、カーチャの部屋に入って、しばらく一緒にお喋りできたらどんなにいいだろう。私の下手なジョークをいくつか聞かせるか、でなければ、彼女の頭をひたすら、目を閉じて寝つくまで撫《な》でてやるのだ。だが車椅子《くるまいす》では階段をのぼれはしない。松葉杖《まつばづえ》を使ったら、闇の中で転んでしまうのがオチだ。まったくこの脚には頭に来る。唯一《ゆいいつ》の解決策は翼を生やすこと、最高に柔らかい白い羽毛の巨大な翼を生やすことだ。そうすれば一瞬にして二階へ行ける。

この二か月あまり、カーチャと私は毎日一緒に映画を観《み》ている。リビングルームのソファに並んで座り、モニター画面に見入って、二本、三本、時には四本続けてこなし、休憩に入ってミリアムと一緒に夕食をとり、食べ終えたらまたソファに戻って、寝る前にもう一、二本観る。私は本当は原稿を書いていないといけない。三年前に退職したとき、回想録を書くとミリアムに約束したのだ。わが人生の物語、一家の歴史、消えた世界の年代記。だが私としてはそれより、カーチャとソファに座って、彼女と手をつなぎ、彼女の頭が私の肩に載ったまま、画面を舞う映像のはてしないパレードに頭も麻痺《まひ》していくのを感じていたい。何しろ一年以上、毎日ずっと書いていたのだ。分厚いページの山を築き、たぶん半分か、あるいはもう少し進んだのだろうが、いまはなんだかその気も失《う》せてしまったように思える。ソーニャの死がきっかけだったのかもしれない。よくわからない。結婚生活の終わり、その寂しさ、彼女を失ったどうしようもない寂しさ。それからあのレンタカーを大破させて、自分も片脚を駄目にし、危うく死にかけたことも一因ではあっただろう。もうどうでもいい、という気分――この世に七十二年生きたいま、私が自分のことを書こうが書くまいが、誰が構うというのか？　若いころだってこんなことに興味はなかったし、本を書こうなんていう野心なんか全然持ったことはない。本を読むのは好きだが、それだけだ。本を読んで、読み終えたらそれについて書く。そこでもつねにスプリンターだったのであり、長距離ランナーだったことは一度もない。四十年間、〆切《しめきり》に合わせて働きつづけたグレーハウンド。七百語の書評、千五百語の書評、週二回のコラム、時おりの雑誌記事、すべて依頼どおりひねり出すエキスパート。いったい何千本やっつけただろう？　はかなく消えていく言葉を何十年と綴《つづ》り、燃やされるかリサイクルされるかの新聞の山を積み上げる。たいていの同業者とは違って、出来のよいもの――が、かりにあるとして――を集めて本にしようなんて気もまったくなかった。そんなもの、正気の人間が読もうと思うわけがない。目下書きかけの回想録も、とりあえずは埃《ほこり》をかぶってもらうしかない。ミリアム自身は頑張っている。ローズ・ホーソーンの伝記のほぼ終わりまで来ていて、夜、週末、授業をやりにハンプトンまで車を走らせなくてもいい日、といった具合になんとか時間を絞り出している。ひとまず書き手は一家に一人で十分だ。

どこまで進んだか？　オーエン・ブリック……オーエン・ブリックが街への道を歩いている。冷たい空気、戸惑い、アメリカ第二の内戦。これは何かへの序章だが、わが当惑せる手品師をどんな目に遭わせるかを考え出す前に、まずはカーチャと映画についてしばし考える時間が必要だ。というのも私は、これがいいことなのかどうか、いまだ決められずにいるのだ。彼女がインターネットでDVDを注文しはじめたとき、私はそれを進歩のしるし、正しい方向へのささやかな一歩と受けとった。少なくとも、何かに気を紛らわされるのを彼女が厭《いと》わないこと、死んだタイタス以外の何かを考える気があることはわかったからだ。何といっても映画専攻の学生であり、編集技師めざして勉強中なのだ。ＤＶＤが続々届くようになると、これは学校に戻ることを考えているのだろうか、まあ学校には戻らないとしても独学で勉強を進めようとしているのだろうか、と思ったものだ。だがしばらくすると、この憑《つ》かれたような映画鑑賞が、一種の自己投薬に見えてきた。将来について考える必要から逃げようとして自らに麻酔を施す、同毒療法的《ホメオパシー》な薬ではないのか。映画に逃避するのは本に逃避するのとは違う。書物は読み手に、何かを返すこと、自分の知能と想像力を使うことを強いるが、映画はまったく受身の状態でも観ることが――愉《たの》しむことすら――できる。とはいえ、カーチャが自分を石に変えてしまったなどと言うつもりはない。笑顔だって見せるし、コメディで笑えるシーンになると小さな笑い声を漏らしさえするし、ドラマで感動的なシーンになれば涙管《るいかん》は頻繁に活動する。問題は体の姿勢だと思う。背を丸めてソファに座り、伸ばした両足をコーヒーテーブルに載せ、何時間もずっと動かず、電話を取るために手をのばそうとすらせず、私が触れたり抱えたりしないかぎり生命の気配もほとんど示さない。たぶん私のせいなのだろう。こういう平板な、静かな暮らしを送るよう私が奨励したのだ。ここはまた私がやめさせるべきかもしれない。言っても聞くかどうかは疑わしいが。

とはいえ、それなりにいい日もある。私たちは一本観終えるたび、次の一本をかける前に少しお喋りをする。私はたいていストーリーや演技の質の話をしたいのだが、カーチャの発言は技術的側面に傾きがちである。カメラの位置、編集、照明、音響等々。でもたまたま今夜、『大いなる幻影』、『自転車泥棒』、『大樹のうた』、と外国映画を立てつづけに三本観たあと、カーチャはいくつか鋭敏なコメントを口にし、映画製作をめぐるひとつの論を手短に展開して、私はその独創性と洞察力に感心したのである。

命なき事物たち、と彼女は言った。

事物がどうした？と私は訊いた。

人間の感情を表現する手段としての、命なき事物たち。それが映画の言語なのよ。そのやり方を理解しているのはすぐれた監督だけだけど、ルノワール、デ・シーカ、レイとなったら最高の三人だものね。

そうだとも。

たとえば『自転車泥棒』の冒頭。主人公は職にありつくけど、自転車を質《しち》から出さないことには雇ってもらえない。自分を憐《あわ》れみながら主人公は家に帰る。すると妻が建物の外で、水の入った重いバケツを二つ引きずっている。彼らの貧しさ、この女性と家族の苦闘、そのすべてがこのバケツに凝縮されてるんだよ。夫は自分の悩みごとに没頭していて、玄関までの道を半分くらい行くまで妻に手を貸そうともしない。手を貸してもバケツの片方を持ってやるだけで、もう一方はそのまま妻に運ばせる。その数秒間で、彼らの結婚生活について知るべきことがすべて伝わってくる。それから二人で階段を上がっていって、シーツを質に入れて自転車を質から出すというアイデアを妻が思いつく。思い出してよ、妻が台所でどれだけ乱暴にバケツを蹴るか、どれだけ乱暴にたんすの引出しを開けるか。命なき事物、人間の感情。それから場面は質屋に変わる。質屋といっても店なんかじゃなくて、だだっ広い場所、求められざる物たちを置いておく一種の倉庫だよね。妻がシーツを質に入れて、従業員がその小さな包みを、質草を入れておく棚に持っていく。はじめ棚はそんなに高くないように見えるけど、やがてカメラが引いて、男がのぼりはじめて、棚が何段も何段も重なっているのが見える。どの棚にも引出しにも、いま従業員がしまおうとしているのとまったく同じ包みが詰まっている。突然、まるでローマ中すべての家族がシーツを売ったみたいに、街全体がこの夫婦と同じ悲惨な状態にあるみたいに思えてくる。たった一ショットでよ、お祖父ちゃん《グランパ》。一ショットで、一個の社会全体が破滅の一歩手前で生きてるさまが見えるんだよ。

　悪くないぞ、カーチャ。調子が出てきたな……。

　さっき思いついただけなんだけどね。でもこれってちょっと発見だと思う。三本全部に例が見つかるんだもの。『大いなる幻影』のお皿は覚えてる？

　お皿？

　終わり近くだよ。ジャン・ギャバンがあのドイツ人の女に言うでしょう、君を愛している、戦争が終わったら君と娘さんを迎えにくる、でもいまは軍隊が迫ってきているからダリオも僕も手遅れにならないうちに国境を越えてスイスに入らないといけない、って。四人で最後の食事をして、いよいよ別れの時が来る。もちろんすごく感動的だよね。戸口に立っているギャバンと女の姿、二人が二度と会えないかもしれない可能性、男たちが夜の闇に消えていくのを見送る女の涙。それから、ギャバンとダリオが森を走っているシーンにカット。賭《か》けてもいいけど、世界中ほかのどの監督でも絶対、あとは終わりまで彼らを追うと思う。でもルノワールは違う。彼には天才があるのよ。天才っていうのは、理解の深さ、心の深さ、共感の深さのことだよ。それがあるから、ルノワールは女と小さな娘に戻っていく。すでに戦争の狂気に夫を奪われた若い未亡人が、ここで何をせねばならないか？　家の中に戻って、ダイニングルームの食卓と向きあわないといけないんだよ。ついさっき食べた夕食で使った、洗い物の皿と向きあうんだよ。男たちはいなくなった。彼らがいなくなったゆえに、そのお皿は、彼らの不在の象徴、男たちが戦《いくさ》に行ってしまったあとの女たちの寂しい苦難を表わす記号に変容している。一言も言わずに、女は皿を一枚ずつ手にとって、テーブルを片づける。このシーンがどれくらい続く？　十秒？　十五秒？　ほとんどゼロに近い時間だよ、でも息を呑《の》まされるでしょう？　圧倒されて、打ちのめされる。

君は強い子だな、と私は、にわかにタイタスのことを考えながら言う。

やめてよ、お祖父《じい》ちゃん。あの人のことは話したくない。いつかはそうしてもいいけど、いまは駄目。オーケー？

オーケー。映画に集中しよう。まだもう一本あるぞ。インド映画だな。私はあれが一番良かったな。

作家についての映画だからでしょ、とカーチャは言って、つかのま皮肉っぽい笑みを浮かべた。

かもしれない。でもだからって悪い映画と決まったわけじゃないぞ。

いい映画じゃなかったら選ばないよ。クズ《ジャンク》はなし。それがルール、でしょ？　どんな映画でもいい、狂ってるのでも崇高なのでも、だけどジャンクはなし。

結構。でも『大樹のうた』の命なき事物は？

考えてごらんよ。

考えたくないね。君の論なんだから、君が教えてくれるんだ。

カーテンとヘアピン。ひとつの人生から、もうひとつの人生への移行。物語のターニングポイントだよ。主人公のオプーは、友だちの親戚《しんせき》の結婚式に出るために田舎に来ている。しきたり通りの見合い結婚で、花婿《はなむこ》が現われると、これが訳のわからないことを口走るばかりの人間。式は中止になって、オプーの友人の親戚はパニックに陥る。その日のうちに結婚しないと、娘は一生呪われてしまうかもしれない。オプーは木蔭《こかげ》で昼寝している。悩みひとつなく、何日か街から離れられて喜んでいる。娘の家族が近づいてくる。いまここにいる独身の男はあなただけなんです、問題を解決できるのはあなたしかいないんです、と彼らは説明する。オプーは愕然《がくぜん》とする。こいつら頭がおかしいんだ、どいつもこいつも迷信深い田舎者なんだ、と思って耳も貸さない。でもそこで、しばし考えて、結局彼らの願いを聞き入れることにする。善行として、人助けとしてそうするんだけど、娘をカルカッタに連れて帰る気はさらさらない。結婚式が済んで、とうとう二人きりになると、この大人しい娘が思ったよりずっと逞《たくま》しいことをオプーは思い知る。僕は貧乏で、作家志望で、君には何も与えてやれない、とオプーは娘に言う。知ってるわ、でもそんなことどうでもいい、と娘は言って、なんとしても彼と一緒に行く気でいる。オプーは苛《いら》ついて、面喰らうけれど、娘の頑《かたく》なさに心を動かされもして、結局しぶしぶ折れて出る。街へカット。オプーの住んでいる崩れかかった建物の前に馬車が停まって、オプーと花嫁が降りてくる。近所の人たちが美しい娘に見とれている前で、オプーは彼女を従えて階段を上がり、むさくるしい屋根裏部屋に連れていく。次の瞬間、オプーは誰かに呼ばれて部屋を出ていく。カメラはそのまま娘を映している。この知らない部屋、この知らない都市に一人でいる、ほとんど何も知らない男と結婚した娘。やがて彼女が窓辺に歩いていくと、そこには本物のカーテンの代わりに汚い麻布が掛かっている。布には穴が開《あ》いていて、彼女がその穴を通して裏庭を見ると、おむつを着けた赤ん坊が、埃やゴミのあいだをよちよち歩いている。カメラのアングルが反転して、次に、その穴を通して彼女の目が見える。その目から涙が流れ落ちる。彼女が取り乱していて、怯えていて、途方に暮れていることを誰が責められる？　オプーが戻ってきて、どうかしたのかと彼女に訊く。なんでもない、と彼女は首を振りふり答える。なんでもないの。そうして、暗転。ここで大問題。次はどうなるのか？　まったくの偶然で結婚する破目になった、このありえないカップルの行く手に何が控えているのか？　一握りの巧みな、確かな手さばきでもって、一分とかからずにすべてが明かされる。事物一、窓。フェードイン、早朝、まず目に入ってくるのはさっきのシーンで娘が外を見ていたあの窓。ところがボロの麻布はなくなっていて、代わりに小綺麗《こぎれい》なチェックのカーテンが一対掛かっている。カメラが少し引くと、事物二が見える。窓辺に置いた、鉢植えの花。有望な徴候ではあるけれど、これが何を意味するかはまだ定かでない。家庭らしさ、団欒《だんらん》、女性の手、でもこういうのは妻の務めであって、妻としての義務を遂行したからといってオプーを愛《いと》しく思っているかどうかはわからない。カメラはそのまま引きつづけ、二人がベッドで眠っている姿が見えてくる。目覚まし時計が鳴って、妻は寝床から這い出し、オプーはうめき声を上げて顔を枕《まくら》にうずめる。事物三、彼女のサリー。彼女は寝床から出ていこうとするけれど、急に動けなくなる――服がオプーの服に縛りつけられているから。すごく変。誰がこんなことを、なぜやったのか？　彼女の表情は、苛ついているようでもあり面白がっているようでもあり、すべてオプーの仕業だということを私たちは一瞬にして悟る。彼女は寝床に戻ってきて、オプーの尻《しり》を優しく叩き、それから結び目をほどく。この瞬間は何を伝えているか？　二人がセックスを楽しんでいること、二人のあいだにおどけたつながりが生じていること、二人が本当に結婚していること。でも、愛は？　二人とも満足しているようだけど、たがいに対する気持ちはどれくらい強いのか？　ここで事物四が現われる――ヘアピン。妻は朝食の支度をしに画面の外へ出て、カメラはオプーにクローズアップする。やっと目を開けて、寝床の上であくびをして、伸びをして、体を転がすと、二つの枕のあいだのすきまに何かあるのが目に入る。手を入れて、妻のヘアピンを一本、そこから取り出す。ここが至上の瞬間だよね。オプーはヘアピンを取り上げてしげしげと眺める。そんなオプーを見て、その目にこもる優しさと崇拝の念を見れば、彼が妻に狂おしく恋しているること、彼女こそ人生唯一の女性であることに疑いの余地はない。そしてサタジット・レイはこれを、一言も言葉を使わずにやってのけるんだよ。

皿と同じ、と私は言った。シーツと同じ。言葉はなし。

言葉は要らないんだよ、とカーチャは答えた。自分が何をやってるかちゃんとわかっていれば。

その三つのシーン、もうひとつあるな。観ている最中は気がつかなかったけれど、君の説明を聞いていて思いついた。

なあに？

みんな女性の話だってことさ。世界を支えているのは女だということ。女たちが本当の仕事を進めているなか、情けない男たちはうろうろ動き回ってヘマばかりやってる。じゃなけりゃゴロゴロ寝転がって何もしない。ヘアピンのあともそうだよ。オプーは部屋の向こうにいる、鍋《なべ》の上にかがみ込んで朝食を作っている妻を見て、何も手伝おうとしない。イタリア人の男も、あのバケツ二つを運ぶのが妻にとってどれだけ大変か気づいていない。

やっと男もわかったのね、とカーチャは言って、私の肋骨《ろっこつ》を軽くつっつく。

誇張はよそう。私は君の論に脚注をつけ加えただけだよ。君のきわめて聡明《そうめい》な論に。

で、お祖父ちゃんはどういう夫だったの？

三本の映画の連中と同じくらい、注意散漫にして怠惰だったね。君のお祖母《ばあ》さんが何もかもやったんだ。

そんなことないでしょ。

いや、そうだとも。君が一緒にいたときは、いつも最高にお行儀よくしていたのさ。二人きりでいるところを見せたかったね。

　私はベッドの中でしばし体を動かし、枕を整え、ベッドサイドテーブルに置いたグラスから水を一口飲む。ソーニャのことを考えはじめたくはない。それにはまだ早すぎる。いまそれを自分に許してしまったら、何時間もくよくよ彼女のことを考える破目になるだろう。物語から離れるな。それが唯一の解決策だ。物語から離れず、終わりまで行ったらどうなるか見てみるのだ。

　オーエン・ブリック。ウェリントンの街に向かうオーエン・ブリック。ウェリントンがどの州にあるのかも、国のどのあたりにあるのかもブリックにはわかっていないが、空気が湿って冷たいことから見て、たぶん北部だと考えている。ニューイングランドか、ニューヨーク州か、中西部北のどこかか。それから、内戦がどうこうとサージ・サージが言っていたのを思い出し、何をめぐって戦っているんだろう、誰が誰と戦っているんだろうと考える。ふたたび南部と北部か？　東部と西部か？　共和党州《レッド》対民主党州《ブルー》か？　白人対黒人？　何が元で戦争になったにせよ、いかなる問題なり思想なりが争点となっているにせよ、とにかく全然筋が通らないとブリックは思う。トーバックはイラクのことを何も知らなかったのだ。なのにここがアメリカであるはずはない。すっかり途方に暮れて、自分は夢の中に囚《とら》われているのではという当初の推測にブリックは戻っていく。身の回りはいかにも現実に見えるけれど、俺はいま家のベッドにいて、フローラの隣で眠っているんだ。

視界は貧しいが、霧の向こうにぼんやり、両側を森が囲んでいるのが見てとれる。家や建物はどこにも見当たらず、電信柱もなければ交通標識もなく、道路以外に人間の存在を示唆《しさ》するものは何もない。タールとアスファルトの雑な舗装が伸びていて、そこらじゅうにひびや穴があり、明らかにもう何年も補修されていない。ブリックは一キロ歩き、また一キロ歩くが、車は依然いっこうに通らないし、何もない空間から人が登場したりもしない。二十分くらい経ったところで、やっと何かがこっちへやって来るのが聞こえる。ガチャガチャ、シューッという音はなんだろうと彼は耳を澄ます。霧の中から、自転車に乗った男がこっちへやって来る。ブリックは相手の注意を惹《ひ》こうと片手を挙げ、こんにちは、すみません、あの、と呼びかけるが、相手は彼を無視してそのまますっさと行ってしまう。しばらくすると、さらに何人も自転車に乗った人間が現われ、両方向に走っていくが、すみません、停まってくださいと頼み込むブリックには目もくれない。これでは透明人間であっても同じことだ。

十キロくらい道路を行ったあたりで、人が暮らしている気配が見えてくる。あるいは、かつて暮らしていた形跡——焼けた家々、崩壊した食品市場。犬の死骸《しがい》もひとつあり、爆発した自動車が数台。ボロボロの服を着て、全財産を詰め込んだショッピングカートを押している年寄りの女が一人、突如彼の目の前に出現する。

すみません、これはウェリントンに行く道でしょうか？とブリックは訊く。

女は立ちどまって、訳がわからないという目でブリックを見る。女のあごから、小さなひげの房が飛び出しているのをブリックは目にとめ、皺《しわ》の寄った口、関節炎らしき節くれだった両手を見る。ウェリントン？と女は言う。そんなこと誰に訊かれたんだい？

誰にも訊かれてませんよ、とブリックは言う。僕があなたに訊いてるんです。

あたし？　あたしに何の関係があるんだい？　あたしはあんたなんか、知りもしないんだよ。

僕だってあなたのこと知りませんよ。僕はただ、これはウェリントンに行く道ですかって訊いてるだけです。

女はしばしブリックをしげしげと見て、五ドルかかるよ、と言う。

イエスかノーに五ドル？　頭がおかしいんじゃないですか。

このへんじゃみんな頭がおかしいんだよ。あんたはおかしくないって言う気かい？

何も言う気なんかありませんよ。僕はただ、ここがどこだか知りたいだけです。

ここは道路だよ、阿呆。

ええそうですよ、ここは道路ですけど、知りたいのはこの道がウェリントンに通じてるかってことです。

十ドル。

十ドル？

二十ドル。

もういいです、と、いまや堪忍袋《かんにんぶくろ》の緒も切れかけたブリックは言う。自分で考えますから。

何を考えるんだね？と女が訊く。

答える代わりに、ブリックはふたたび歩き出す。霧の中を大股《おおまた》に立ち去ると、女が背後でゲラゲラ笑い出すのが聞こえる。まるで誰かから出来のいいジョークを聞かされたみたいに……。

ウェリントンの街。ブリックが市街に入っていくころにはもう正午を過ぎている。

疲れはて、腹も空き、長歩きしてきたので足も痛い。早朝の霧も太陽に追い払われた、気温は十五度くらいの晴天の中をさまよい歩いていると、この街がおおむね無傷のまま残っていることが見えてブリックは意を強くする。少なくともここは、瓦礫《がれき》が山となって民間人の死体が転がった交戦地帯などではない。破壊された建物や、クレーターが出来た道路はいくつか見えるし、バリケードも二、三粉砕されているが、それ以外、都市はいちおう機能しているようだ。歩行者が行き来し、店から人が出入りしていて、差し迫った脅威があたりに漂っていたりはしない。アメリカのありきたりの大都会と唯一違うのは、乗用車、トラック、バスが一台も走っていないことだ。ほとんど全員が徒歩で移動していて、歩いていない者は自転車に乗っている。これがガソリン不足のせいか、それとも市の方針なのか、まだ判断はできないが、この静かさが快い効果を生んでいることをブリックは認めないわけには行かない。この方が、ニューヨークの街の喧騒《けんそう》と混沌《こんとん》より彼には好ましい。だがそれ以外、ウェリントンにさした る取り柄はない。冴《さ》えない、うらぶれた街であり、醜い粗末な造りの建物が並び、樹木もほとんど見当たらないし、収集されないゴミの山が歩道に散乱している。ぱっとしない場所だ。でも、思っていたような地獄の一丁目ではない。

まず第一の仕事は腹を満たすことだが、この街はレストランに乏しいのか、しばらく歩き回ってやっと、大通りから入った横町に小さな食堂が見つかる。もうほぼ三時で、ランチタイムはとっくに過ぎていて、入っていくと店内は空っぽである。左側にカウンターがあって、誰も座っていない丸椅子が六つある。それと反対の、右側の壁にそって狭いブースが四つ並び、こちらもやはり誰もいない。ブリックはカウンターに座ることにする。丸椅子のひとつに腰を落着けた数秒後、若い女がキッチンから出てきて、彼の前にメニューをばしんと置く。二十代なかばか後半の、痩《や》せた青白い金髪女で、目には疲れの色が浮かび、唇にはかすかに笑みの気配が漂っている。

今日は何がお勧めかね？とブリックは、メニューを開けもせずに訊く。

ていうか、今日は何があるかよね、とウェートレスは答える。

そうなのかい？　で、何があるのかね？

ツナサラダ、チキンサラダ、卵。ツナは昨日ので、チキンはおとといので、卵はけさ入ってきた。どんなふうにも料理するわよ。目玉焼、スクランブル、ポーチド。堅め、ミディアム、柔らかめ。なんでも、いかようにも。

ベーコンかソーセージは？　トーストかポテトは？

ウェートレスは驚愕を装《よそお》って目を丸くしてみせる。夢を見てなさいな、ハニー、と彼女は言う。卵は卵よ。卵と何か、じゃないのよ。卵だけ。

わかったよ、とブリックは、失望しながらも平静を装って言う。じゃあ卵で行こうじゃないか。

どう料理します？

そうだな……何がいいかな？　スクランブルだ。

いくつ？

三つ。いや、四つにしてくれ。

四つ。それって二十ドルになるわよ。ウェートレスは眉間《みけん》に皺を寄せ、いま初めて見るかのような目でブリックを見る。首を横に振りながら、彼女は言い足す。あんたこんなゴミためで、ポケットに二十ドル入れて何やってんの？

卵が食べたいからさ、とブリックは答える。スクランブルエッグ四つ分、サーブしてくれるのは……

モリー、とウェートレスは言って彼ににっこり微笑《ほほえ》みかける。モリー・ウォルド。

……モリー・ウォルド。何か異議はあるかね？

何も思いつかないわね。

というわけでブリックはスクランブルエッグ四つ分を注文し、痩せた、友好的でなくはないモリー・ウォルド相手に軽い、冷やかしっぽい口調を保とうと努めるが、その下では、こんなしょぼくれた食堂で卵が一個五ドルするようじゃトーバックからもらった金もそう長続きしないな、と考えている。モリーが背後のキッチンに注文を伝えると、ブリックは戦争について彼女にいろいろ訊いてみるべきか、それとも手の内を明かさずに黙っているべきか思案する。決めかねたまま、コーヒーを注文する。

悪いけど無理よ、とモリーは言う。品切れ。熱い紅茶なら。熱い紅茶だったら出せますけど。

オーケー、とブリックは言う。紅茶をポットで。そして一瞬ためらってから、勇気を奮い起こして訊ねる。単なる好奇心から訊くんだけど、それっていくら？

五ドル。

五ドル？　この店、なんでも五ドルみたいだな。

その一言に見るからに戸惑って、モリーは身を乗り出し、両腕をカウンターに載せて、首を横に振る。あんた、ちょっと頭悪いみたいね。

たぶんね、とブリックは言う。

一ドル札もコインも、半年前に使われなくなったのよ。あんたいままでどこにいたの？　あんたって外国人か何か？

わからないな。僕はニューヨークに住んでる。それって外国人ってことになるかな？

ニューヨーク・シティ？

クイーンズ。

モリーが発する鋭い笑い声は、何も知らない客に対する軽蔑《けいべつ》と同情の両方を伝えているように思える。すごいこと言うのねえ、ほんとにすごいわよ、と彼女は言う。ニューヨークからやって来た、なぁんにもわかっちゃいない男。

いや……その……ブリックは口ごもる。実は僕、病気だったんだよ。リタイアしてたのさ。つまりその、入院していて、世の中で何が起きてるかもフォローしてなかったんだ。

じゃ教えてあげるけどね、大馬鹿《おおばか》さん、とモリーが言う。いまは戦争中なのよ。ニューヨークがその戦争をはじめたのよ。

え？

そうよ、「え」よ。脱退《シセッション》よ。聞いたことあるかしら。州が国から独立を宣言するってこと。いまそういう州がここを入れて十六あって、いつ終わるかは神のみぞ知る。悪いとは言わないけど、限度ってものがあるわよね。じわじわ疲れてきて、いい加減嫌になってくるわよ。

昨日の夜、激しい銃撃戦があったよね、と、やっと直接質問をする勇気を出してブリックは言う。どっちが勝ったの？

連邦軍が攻めてきたけど、こっちの軍が撃退したのよ。これでしばらくは来ないいんじゃないかしらね。

ということは、この街もまずは静かだろうってことだね。

ええ、当面はね。まあ少なくともそういう話。でもわかんないわよね、そんなの。

、、、、、、、、スクランブル四個分、とキッチンから声がして、次の瞬間、モリーの背後の棚に白い皿が現われる。モリーは身を翻《ひるがえ》し、ブリックの食事を摑んで、彼の目の前に置く。それから紅茶を淹《い》れにかかる。

卵は乾いていて、火も通りすぎで、塩と胡椒《こしょう》をふんだんにかけたところでさしたる香りも引き出せない。だがブリックは、何しろ二十キロ歩いてすっかり腹を空かせている。フォークで一口、また一口と放り込み、ゴムみたいな卵を律儀《りちぎ》に嚙《か》んで、紅茶をたびたび啜《すす》って流し込む。熱いという触れ込みだったはずの紅茶は生ぬるい。まあいいさ、とブリックは胸のうちで言う。とにかく訳のわからないことがどっさりあるんだから、食べ物の質なんてまったくどうでもいい話さ。卵相手の格闘がなかば過ぎたあたりで、ふと顔を上げてモリーの方を見ると、相手は依然カウンターの向こうで腕組みをして立ち、彼が食べるのを見守りながら、体の重心を左足、右足へと移し、緑の目は笑いをこらえている様子の光を放っている。

何がそんなに可笑《おか》しい？とブリックは言う。

べつに何も、とモリーは言って肩をすくめる。ただ、あんまり速く食べてるもんだから、子供のころうちで飼ってた犬を思い出しちゃって。

悪かったね、何しろ腹が減ってるものでね。

そうかなと思ったわ。

僕がここに来たばっかりだってことも思ってくれたかな、とブリックは言う。この街には誰も知り合いがいなくて、泊まるところが要るんだ。何か耳寄りな話があったら教えてくれないかな。

どれくらい泊まるの？

わからない。一晩かもしれないし、一週間かもしれないし、一生かもしれない。まだなんとも言えない。

ずいぶん曖昧《あいまい》なのね。

仕方ないんだ。ちょっと事情が、妙な事情があってね、闇《やみ》の中で手探りしてる感じなんだ。実のところ、今日が何日の何曜かもわかってない。

四月十九日、木曜よ。

四月十九日、結構。そうかなと思ってたんだ。で、何年？

それって冗談？

いいや、あいにくそうじゃない。いまは何年？

二〇〇七年。

変だな。

なんで？

年も合ってるからさ。なのに、何もかもが間違ってる。ねえ聞いてくれよ、モリー
……

聞いてるわよ、全身を耳にして。

よし。それでだ、九月十一日と聞いたら、その言葉は君にとって何か特別な意味を持つかな？

べつに、何も。

世界貿易センターは？

ツインタワー？　ニューヨークの高いビル？

そのとおり。

それがどうしたの？

まだ建ってるかい？

当たり前でしょ。あんた、どうなってんのよ？

どうもなってない、とブリックは、ほとんど聞きとれないくらいの小声で呟《つぶや》く。それから、食べかけの卵を見下ろして、悪夢が消えて別の悪夢か、と呟く。

え、何？　聞こえなかったわ。

ブリックは顔を上げ、モリーの目をまっすぐ見て、最後の質問を口にする。で、イラクで戦争はしてないんだね？

なぜ訊《き》くの、もう答えを知ってるんなら？

確かめずにいられなかったんだ。ごめん。

ねえ、ミスター――

オーエン。オーエン・ブリック。

オーエンね。あんたがどういう問題抱えてるか知らないし、その病院とかで何があったかも知らないけど、あたしがあんただったら、まずはその卵が冷める前に食べちゃうわね。あたし、キッチンに行って電話かけてくる。そこの角を曲がったところの小さなホテルで、夜番のマネージャーやってる従兄《いとこ》がいるのよ。空きがあるかもしれない。

どうしてそんなに親切にしてくれるの？　僕のこと、知りもしないじゃないか。

親切なんじゃないわ。あたし、従兄と取引きしてるのよ。客を連れていくたびに、一泊目の十パーセントをもらうの。純粋に商売なのよ、宇宙人さん。部屋があったとしても、あんた、あたしに借りができるわけじゃないのよ。

果たせるかな、部屋はある。ブリックが卵の最後を（もうすっかり冷めた紅茶をさらに一口呑み込みつつ）喉《のど》に押し込んだあたりで、モリーがキッチンから戻ってきて朗報を伝える。三部屋空いていて、と彼女は言う。二室は一晩三百ドル、一室は二百ドル。あんたの財布の中身わからなかったから、とりあえず二百の方にしておいたわよ。さもタフな感じで純粋に商売などと言ってはいても、手数料が十ドル安い方にしてくれたんだな、とブリックは有難く思う。精一杯隠そうとしてるけど、なかなかどうしていい娘《こ》じゃないか、と彼は思う。とにかくこれまで二十時間の出来事で、ひどく心細く、混乱しているので、彼女がカウンターの向こうの定位置を放棄して一緒にホテルに来てくれればとブリックは思うが、それはさすがに高望みだろう。僕のために特別にやってくれないかな、と頼むだけの度胸もない。それでもモリーは、紙ナプキンに略図を描いて、すぐ隣の一画にあるエクセター・ホテルまでの道を教えてくれる。かくしてブリックは勘定を済ませ、彼女の手に十ドルのチップを押し込み、別れの握手をする。

また会えるといいね、とブリックは言い、突然、馬鹿みたいに、いまにも泣き出しそうになる。

あたしいつだってここにいるわよ、とモリーは答える。八時から六時、月曜から金曜。またショボい食事がしたくなったらいつでもどうぞ。

エクセター・ホテルは、ディスカウント靴店や薄暗い酒場が並ぶ界隈《かいわい》の只中《ただなか》にある、六階建ての石灰岩の建物である。六十年、七十年前は見栄《みば》えのする場所だったかもしれないが、ロビーに入って、座部の沈んだ、虫に食われたビロード張りの椅子や、枯れた鉢植えの棕櫚《しゅろ》を一目見て、この街では二百ドルでは大したものを買えないことをブリックは思い知る。一晩分前払いしろとフロント係にきつい口調で言われてブリックはやや度肝を抜かれるが、地元の習慣を知らないのであえて抗議もしない。トーバック軍曹の双子の兄弟と言っても通りそうなその係は、五十ドル札四枚を数えて、ひびの入った大理石のカウンターの下にある引出しにぽんと放り込み、四〇六号室の鍵《かぎ》をブリックに渡す。サインも、身分証明の提示も求めない。エレベータはどこかとブリックが訊くと、故障中だという答えが返ってくる。

四階まで階段をのぼったのでいくぶん息を切らしながらドアの鍵を開け、部屋に入る。見ればベッドはメークしてあり、白い壁は見た目も匂《にお》いも塗り直したばかりと思えるし、何もかもまずまず清潔だが、ひとたびじっくり見てみると、激しい恐怖感にブリックは襲われる。部屋はこの上なく侘《わび》しく、殺伐としていて、彼の胸に、長年にわたって何十人もの絶望した人々がひとえに自殺を遂げるためにここにチェックインしたのだという妄想が湧《わ》いてくる。こんな思い、どこから来たのか？　俺の精神状態のせいか、それとも事実の裏付けがあるのか？　たとえば、家具の乏しさ。ベッドがひとつと、広すぎるスペースにおんぼろの洋服ダンスがぽつんとひとつ置いてあるだけ。椅子もなく、電話もない。壁には一枚の絵もない。がらんと殺風景なバスルームに入ってみると、包み紙にくるんだ超小型の石鹸《せっけん》が一個白い流し台に転がり、白いハンドタオルが一枚だけタオル掛けに掛かっていて、白い浴槽はエナメルが剝《は》げて錆《さ》びている。部屋の中をうろうろ歩きながら、どんどん螺旋《らせん》状に気分が落ち込んでいくなか、窓際《まどぎわ》にある白黒テレビのスイッチをブリックは点《つ》けてみることにする。ひょっとしたら気が鎮《しず》まるかもしれないし、うまくすればニュースでもやっていて戦争について何かわかるかもしれない。ボタンを押すと、ピンとうつろな音が箱から響いてくる。有望な徴候だ、と思ったものの、機械が暖まるのを長いこと待っても、画面にはなんの映像も現われない。画面に広がる砂嵐《すなあらし》と、バリバリと耳ざわりな雑音、それだけだ。ブリックはチャンネルを変えてみる。さらなる砂嵐と、さらなる雑音。チャンネルを一周してみるが、どこも結果は同じである。ブリックはあっさりスイッチを切る代わりに壁からコードを引っこ抜く。それから年代物のベッドに腰かける。体の重みにベッドがうめき声を上げる。

無益な自己憐憫《れんびん》の泥沼に沈み込む間もなく、誰かがドアをノックする。きっとホテルの従業員だろうと思うが、心の底で、モリー・ウォルドだったらとブリックは願っている。食堂の仕事を束の間《つかま》抜け出して、様子を見に来てくれたのではないか。むろん望みは薄い。そして、ドアの鍵を開けたとたん、はかない希望は打ち砕かれる。訪問者はモリーではない。だがホテルの従業員でもない。代わりに目の前に立っているのは、背の高い魅力的な女性である。髪は黒く目は青く、黒いジーンズをはいて茶色の革ジャンを着ている。けさブリックがサージ・サージから与えられたのと似たような服である。その顔をしげしげと見ているうちに、どこかで会ったことがあるはずだとブリックは確信するが、いつどこで会ったかの記憶はいっこうに浮かんでこない。

こんにちはオーエン、と女性は言って、パッと派手な、出来合いの笑みを彼に向ける。その口を見たオーエンは、彼女がひどく濃い口紅を塗っていることを目にとめる。

どこかでお会いしましたよね、とブリックは答える。とにかく僕はそう思うんです。それとも誰か知りあいに似てるのかな。

ヴァージニア・ブレーンよ、と女は陽気に宣言する。勝ち誇った気分がその声に響いている。覚えてない？　高二のとき、あんた、あたしに夢中だったでしょ。

参ったな、とブリックはますます途方に暮れて呟く。ヴァージニア・ブレーン。ブラント先生の幾何の授業で隣同士だったよね。

中に入れてくれないの？

さあどうぞ、もちろんどうぞ、とブリックは言って脇《わき》へ退《の》き、彼女が大股で敷居をまたぐのを見守る。

陰気な、何もない部屋を見渡してから、ヴァージニアは彼の方を向いて言う。ひっどいところねえ。いったいなんでこんなところ選んだの？

長い話なんだ、と、詳しく話す気になれないブリックは答える。

こんなの駄目よ、オーエン。もっとましなところを探してあげないとね。まあ明日になったらね。もう今夜の分は払ったし、たぶん払い戻しちゃくれないだろうからね。

座る椅子《いす》ひとつないじゃないの。

わかってる。よかったらベッドに座ってくれていいよ。

ありがとう、とヴァージニアは、くたびれた緑のベッドカバーをちらっと見ながら言う。立ってることにするわ。

ここで何してるんだい？とブリックは唐突に話題を変える。

あんたがホテルに入っていくとこ見たのよ、それでここまで上がってきて——

いやいや、そういうことじゃなくて、とブリックは相手の言葉を遮る。この街、聞いたこともないこのウェリントンっていう街で何してるのかってことさ。アメリカということになってるけどアメリカじゃない、少なくとも僕の知ってるアメリカじゃないこの国で。

それは言えないわ。とにかく、いまは。

僕はニューヨークにいて、女房と一緒に寝床に入る。僕たちは愛しあって、眠りに落ちて、僕が目を覚ますとそこはまるっきりどこでもない場所にある穴の底で、僕はよりによって軍服なんか着てる。いったいどうなってるんだ？

落着きなさいよ、オーエン。まあたしかに最初はちょっと面喰らうでしょうけど、じき慣れるわよ。保証するわ。

慣れたくなんかないね。僕は自分の生活に戻りたいんだ。

戻れるわよ。それも、思ったよりずっと早く。

それはせめてもの救いだね、とブリックは彼女の言葉を信じていいかどうかわからぬまま言う。だけど僕が戻れるとすれば、君はどうなんだ？

あたしは戻りたくないのよ。ここへ来てもうずいぶん経《た》つし、前にいたところより好きなのよ。

ずいぶん経つ……じゃ、君が学校に来なくなったのは、一家で引越したからじゃないんだね。

そうよ。

君がいなくなってすごく寂しかったよ。三か月くらい、君をデートに誘う勇気を奮い起こそうとしていて、やっとさあ言うぞっていう気になったところで、君はいなくなってしまったんだ。

仕方なかったのよ。ほかにやりようはなかったの。

なんでここにとどまってるんだい？　結婚してるの？　子供はいるのかい？

子供はいないけど、前は結婚してたわ。夫は戦争がはじまってすぐ死んだの。

それはお気の毒に《アイム・ソリー》。

ほんと、残念《アイム・ソリー、トゥー》よね。あんたが結婚してるってのもちょっと残念ね。あんたのこと忘れてなかったのよ、オーエン。もうずっと前のことだってわかってるけど、あたしもあんたとのデート、すごく行きたかったのよ。

いまになって言うのかい。

ほんとなのよ。そもそもあんたをここへ連れてくるのって、誰の思いつきだったと思うの？

冗談だろ。おいヴァージニア、なんだって君、僕をこんなひどい目に遭わせるんだ？

あんたにもう一度会いたかったのよ。それにあんたなら、この仕事にぴったりだと思ったし。

仕事って？

知らないふりしないでよ、オーエン。わかってるでしょ。トーバック。サージ・サージとか名のってる阿呆《あほう》。

そしてルー・フリスク。あんた、まっすぐあの人のところへ行くことになってたのよ、覚えてる？

疲れてたんだよ。空《す》きっ腹で一日じゅう歩きどおしだったから、まずは何か食べて一眠りせずにいられなかったんだ。ベッドにもぐり込もうっていうところで、君がドアをノックしたんだよ。

おあいにくね。あたしたちきついスケジュールでやってるのよ、いますぐフリスクのところに行かないと。

行けないよ。もうくたくたなんだよ。二時間ばかり眠らせてくれよ、そしたら一緒に行くから。

悪いけどそれは……

頼むよ、ヴァージニア。昔のよしみで。

わかったわ、とヴァージニアは腕時計を見下ろしながら言う。一時間眠らせてあげる。いまは四時半。五時半きっかりにノックしますからね。

ありがとう。

でも変な真似《まね》はなしよ、オーエン。いいわね？

もちろんさ。

温かい、優しげな笑みを向けてから、ヴァージニアは両腕を広げてブリックに別れの抱擁《ハグ》をする。また会えてほんとによかったわ、と彼女はブリックの耳もとでささやく。ブリックは両腕を脇に垂らしたまま何も言わずにいる。無数の思いが頭の中を飛び交っている。やがてヴァージニアが抱擁を解き、彼の頰をぽんと撫《な》でて、ドアに向かっていき、把手《とって》をさっと押し下げてドアを開ける。廊下に出る前に、彼女はふり向き、五時半にね、と言う。

五時半に、とブリックも返す。それからドアがばたんと閉まり、ヴァージニア・ブレーンはいなくなる。

ブリックにはすでに計画がある。計画と、まとまった根本方針が。どんなことがあってもフリスクなんかに会いたくないし、与えられた仕事を実行する気もない。誰を殺す気もなく、誰の命令にも従わない。必要なだけ長く、行方をくらませているつもりだ。ヴァージニアに居場所を知られているからには、いますぐこのホテルを出て、二度と戻ってきてはならない。次にどこへ行くかが緊急の課題であり、案は三つしか思いつかない。食堂に戻ってモリー・ウォルドに助けを乞《こ》う。もし断られたら？　街をさまよって別のホテルを探す。でなければ、夜になるのを待ってこっそりこの町を抜け出す。

ブリックは十分間待つ。これだけ経てば、ヴァージニアはもう四階分の階段を降りてホテルから出ているだろう。もちろん彼女がロビーで待っている可能性はあるし、ひょっとしたら通りの向かいから玄関を見張っているかもしれない。もしロビーにいなかったら、裏口から出ていくことにしよう——裏口が事実あって、そこが見つかるとして。で、もしやつはロビーにいたら？　そうしたら、強行突破あるのみだ。こっちは世界一足の速い男なんかじゃないが、さっき話していた最中にヴァージニアがヒールの高いブーツを履いていたことにブリックは見とめている。平たい靴を履いた男がハイヒールのブーツの女と競走すれば、そりゃあ負けっこない。

　抱擁と優しい笑みや、もう一度会いたかったとか高校のときにデートしなくて残念だったとかいった告白については、ブリックは大いに懐疑的である。十五歳のときの憧《あこが》れの的ヴァージニア・ブレーンは、クラス一の美人だったのだ。彼女がそばを通るたび、男子はみな欲情とひそかな渇望《かつぼう》とに卒倒せんばかりだった。彼女をいまにもデートに誘う気だったと言ったのは嘘《うそ》だ。誘いたかったことはもちろんだが、あのころそんな勇気はブリックにはなかった。

　革ジャンのジッパーを閉め、バックパックを右肩に掛けて、ブリックは裏手の非常階段を降りていく。有難いことに、こっちで行くと、ロビーをまったく通らずに裏手の金属のドアに出る。開けるとそこは、表玄関と平行した通りである。ヴァージニアの姿はどこにも見えない。逃亡が成功したことに我らが疲れたるヒーローは意を強くし、つかのま楽天の波が湧き上がってくるのを感じる。これでやっと、希望という言葉を己の窮状の語彙《ごい》集に加えられる気がする。早足で歩き、いくつもの群れを成す人波の横をすり抜け、ホッピングで跳びはねる男の子をよけ、ライフルを持った兵士四人が近づいてくるとしばし歩調を緩め、自転車が通りを走っていくカンカンという絶えまない音を聴いている。ひとつ角を曲がり、もうひとつ、さらにもうひとつ曲がると、そこは〈プラスキー・ダイナー〉、モリーが働いている食堂である。

入っていくと、中はまたしても空っぽ。状況を理解したいま、ブリックはもはや驚かない。食べ物のないレストランなんかに、誰が入ろうと思うだろう？　ゆえに客は一人も見当たらないわけだが、それよりもっと不吉なことに、モリーもそこにいない。早々と家に帰ったのだろうかと、ブリックは彼女の名前を呼んでみるが、それでも現われないので、もう一度呼んでみる。何秒かの不安な時間が過ぎたのち、彼女が出てくるのを見てブリックはホッとするが、こっちの姿を認めたとたん、モリーの顔に浮かぶ退屈が心配に、さらにはおそらく怒りに変わる。

どう、うまく行ってる？と訊く彼女の声はこわばり、身構えている。

行ってるとも、行ってないとも言える、とブリックは言う。

それってどういう意味？　ホテルで何かあったの？

何もない。向こうは僕が来るのを待っていたよ。一晩分払って、部屋に上がった。

部屋はどう？　何か問題ある？

聞いてくれたまえモリー、とブリックは口元に広がってくる笑みを抑えきれずに言う。世界を旅してきたこの僕だが、一級の宿、最上等の安楽と優雅さにかけて、ウェリントンのエクセター・ホテル四〇六号室に迫るところはひとつとしてないよ。その剽軽《ひょうきん》な言葉に、モリーの顔一杯に笑みが広がり、にわかに彼女は別人に見えてくる。ええ、そうよね、と彼女は言う。ほんとにお洒落《しゃれ》なところよね。

その笑顔を見て、モリーの不安の原因をブリックはにわかに悟る。彼女はてっきり、ブリックが文句を言いに戻ってきたのだ、詐欺《さぎ》を責めにきたのだと思ったのだ。そうではないとわかったいま、一気に警戒を解き、愛想のよい態度になっている。

ホテルは全然関係ないんだ、とブリックは言う。さっきも言った事情のことなんだよ。僕は何人かの連中に追われている。奴《やつ》らは僕に、僕がやりたくないことを無理にやらせようとしていて、僕がエクセターに泊まっていることも奴らに知られてしまった。ということはもう、あそこにはいられない。だから戻ってきたんだよ。君に助けを求めに。

どうしてあたしに？

僕が知ってる人は君だけだからさ。

あんたはあたしのことなんか知らないわ、とモリーは体の重心をもぞもぞ左右に移し替えながら言う。あたしはあんたに卵をサーブした、部屋を見つけてあげた、あたしたちは五分くらい話した。それってあたしを知ってるとはとうてい言えないわよ。

そのとおり。僕は君のことを知らない。でもほかに行くところが思いつかなかったんだ。

どうしてあたしが、あんたのために危ない橋渡らなくちゃいけない？　あんた、たぶん厄介なことになってるのよね。警察相手か、軍隊相手に。ひょっとしてその病院とかから脱走してきたのかもしれない。たとえば、精神病院とか。あたしがあんたを助けるべき理由、ひとつでいいから挙げてよ。

挙げられない、ひとつも理由はない、とブリックは言い、この人物をいかに見誤ったか、この娘に頼ればいいと思った自分がいかに馬鹿だったかに愕然《がくぜん》としている。僕が君に差し出せるのはお金しかない、と彼は、バックパックに入った五十ドル入りの封筒を思い出して言い足す。しばらく僕が隠れていられる場所を君がもし知っていたら、喜んでお礼はする。

あら、それなら話は違うわよね、と、なんとも正直な、実はさほど狡猾《こうかつ》ではないモリーは言う。それってどのくらいの額の話かしら。

どうかなあ。君が言ってくれよ。

まああたしのアパートに、一晩か二晩泊めてあげてもいいかしらね。ソファはけっこう大きいから、あんたの体でも間に合うと思う。でも妙な真似はなしよ。あたしはボーイフレンドと一緒に住んでて、けっこう性格悪い男なのよ、だから変な考え起こしちゃ駄目よ。

僕は結婚してるんだ。そういうことはやらない。

よく言うわねえ。この世界中、結婚してる男でチャンスがあったら手を出さない奴なんて一人もいないわよ。

僕はこの世界に住んでいないのかも。

うん、ほんとにそうかも。だとするとずいぶんいろいろ納得できるものね。

で、いくら出せばいい？とブリックは、さっさと取引きを成立させようとして訊く。

二百ドル。

二百ドル？　それってずいぶん高くないか？

あんたなぁんにも知らないのね。このへんじゃそれが最低線、ミニマムなのよ。受けるも受けないも、好きにしなさいよ。

わかった、とブリックは頭《こうべ》を垂れ、長い、悲しげなため息を漏らしながら言う。受けるよ。

突然、膀胱《ぼうこう》を空にしたいという切実な欲求。あの最後の一杯のワインを飲んだのは間違いだった。でも誘惑はあまりに強かったし、実際私は、ほろ酔い加減で寝床に入るのが好きなのだ。林檎《りんご》ジュースの罎《びん》がベッドの脇の床に置いてあるはずだが、闇の中で手を出して探ってもなぜか見つからない。罎はミリアムの発案だ。こうすれば、真夜中にベッドから出てよたよたバスルームまで行く苦痛と厄介が省けるだろうというのだ。いかにも名案だが、肝腎《かんじん》なのは罎を手の届くところに置いておくことであり、今夜に限って、細かく震える指をいくらのばしても、ガラスにはいっこうに触れられない。唯一《ゆいいつ》の策はベッドサイドランプを点けることだが、そうしたら眠れる可能性は完全になくなってしまう。電球はわずか十五ワットだけれど、この部屋の漆黒の闇の中でそれを点灯するのは燃えさかる炎に身をさらすようなものだ。何秒かは目がくらみ、それから、瞳孔《どうこう》が次第に広がっていくにつれ頭はすっかり醒《さ》めて、ランプを消したあとも脳は夜明けまで沸きかえりつづけるだろう。このことは長年の経験からわかっている。夜の塹壕《ざんごう》で、自分を相手に生涯闘ってきたのだ。できることは何も、まるっきり何ひとつない。私はランプを点ける。目がくらむ。まぶしさに慣れてくるなかでゆっくりとまばたきし、それから壜が床の、定位置からほんの五センチずれたところに立っているのを目にする。私は身を乗り出し、体をさらにもう少しのばして、どうにか壜を手にとる。毛布をはねのけ、少しずつ上半身を起こして座った姿勢に持っていき、損なわれた方の脚の怒りを呼びさまさぬようそうっと、そうっと壜の蓋《ふた》をひねって外し、ペニスを穴に差し込んで、小便が流れ出すのを待つ。何度やっても、満足の瞬間。奔流がはじまり、泡立つ黄色い液体の滝が壜に落ちていくのを眺めるとともに、手の中のガラスがじわじわ温かくなっていく。七十二年の人生で、人は何回放尿するだろう？　計算しようと思えばできるが、用足しもほぼ済んだいま、わざわざやってみる気にもならない。穴からペニスを抜くと、長年の同志を私は見下ろし、今後自分はもう一度セックスをすることがあるだろうかと自問する。私と一緒にベッドに入って私の腕の中で一晩過ごしてもいいと思う女性にもう一度めぐり逢《あ》うだろうか。私はその思いを押しやり、もうよせ、と自分に言い聞かせる。この先に待つのは狂気のみ。ああソーニャ、なぜ君は死んでしまったのか？　なぜ私が先に逝《い》けなかったのか？

壜にふたたび蓋をして、床のしかるべき位置に戻し、毛布を体に掛ける。さてどうする？　明かりを消すべきか、消さざるべきか？　物語に戻って、オーエン・ブリックがどうなったかを知りたいが、ミリアムが新しく書き上げた原稿が、ベッドサイドテーブルの下の段に載っている。読んでコメントする、と彼女に約束したのだ。カーチャと映画ばかり観《み》ていたせいで遅れてしまっていて、彼女をがっかりさせていると思うと私としても腹立たしい。ならば、ここは一、二章、ミリアムのために読むことにしよう。

ナサニエル・ホーソーンの三人の子供のうち末っ子のローズ・ホーソーンは、一八五一年に生まれ、まだ十三歳のときに父親を失《な》くした。家族には薔薇のつぼみ《ローズバッド》の愛称で通っていた赤毛のローズは、二つの人生を生きた女性だった。ひとつは悲しい、苦痛と挫折《ざせつ》に満ちた人生、もうひとつは見事なめざましい人生。ミリアムがなぜこの人物を取り上げることにしたのか、私はたびたび自問してきたが、いまやっとそれがわかってきたように思う。彼女がこの前に書いたのはジョン・ダンの伝記である。詩人たちの皇太子にして、天才のなかの天才の生涯。そうして次に、四十五年間にわたってもがき、あがきながら世を歩んでいた女性の一生と取り組みにかかったわけだ。喧嘩腰の、気難しい人物、「自分自身にとって他所者《よそもの》」と自ら認める人物、それがまず音楽に、次に絵画に手を染めるがどちらも物にならず、次は詩と短篇小説に挑んで何点かは出版に漕《こ》ぎつけたが（父の名が効いたことは間違いあるまい）、その作品は無器用でぎこちなく、せいぜいひいき目に言っても凡庸というところである。ただし、ミリアムの原稿でも引用されている詩の一行だけは私はものすごく気に入っている――As the weird world rolls on（このけったいな世界が転がっていくなか）。

そうした公的な肖像に、さまざまな個人的事実が加わる。二十歳のときの、若き作家ジョージ・レースロップとの駈《か》け落ち。レースロップは才能がありながらついにその可能性を実現できなかった人物であった。その結婚における激しい葛藤《かっとう》、別居、和解、四歳だった唯一の子供の他界、最終的な決裂、長年にわたる兄・姉とのいさかい。だんだん不思議になってくる。なぜわざわざこんな、取るに足らない不幸な人物の魂を探ることに時間を費やすのか？　ところが、人生なかばにおいて、ローズは変身を遂げる。カトリック教徒となって、聖なる誓いを立てて修道女となり、〈不治の癌《がん》の苦しみを和らげる僕《しもべ》たち〉なる修道会を設立し、人生最後の三十年を、末期症状の病を抱えた貧者たちの世話に献《ささ》げ、万人が尊厳をもって死んでいく権利を情熱的に擁護したのだ。けったいな世界が転がっていく。言い換えれば、ダンと同じく、ローズ・ホーソーンの人生も改宗の物語だったのであり、それがミリアムの興味をかき立てた魅力であり要素であったにちがいない。なぜそれが彼女の興味を惹くかはまた別問題だが、たぶんそれは母親譲りなのだと私は思う。人はみな変わる力を持っているのだという根本的な信念。それはソーニャの影響であって私のではない。そしてその影響があったことで、ミリアムはよりよい人間になっていると思う。だが、きわめて聡明《そうめい》ではあれ、わが娘にはどこか未熟でもろいところがある。人間がたがいに対して為《な》すおぞましい行為が、決して単なる例外・逸脱ではなく、むしろ人間の本質的要素なのだということを、どうにかして彼女が学んでくれないものか。そうすれば、あそこまで苦しまずに済むと思うのだ。自分の身に何か悪いことが起きるたびに世界が崩れ落ちなくて済むし、一晩おきに泣き疲れて眠ることもなくなると思うのだ。

離婚が苛酷《かこく》な体験ではないなどと言うつもりはない。口にしようのない苦しみ、力を奪う絶望、悪魔的に激しい憤怒《ふんぬ》、頭につねに浮かび徐々に——あたかも誰かの死を悼《いた》むかのような——一種の喪へと変わっていく悲しみの雲。だがリチャードがミリアムを捨てて出ていってから、もう五年が経っているのだ。いい加減彼女も新しい環境に適応して、活動を再開し、自分の人生を組み立て直そうとしてもいいのではないか。けれどミリアムのエネルギーはすべて、教える仕事と書く仕事に注ぎ込まれていて、私が男性の話題を出すたびに彼女は苛立《いらだ》つ。幸いカーチャは、破綻《はたん》が起きたときすでに十八歳で家を出て大学に行っていたから、心がバラバラになったりはせず、ショックを吸収するだけの強さもあった。ソーニャと私が別れたとき、ミリアムはそれよりはるかに辛《つら》い思いをした。当時彼女はまだ十五歳で、もっとずっと傷つきやすい年頃だったし、九年後に私とソーニャはまた一緒になったけれども、害はすでに為されてしまっていた。離婚を生き抜くのは大人だって辛いが、子供にとってはさらに苛酷なのだ。まったく無力なまま、痛みの矛先に耐えないといけないのだから。

ミリアムとリチャードは、ソーニャと私が犯したのと同じ間違いを犯した。要するに結婚が早すぎたのだ。私たちの場合、二人とも二十二歳だった。一九五七年当時はそれほど珍しい話ではない。けれども、その四半世紀後、ミリアムがリチャードと祭壇に向かって歩いたときにも、やはり母親が結婚したときと同じ歳《とし》だった。リチャードの方が少し上で、たしか二十四か二十五だったと思うが、もうそのころには世界が変わっていて、二人ともまだ赤ん坊同然だった。イエールの大学院で学ぶ、とびきり優秀な赤ん坊学生。それが二年もしないうちに、もう自分たちの赤ん坊がいたのだ。リチャードがいずれじっとしていられなくなる可能性を、ミリアムは見抜けなかったのか？　部屋一杯の女子学生の前に立つ四十歳の教授が、彼女たちの若い肉体に魅せられるかもしれないことがわからなかったのか？　世界で一番古い物語。だが働き者で誠実でひたむきなミリアムは、何も見ていなかった。自分の母親の物語が——十八年の夫婦生活の末に人非人の父親が二十六歳の女と一緒に逃げたあの恐ろしい瞬間が

──胸の奥深くに焼きつけられているというのに。私はそのとき四十歳だった。四十代の男には気をつけないといけない。

私はなんでこんなことをしているのか？　なぜこんな昔の、歩き古した道をふたたび歩いているのか？　なぜこうやって、古い傷を引っかいて、血を出さずにいられないのか？　私が時おり自分に対して感じる軽蔑の念は、いくら誇張してもしきれない。ミリアムの原稿を読むことになっているのに、こんなふうに壁のひび割れと睨《にら》めっこして、過去の残骸《ざんがい》を、二度と修復しようのない壊れた物たちを浚《さら》っている。私は自分の物語が欲しい。いま欲しいのはそれだけだ。幽霊たちを遠ざけておくためのささやかな物語。ランプを消す前に、私はミリアムの原稿をあてずっぽうに開き、次の一節に行きあたる。父を最後に目にしたときのことをローズが回想した、一八九六年に書いた文章の最後の二段落である。

私の父親のように独特の逞《たくま》しさ、繊細さ、聡明さを持つ人物が、だんだん弱々しく、力なくなって、ついには幽霊のように無言に、真っ白になっていく。それは恐ろしいことに思えた。それでも、足下は覚束《おぼつか》なく、体は生霊《いきりょう》のようになっても、父はかつての誇り高かった日々の威厳を失わず、軍人のごとき自制をもってかつて以上に背をまっすぐ保っていた。食卓には一番上等の黒い上着を着てくることを怠らなかったし、食べ物がごくありきたりであることも食事の威厳にはなんら影響を及ぼさなかった。父は失敗、依存、無秩序を嫌い、ルール違反、規律の弛緩《しかん》を嫌い同様に臆病《おくびょう》を嫌った。私の目に父がどれだけ勇敢に見えたか、言葉では言い表わせない。最後に見た父の姿は、療養のための旅行、にわかに来世への旅になってしまった旅行に出ようとして家を去る姿だ。母が駅まで一緒に行くことになっていた。のちに父が亡《な》くなったという その瞬間、母は父から遠く離れていたにもかかわらず、よろめき、うなり声を漏らし、何かに力を奪われる気がすると私たちに言った。この別れの日、母の萎《な》えた、堪え忍ぶ姿を見るのはこの上なく辛かった。母が漠然と感じたことを、父ははっきり知っていたのだ。自分がもう、二度と戻らないということを。

背もいまだ曲がっていない、けれど老いた、ひどく老いた男性の雪人形のように、父はしばし立ち尽くして、じっと私を見た。父と並んで馬車まで歩いていきながら、母はしくしく泣いていた。以来ずっと、晴天にあっても嵐にあっても黄昏《たそがれ》にあっても、父のいないことを私たちは寂しく思ってきた。

スイッチを切ると、私はふたたび闇の中にいる。果てのない、心和む闇に私は包まれている。どこか遠くで、トラックが一台、がらんとした田舎道を走っていく音が聞こえる。空気が自分の鼻孔を出たり入ったりする音に私は耳を澄ます。ベッドサイドテーブルにある、ランプを消す前に見ておいた時計によれば、いまは十二時二十分過ぎ。夜明けまでは何時間もあり、夜の塊がいまだ私の前にある……。ホーソーンは気にしなかった。南部が合衆国から脱退したいなら、すればいい。いい厄介払いだ、と彼は言った。けったいな世界、ぼろぼろの世界、けったいな世界が、私たちの周りじゅうで戦火が上がるなか、転がっていく。アフリカで切り落とされた腕、イラクで切り落とされた首、そして私の頭の中ではもうひとつの戦争、自国での架空の戦争がくり広げられ、アメリカは真っ二つに割れていき、高貴なる実験はついに息絶えた。私の思いはふたたびウェリントンへと漂っていき、突如オーエン・ブリックの姿が見える。〈プラスキー・ダイナー〉のブースに座ったブリックは、六時も近づきモリー・ウォルドがテーブルとカウンターを拭くのを眺めている。やがて二人は外を歩いていて、黙って並んで彼女の住まいに向かっている。路上には、重い足どりで仕事から帰宅する疲れた顔の男女、ライフルを手に主要交差点で見張りに立つ兵士たちがひしめき合い、頭上ではピンクがかった空がきらめいている。ブリックはモリーに対する信頼をすっかり失っている。彼女も信用できないし、誰も信用できないことを悟って、店を出る二十分ぐらい前にこっそりトイレに入り、五十ドル札の入った封筒をバックパックからジーンズの右前ポケットに移しておいた。こうすれば強奪される危険も少ないだろう。寝るときもズボンをはいたままでいるつもりだった。トイレに入って、やっと金をきちんと調べてみて、札一枚一枚にユリシーズ・S・グラントの顔が刻まれているのを見て意を強くした。つまりこのアメリカ、このもうひとつの、9／11もイラク戦争も経験していないアメリカも、その歴史は彼が知っているアメリカとしっかりつながっているということだ。問題は、二つの物語はどの地点で分岐しはじめたのか？

なあモリー、と歩きはじめて十分後に沈黙を破ってブリックは言う。ひとつ訊いてもいいかな？

中身によるわね、とモリーは答える。

第二次世界大戦って聞いたことある？

ウェートレスは短い、不愉快そうなうなり声を漏らす。あんた、あたしのことなんだと思ってんのよ？と彼女は言う。頭からっぽだとでも？　決まってるでしょ、聞いたことあるわよ。

じゃあベトナムは？

あたしのお祖父《じい》さん、真っ先にベトナムに送り出された部隊にいたのよ。

「ニューヨーク・ヤンキース」って聞いたら、なんて言う？

ちょっと、そんなの誰だって知ってるでしょ。

なんて言う？とブリックはくり返す。

苛立たしげにため息をつきながら、モリーはブリックの方を向き、辛辣《しんらつ》な声で言い放つ。ニューヨーク・ヤンキース？　ラジオシティ・ミュージックホールで踊る女の子たちよ。

なあるほど。で、ロケッツは野球チームなんだよね？

そうですとも。

オーケー。あとひとつだけ質問させてくれ。それでもうやめる。

あんたってほんとに鬱陶《うっとう》しいわねえ、知ってる？

申し訳ない。君が僕のこと阿呆だと思ってるのはわかるけど、これって僕のせいじゃないんだよ。

まあそうなんでしょうね。たまたまそういうふうに生まれただけよね。

いまの大統領は誰？

大統領？　なんの話よ？　ここには大統領なんかいないわよ。

いない？　じゃあ誰が政治を仕切ってるんだ？

首相よ、馬鹿《ばか》ね。まったくあんた、どこの惑星から来たのよ？

そうなんだ。独立州連合には首相がいるわけだ。で、連邦側は？　あっちはまだ大統領がいる？

もちろん。

名前は？

ブッシュ。

ジョージ・W？

そうよ。ジョージ・W・ブッシュ。

ブリックは約束を守ってそれ以上の質問は控え、二人はふたたび黙って通りを歩いていく。二分ばかりして、ペンキの剝げかけた四階建ての木造安アパートが並ぶ一画で、モリーが一軒の四階建て木造アパートを指さす。カンバーランド・アベニュー六二八番地。ここよ、とモリーは言いながら、ハンドバッグから鍵を取り出し、玄関のドアを開ける。ブリックはモリーのあとについてぐらぐらする階段を二階分のぼっていき、彼女がいまだ姓名不明のボーイフレンドと一緒に住んでいる住居にたどり着く。中は狭いが小綺麗《こぎれい》で、ベッドルーム、リビングルーム、キッチン、シャワーはあるがバスタブはないバスルームから成っている。室内を見回して、テレビもラジオもないことがブリックの目を惹《ひ》く。そのことをモリーに言ってみると、開戦直後の数週間で州一帯の送信塔はすべて破壊され、建て直す財力がいまの政府にはないのだという答えが返ってくる。

じゃあまあ戦争が終わってからだね、とブリックは言う。

まあそうかもね、とモリーは答え、リビングルームのソファに腰を下ろして煙草《たばこ》に火を点ける。でもね、もうみんなどっちでもいいと思ってるみたいなのよね。そりゃあ最初はきつかったわよ。嘘でしょ、テレビなしなんて、って！　でもだんだん慣れてくるのよ、それで一、二年もするとかえってよくなってくるのよ、この静かさが。一日二十四時間ギャアギャアどなられなくて済むことが。これって古めかしい暮らしなんでしょうね、きっと百年前もこんなふうだったのよね。ニュースが知りたければ新聞を読む。映画が観たければ映画館に行く。もうカウチポテトはなしよ。人がたくさん死んだこともわかってるし、戦場が大変だってこともわかるけど、もしかしたらそれだけの値打ちはあったのかもしれない。ほんとにもしかしたらだけど。この戦争、いい加減終わってくれなかったら、何もかもほんとにどうしようもなくなるわよ。

どういうわけか、モリーがもはや阿呆と話すみたいに自分に話していないことにブリックは思いあたる。この予想外の口調の変化を、どう説明したらいいのか？　一日の仕事が終わって、アパートでゆったりソファに座って煙草をくゆらしているからか？　ブリックのことが気の毒になってきたのか？　それとも逆に、二百ドル分金持ちにしてもらったからもうからかうのはよそうと決めたのか？　いずれにしろ――とブリックは考える――実にコロコロ気分の変わる娘で、見かけほどがさつではないみたいだが、すごく賢いというわけでもなさそうだ。訊きたいことはまだ山ほどあるが、図に乗るのはよそうと決める。

煙草をもみ消しながらモリーは立ち上がり、あと一時間もしないうちに町の反対側でボーイフレンドと落ちあって夕食を食べるのだとブリックに告げる。そしてベッドルームとキッチンのあいだのクローゼットに歩いていって、シーツ二枚、毛布二枚、枕《まくら》一個を引っぱり出してリビングルームに運んできて、ソファの上にどさっと放り出す。

はいこれ、あんたのベッドの寝具よ、と彼女は言う。ベッドと言っても本物のベッドじゃないけどね。そんなにゴツゴツじゃないといいけど。

ものすごく疲れてるから石の上だって眠れるよ、とブリックは言う。

お腹《なか》が空いたらキッチンに食べ物があるからね。スープ一缶、パン一斤《きん》、ターキーのスライス少し。サンドイッチとか作っていいわよ。

いくらだい？

どういうこと？

それって僕がいくら払うんだい？

よしてよ。ちょっとの食べ物にいちいちお金とったりしないわよ。あんたもう十分払ってくれたんだから。

じゃあ明日の朝飯は？

いいわよ。でもそんなにたくさんないわよ。コーヒーとトーストだけよ。

ブリックの答えも待たずに、モリーは着替えをしにベッドルームへ駆け込む。ドアがばたんと閉まり、ブリックはベッドでないベッドをメークしはじめる。出来上がると、新聞か雑誌はないかと部屋の中を回ってみる。戦争について何かわかる手がかりがあれば、ここはいったいどこなのか、自分が迷い込んだこの訳のわからない国について少しでも情報があればと思って探してみるが、リビングルームには雑誌も新聞もいっさいない。ミステリーや犯罪小説のペーパーバックが詰まった小さな本棚がひとつあるだけで、そんなものは読む気になれない。

ブリックはソファに戻って、腰を下ろし、詰め物の入った背もたれに頭をもたせかけ、たちまちうとうとしはじめる。

三十分後、目を開けると、ベッドルームのドアは半開きになっていて、モリーはいなくなっている。

新聞か雑誌を探してベッドルームも見てみるが、やはり成果はない。

それからキッチンに行って、缶詰の野菜スープを温め、ターキーサンドイッチを作る。食べ物の銘柄はどれも見慣れた名だ。プログレッソ、ボアズ・ヘッド、アーノルズ。このぱっとしない食事を終えて皿も洗うと、壁に据えられた白い電話機が目にとまり、フローラに電話してみたらどうなるだろうという思いが湧いてくる。

受話器をフックから外し、ジャクソンハイツの自分のアパートメントの番号をダイヤルしてみて、答えがあっさり判明する。その番号は使われていない。

皿を拭いて、食器棚に戻す。キッチンの明かりを消してからリビングルームに入っていき、フローラのことを考える。アルゼンチンからやって来た黒髪のベッドメート、小さいけれど炎のような女、過去三年の妻のことを。いまフローラは、どんな辛い思いをしているだろう。

リビングルームの明かりを消す。靴紐《くつひも》をほどく。シーツのあいだにもぐり込む。ブリックは眠りに落ちる。

　何時間かして、ドアの鍵穴に鍵が差し込まれる音で目が覚める。ブリックは目を閉じたまま、靴底が床を擦《す》る音、男の低いぶつぶつ言う声、それよりもっと甲高い女の声に耳を澄ます。女はモリーだろう。そうだ、間違いない、相手の男をデュークと呼んでいる。やがて明かりが点いて、ブリックはそれを、瞼《まぶた》の表面で波打つ紫のぎらつきとして感知する。二人とも少し酔っているらしく、明かりが消えてどすどすとベッドルームに入っていきながら――そっちでただちに別の明かりが灯《とも》る――何やら喧嘩《けんか》をしているらしい。ドアが閉まる前に、気に喰わねえ、二百、危険だ、害はないといった言葉が聞きとれて、どうやら喧嘩の種は自分らしいとブリックは悟る。ブリックがいることがデュークには気に入らないのだ。

　ベッドルームでの騒ぎ（性交の音――デュークがうなり、モリーが叫び、マットレスとスプリングがきしる）が収まると、ブリックはふたたびなんとか寝入り、フローラをめぐる込み入った夢のなかへ迷い込んでいく。はじめ、ブリックは電話で彼女と話している。だがそれはフローラの太い、巻き舌のrの、歌うような声ではなく、ヴァージニア・ブレーンの声だ。そのヴァージニア／フローラが彼に、ニューヨーク州バッファローのとある街角まで空を飛んで――歩いてではなく、空を飛んで――きてほしいとせがんでいる。あたしはその四つ角に裸で透明なレインコートを着て片手に赤い傘をもう一方に白いチューリップを持って立ってるわと彼女は言う。ブリックはしくしく泣き出し、僕は空が飛べないんだ、と答えると、ヴァージニア／フローラは怒り出して、あんたの顔なんか二度と見たくないと叫んでガチャンと電話を切る。その剣幕に圧倒されて、ブリックは首を横に振り、だって今日僕はバッファロージャなくてマサチューセッツのウスターにいるんだぜ、と独り言のように呟《つぶや》く。そのうちに彼は、グレート・ザヴェッロの衣裳《いしょう》を着て、長い黒のケープを羽織ってジャクソンハイツのどこかを歩いて自分のアパートを探している。だがアパートはなくなっていて、代わりにそこには、木造平屋のコテージが建っていて、玄関の上にかかった看板には**オールアメリカン・デンタルクリニック**と書いてある。中に入っていくと、そこにフローラが、本物のフローラがいて、歯科助手の白衣を着ている。おいでいただいて本当によかったですわ、ミスター・ブリック、と彼女は言う。どうやら彼が誰なのかわかっていない様子だ。そして彼を診療室に案内し、歯科用の椅子に座るよう手で合図する。ほんとに残念なんですけど、と彼女はぴかぴか光る大きなペンチを手に取りながら言う。あなたの歯を全部抜いてしまわないと駄目みたいなんです。全部ですか？ブリックは突如恐怖に包まれる。はい、全部です、とフローラは答える。でも心配は要りません。終わったら先生が新しい顔をくださいますから。

夢はそこで終わる。誰かがブリックの肩を揺すっていて、大声で何かどなっている。いまだ朦朧《もうろう》とした頭でやっと目を開けると、肩幅が広く腕も逞しい大男が、彼を見下ろすように立っている。ボディビルディングとかやってるタイプだな、とブリックはとっさに思う。これがボーイフレンドのデューク、性格の悪い男か。ぴっちりした黒いTシャツに青のボクサーショーツを着たそいつが、ここから出ていけとブリックに言っている。

金はたっぷり払ったんだぞ――とブリックは言いかける。

一晩分だけだ、とデュークはどなる。もうその晩はおしまいだ、さっさと出てけ。

ちょっと待て、ちょっと待て、とブリックは、右手を上げて敵意がないことを示しながら言う。モリーが朝食を約束してくれたんだぜ。コーヒーとトーストを。せめてコーヒーだけでも飲ませてくれよ。そうしたら出ていくから。

コーヒーなんかなしだ。トーストもなしだ。なんにもなしだ。

金は出すと言ったら？　少し上乗せしてさ。

お前、英語わかんねえのか？

その一言とともに、デュークは屈《かが》み込んで、ブリックのセーターを鷲摑《わしづか》みにし、乱暴に引っぱってブリックを立たせる。立ってみると、ベッドルームのドアがはっきり目に入り、目に入ったとたんモリーがその向こうから出てきて、バスローブのベルトを締めて髪に両手を滑り込ませながらこっちへ来る。

やめてよ、荒っぽい真似しなくたっていいでしょ、と彼女はデュークに言う。

黙ってろ、お前がこんな馬鹿やったから俺が後始末してるんだぞ、とデュークは答える。

モリーは肩をすくめ、それから、小さな、謝るような笑みを浮かべてブリックを見る。悪いわね、出ていってもらうしかないわ、と彼女は言う。

靴紐も結ばずに足を靴につっ込み、ソファの足側から革ジャンを拾い上げて羽織りながら、ブリックは彼女に言う。どうなってるんだ。君にあれだけ金を払ったのに、追い出すっていうのか。筋が通らないぜ。

モリーはそれに答えず、うつむいてまた肩をすくめる。その気のないしぐさが、背信、裏切りをまざまざと伝えている。味方してくれる仲間もいないとあっては、ここはこれ以上抗議しても無駄だ、出ていくしかないとブリックは判断する。屈み込んで、緑のバックパックを拾い上げるが、出ていこうと回れ右する間もなく、デュークがバックパックを彼からひったくる。

これ、なんだ?とデュークは訊《き》く。

僕の荷物さ、とブリックは言う。当然だろ。

いいや、お前の荷物？　違うね、とデュークは答える。

何言ってるんだ？

もう俺のものさ。

お前の？　そんなのないぞ。僕の持ち物がみんなそこに入ってるんだ。

じゃあ力ずくで取り返しな。

相手が喧嘩したくてうずうずしていることをブリックは悟る。バッグはただの口実なのだ。そのことがブリックにはわかるし、こいつを相手にしたらたぶんとことん痛めつけられることもわかる。少なくとも、デュークが挑発の言葉を口にしたとたんブリックの頭は彼にそう告げる。だがブリックはもはや頭で考えていない。体内を貫いていく憤怒の念が、いっさいの理性を凌駕《りょうが》している。なんの抵抗も示さずにこのやくざ者の言いなりになったりしたら、まだ少し残っている自尊心を自分は永久に失ってしまうだろう。かくしてブリックは受けて立ち、デュークの意表を突いてその手からバッグを奪いとる。たちまち殴りあいがはじまるが、それはあまりにも一方的であっけない闘いである。大男はわずか三発でブリックをダウンさせる。左から腹に一発、右で顔に一発、膝《ひざ》で急所に一発。痛みが手品師の体じゅう隅々まで駆けめぐり、ブリックはすり切れた絨毯《じゅうたん》の上でゼイゼイ喘《あえ》ぎながらのたうち回る。片手で腹を摑みもう一方で陰嚢《いんのう》を押さえつけていると、頰の裂けた傷から血が垂れているのが見え、広がりつつある血だまりの中に一個の歯のかけらが転がっているのも目に入る。左の門歯の、下半分だ。モリーの悲鳴をブリックはごくぼんやり意識しているにすぎず、十ブロック離れたところから響いてくる音のようにそれを聞いている。次の瞬間、いっさいの意識が消える。

ふたたび我に返ると、ブリックはいつのまにか立ち上がっていて、両手で手すりにしがみつき体をそろそろ動かしながら階段を降りている。一歩ずつ、のろのろと一階に向かっている。バックパックはなくなっている。ということは銃も銃弾もなくなっているわけであり、バッグに入っていたほかのもろもろの物については言うまでもない。が、立ちどまってジーンズ右前のポケットに手を入れてみると、ブリックの傷ついた口にかすかな笑みが束の間よぎる。いまだ完全には打ちのめされていない者の苦々しい笑み。金はまだそこにあるのだ。もはや前日の朝にトーバックから渡された千ドルではないが、五六五ドルならゼロよりずっとましだ。どこかに部屋をとって、何か食べるには十分すぎるぐらいである。いまの彼はそこまで考えるだけで精一杯だ。どこかに隠れて、顔の血を洗って、万一食欲が戻ってくるようなら腹を満たす。

なんともささやかな計画だが、建物を出て歩道に足を踏み出したとたん、それすらも挫折を余儀なくされる。真っ正面に、腕組みをして、軍用ジープのドアに寄りかかったヴァージニア・ブレーンが立っていて、嫌悪《けんお》の表情もあらわにブリックを見ているのだ。

もうふざけた真似はおしまいよ、約束したでしょ、と彼女は言う。

ヴァージニア、ここで何してるんだい？とブリックは、精一杯しらを切って言う。

彼の言葉を無視して、ブラント先生の幾何学クラスの元女王は、首を横に振りながらぴしゃっと言い返す。昨日の午後五時半に会う約束だったでしょ。あんた、すっぽかしたのよ。

ちょっとしたことがあってさ、直前に出かけなきゃいけなくなったんだ。

ちょっとしたことってあたしのことでしょ。で、あんたは逃げたのよ。

何も答えが思いつかないので、ブリックは黙っている。

あんたあんまりカッコいい様《さま》じゃないわね、オーエン、とヴァージニアはさらに言う。

ああ、そうだろうね。コテンパンに叩《たた》きのめされたからな。

つき合う相手には気をつけなきゃ駄目よ。あのロススタインは荒っぽい男だから。

ロスタインって誰だい？

デュークよ。モリーのボーイフレンド。

君、知ってるのか？

仕事仲間だもの。あれでなかなか優秀なのよ。

あいつはケダモノだよ。サディストの変質者さ。

あれはみんなお芝居なのよ、オーエン。あんたに思い知らせるための。

ふん、そうなのか？とブリックは、憤《いきどお》りが体内に湧《わ》き上がってくるのを感じながら鼻を鳴らす。で、何を思い知らせるんだ？　こっちは歯まで一本折られたんだぜ。

全部じゃなかっただけ有難いと思いなさいよ。

ご親切なこった、とブリックは声に辛辣な響きを込めて呟くが、そのとき突然、さっきの夢の最終章が一気によみがえってくる。オールアメリカン・デンタルクリニック、フローラとペンチ、新しい顔。頰の傷に触れながら、たしかに新しい顔をもらったよな、ロスタインのパンチのおかげで、とブリックは思う。

勝ち目はないのよ、とヴァージニアは言う。どこへ行こうと、誰かが見張ってるのよ。あんたは絶対あたしたちから逃げられないのよ。

君はそう思うだろうがね、とブリックは、あくまで負けを認める気になれずに言うが、心のうちではそのとおりだとわかっている。

ゆえに、あたしの愛《いと》しいオーエン、こんな引き延ばしやら隠れんぼやらの幕間劇《まくあいげき》は終わりを告げたのよ。ジープに跳び乗んなさい。フリスクと会って話す時間よ。

無理だよヴァージニア。僕は跳べも走れもしないし、まだどこへも行けないよ。顔からは血が出ていて、金玉は火が点《つ》いたみたいだし、腹の筋肉は一本残らずずたずたに裂けてる。まずはこの体をなんとかしないと。君のお仲間と話すのはそれからさ。せめてまず風呂《ふろ》に入らせてくれよ。

会話がはじまって以来初めて、ヴァージニアがにっこり笑う。可哀想《かわいそう》に、と彼女は言って同情の薄笑いを浮かべるが、この新たな気遣いが本物か嘘か、ブリックには知りようもない。

で、聞いてもらえるのかい、僕の頼み？とブリックは訊く。

乗んなさいな、とヴァージニアはジープのドアをぽんぽん叩きながら言う。もちろん聞いたげるわよ。あたしの家《うち》に連れてって、手当てしてあげる。まだ早いものね。ルーには少し待ってもらえばいいわ。日暮れ前に会えば大丈夫よ。

そう言ってもらって、ブリックはよたよたとジープまで歩いていき、ヴァージニアが運転席に身を滑り込ませるかたわら、ボロボロのわが身を助手席に押し上げる。エンジンをかけると、ヴァージニアは内戦をめぐる長い込み入った話をはじめる。明らかに、戦闘の歴史的背景を説明する義務を感じているのだろうが、あいにくブリックはとうていそんな話を聞ける状態ではない。ウェリントンの街の穴だらけの道路をジープがガタゴト進んでいくなか、揺れ、衝撃が訪れるたびにまた新たな痛みが体じゅうをつき抜ける。さらに厄介なことに、エンジンの音がひどくやかましくて、ヴァージニアの声はほとんどかき消されてしまい、少しでも聞きとろうとするならありったけの気力をふり絞って耳を澄ませないといけないが、そんな気力はいまや著しく減退し、ほとんど消滅しかけている。ブリックは両手で座席の裏側を摑み、両足をぎゅっと踏んばって次の揺れに備えながら、二十分の道中ずっと目を閉じている。そんなわけで、モリーのアパートからヴァージニアの家まで行くあいだに次々飛び出す無数の事実のうち、ブリックの記憶にとどまったのはこれだけである――

二〇〇〇年の選挙……最高裁判決の直後……抗議……大都市で暴動……選挙人制度廃止をめざす運動……下院で法案否決……新しい運動……ニューヨーク・シティの市長・区長の提唱……合衆国脱退……二〇〇三年の州議会で可決……連邦軍の攻撃……オールバニー、バッファロー、シラキューズ、ロチェスター〔いずれもニューヨーク州の都市〕……ニューヨーク・シティが爆撃され八万人死亡……それでも運動は拡大……二〇〇四年、メイン、ニューハンプシャー、ヴァーモント、マサチューセッツ、コネチカット、ニュージャージー、ペンシルヴェニアがニューヨークに加わってアメリカ独立合州国を設立……同年、カリフォルニア、オレゴン、ワシントンも脱退して独自の共和国パシフイカを設立……二〇〇五年、オハイオ、ミシガン、イリノイ、ウィスコンシン、ミネソタが独立合州国に加入……ＥＵは新しい国の存在を承認……外交関係が樹立される……メキシコも……中米・南米諸国も……ロシアが続き、日本も……一方、戦闘は長引き、再三の激戦がくり広げられ、死傷者の数は増加の一途……国連の決議を連邦は無視したが、これまでのところ核兵器による両者壊滅状態といった事態は……外交政策は、いっさい非干渉……国内政策は、国民皆健康保険、脱石油、脱自動車・飛行機、教師給与四倍増（優秀な学生を教職に引き寄せるため）、厳しい銃規制、貧困層対象の無償教育と職業訓練……戦争が長引き非常事態宣言もいまだ解除されていない現況ではすべて白昼夢の段階。

ジープはスピードを落とし、ゆっくり停止する。ヴァージニアがエンジンを切るとともに、ブリックが目を開けると、そこはもはやウェリントンの都心ではない。大きなチューダー朝風の屋敷が並ぶ裕福な郊外住宅地であり、清潔そのものの芝生の前庭、チューリップの花壇、レンギョウやツツジの茂みなど、豊かな暮らしを示す装飾物が並ぶ。が、ジープから降りてあたりを見渡すと、何軒かの屋敷は廃墟《はいきょ》同然であることにブリックは気がつく。窓は割れ、壁は焦《こ》げ、建物前面にはぽっかり穴が開き、家はかつて人が住んでいたもののいまや見捨てられた殻と化している。この界隈《かいわい》も戦争で砲撃されたのだろうとブリックは推測するが、それについて訊きはしない。代わりに、ヴァージニアと一緒に入ろうとしている屋敷を指さして、当たりさわりのない科白《せりふ》を口にする。立派な家じゃないか、ヴァージニア。君、ずいぶん出世したんだね。

夫が企業専属の弁護士で、ずいぶん稼いでたのよ、と彼女はそっけなく言う。およそ過去の話をする気分ではなさそうだ。

ヴァージニアは鍵《かぎ》を使って玄関を開け、二人は家の中に入っていく……

温かい風呂。二十分、三十分、少しも動かず、一人静かに首まで湯に浸《つか》っている。それから、ヴァージニアの亡き夫の白いパイル地のバスローブを羽織り、ベッドルームに入って椅子《いす》に腰かけると、頬の切り傷にヴァージニアが抗菌性の収斂剤《しゅうれんざい》をていねいに塗って、それから傷口に小さな絆創膏《ばんそうこう》を貼《は》ってくれる。ブリックの気分もいくらか良くなっている。湯の効用恐るべし、と彼は、腹と局部の痛みもほぼ消えたことを悟りながら胸の内で言う。頬はまだひりひり痛むが、じきにこれも収まるだろう。折れた歯については、歯医者に行って被《かぶ》せ物をしてもらうまではどうしようもないが、歯医者なんてものにじき行けるかどうかは大いに疑わしい。目下のところ（バスルームの鏡でしげしげ見て確認したとおり）なんともおぞましい見かけである。エナメル質が何ミリ分か消え失《う》せたいま、その顔は尾羽《おは》打ち枯らした浮浪者、阿呆《あほう》丸出しの田舎者だ。幸い、歯のすきまは微笑《ほほえ》まなければ見えない。そしていまの状態にあって、ブリックはおよそ微笑みたい気分ではない。この悪夢が終わらないことには、もはや一生微笑まない可能性だって大ありだ。

二十分後、いまや服も着たブリックは、ヴァージニアと二人でキッチンに座っている。ヴァージニアはすでにトーストとコーヒーを――けさ危うくブリックの命を奪いかけた最低限の朝食を――用意してくれている。ブリックは目下、彼女がフローラについて訊《たず》ねた十個目の質問に答えている最中である。なぜこんなに興味を示すのか、ブリックは戸惑っている。そもそもヴァージニアは彼をここへ連れてきた張本人なのだから、フローラとの結婚生活も含めて、彼のことはすべて把握しているはずではないのか。だが彼女の好奇心は尽きるところを知らない。ひょっとすると単に俺をこの家にとどめておくための方便だろうか、時間の流れを見失わせてフリスクがやって来る前にまた逃げ出そうとするのを防いでいるのだろうか、とも思えてくる。たしかに逃げたくはある。が、風呂に長々と浸り、パイル地のローブを与えられ、優しい指遣いで顔に絆創膏を貼ってもらったいま、ブリックの中の何かが、ヴァージニアに対して軟化しはじめている。思春期の炎が、ゆっくりまた発火しつつあるのが感じられる。マンハッタンで出会ったんだ、三年半ばかり前に、とブリックは答える。アッパー・イーストサイドの、金持ちの子供のお誕生日会で。僕は手品師で、彼女はケータリング業者の一人だった。

綺麗な人なの？

僕にとっては。君の綺麗さとは違うよ――君は顔もすごく美しいし、スタイルもいい。フローラは小柄で一六〇センチそこそこだけど、目は大きく燃えるように光るし、黒髪はたっぷりとカールして、僕が聞いたかぎり最高の笑い声だね。

彼女のこと、愛してるの？

もちろん。

それで、彼女もあなたのこと愛してる？

うん。少なくとも大半の時間は。すごく怒りっぽい性格でね、いったん怒り出すと火が点いたみたいに人を罵倒《ばとう》しまくるんだ。喧嘩になるたびに、僕と結婚したのはアメリカの市民権が欲しかっただけじゃないかって思ってしまうよ。でもまあ、そんなにしょっちゅうあることじゃない。十日に九日、僕たちは仲よしさ。本当に。

子供は？

予定してる。二か月ばかり前から計画的にはじめたよ。

あきらめちゃ駄目よ。それがあたしの間違いだった。待ちすぎて、いまはこのザマよ。夫もいない、子供もいない、何もない。

君はまだ若いじゃないか。いまも界隈一綺麗な女の子だよ。誰かが現われるよ、きっとさ。

ヴァージニアが答える間もなく、玄関のベルが鳴る。彼女は立ち上がりながら、畜生《シット》、と本気で言っている様子で呟く。邪魔が入ったことに、本当に憤っているように見える。だがブリックはブリックで、これで追いつめられたこと、もはや逃亡のチャンスは失せたことを悟る。ヴァージニアはキッチンを出る前に彼の方を向いて、言う。あんたがお風呂に入ってるあいだに電話したのよ。四時から五時のあいだに来てちょうだいって言ったのに、待ちきれなかったのね。ごめんなさいね、オーエン。あたし、二人でゆっくり過ごして、あたしの魅力であんたのズボン脱がす気だったのよ。ほんとよ。あんたの脳味噌《のうみそ》が爆発するまで、とことんファックしたかったのよ。帰ってからもそのこと忘れないでね。

帰る？　僕、もう帰れるのかい？

ルーが説明するわ。それがあの人の仕事よ。あたしはただの人事担当。大きな機構の小さな歯車よ。

現われたルー・フリスクは、五十代前半、陰気な顔をした人物である。背はやや低め、肩幅も狭く、縁の細い眼鏡、かつてにきびに悩まされた跡の残る肌。緑のVネックセーター、ワイシャツにチェックのネクタイ、左手には医者の診察鞄《かばん》に似た黒い手提げを持っている。そしてキッチンに入ってくると同時に、鞄を下ろして言う。君は私を避けていたね、伍長《ごちょう》。

僕は伍長じゃない、とブリックは答える。あんただって知ってるはずだ。僕は生涯、軍人だったことなんかない。

君の世界ではな、とフリスクは言う。だがこの世界での君は、マサチューセッツ第七部隊の伍長、アメリカ独立合州国軍隊の一員だ。

夢のもうひとつの要素がよみがえってきて、ブリックは両手で頭を抱えながらかすかなうめき声を漏らす。マサチューセッツ州、ウスター。ブリックは目を上げ、フリスクがテーブルの向こう側の椅子に腰を落着けるのを見ながら言う。じゃあここはマサチューセッツ州なんだな。そういうことなのか？

マサチューセッツ州、ウェリントン、とフリスクはうなずく。旧市名、ウスター。

ブリックはげんこつでテーブルを叩き、自分の中でずっと募ってきた怒りを爆発させる。冗談じゃない！と彼は叫ぶ。誰かが僕の頭の中にいるんだ。夢さえももう僕のものじゃない。人生まるごと盗まれたんだ。それから、フリスクの方を向いて目をまっすぐ見据えながら、あらんかぎりの大声で叫ぶ。誰がこんなことやってるんだ？

まあ落着け、とフリスクは言って、ブリックの手をぽんぽん叩く。君が混乱するのも無理はない。だからこそ私がここにいるのさ。君にすべてを説明し、納得してもらうのが私の役目だ。私たちとしても君に辛い思いをさせたくはない。君がちゃんと言われたとおりに私に会いにきてくれていれば、あんな夢も見ずに済んだんだ。私が言おうとしていること、わかるかね？

よくわからない、とブリックはさっきより大人しい声で言う。

家の壁ごしに、ジープのエンジンがかかる微《かす》かな音が聞こえ、それから、ギアをシフトするギーッという音がして、ヴァージニアの運転する車が走り去る。

ヴァージニアは？とブリックは訊く。

彼女がどうした？

たったいま出ていっただろう？

仕事がたくさんあるのさ。それに我々の用件に彼女は関係ない。

さよならも言っていかなかった、とブリックは未練がましく言う。彼女がこんなにあっさり自分を見捨てて行ってしまったことがまだ信じられないかのように、傷ついた思いが声にこもっている。

ヴァージニアのことは忘れろ、とフリスクは言う。我々にはもっと大事な話があるんだ。

僕は元の世界に戻れると彼女は言った。それは本当か？

本当だ。だがまずは、なぜ戻れるのかを説明しなくちゃいけない。いいかよく聞けよブリック、そして正直に答えてくれ。フリスクはテーブルに両腕を載せて身を乗り出し、言う。我々はいま、現実の世界にいるだろうか？

なんでそんなこと僕にわかる？　何もかも現実に見えるよ。何もかも現実に聞こえる。僕はここに座っていて、僕自身の体の中に収まっている。でも同時に、僕がここにいるなんてありえない、そうだろう？　僕は別の場所に属す人間なんだ。

君はちゃんとここにいる。そして君は別の場所に属している。

両方なんてありえない。どちらか一方であるはずだ。

ジョルダーノ・ブルーノという名前に聞き覚えはあるかな？

いいや。知らないね。

十六世紀イタリアの哲学者さ。神が無限であるなら、そして神の力が無限であるなら、世界の数も無限であるはずだと唱えた人物だ。

まあそれはそれで筋が通るな。神を信じるとすれば。

この説のせいで、火あぶりの刑に処された。でもだからといって彼が間違っていたとは限らないだろう？

なぜ僕に訊く？　そんな話、僕はなんにも知らないんだぜ。わかりもしないことにどうして意見が持てる？

先日あの穴で目を覚ますまで、君の全人生はひとつの世界で生きられていた。でも、それが唯一《ゆいいつ》の世界だとどうして断言できる？

それは……それは、僕が唯一知ってるのがその世界だからさ。

でもいまの君は、もうひとつ別の世界を知っている。だとすればどういうことになると思うかね、ブリック？

言ってることがわからないね。

単一の現実というものはないんだよ、伍長。現実はいくつもあるんだ。単一の世界というものはない。世界はいくつもあって、たがいに並行して流れている。世界と反世界、世界と影世界、そのそれぞれが、別の世界にいる誰かによって夢見られるか想像されるか書かれるかしている。世界一つひとつが、人間の精神の産物なんだ。トーバックみたいなことを言うんだな。この戦争は一人の男の頭の中にある、その男を抹殺すれば戦争は終わるとあいつは言ってた。あんな馬鹿馬鹿しい話は聞いたことがないね。

トーバックは軍隊一賢い兵士じゃないかもしれないが、君に言ったことは真実さ。そんな無茶苦茶な話を信じさせたかったら、まずは証拠を見せてもらわないと。

よろしい、とフリスクは言って、両の手のひらでテーブルをぱんと叩く。これでどうかね。それ以上何も言わずに彼は右手をセーターの中につっ込み、シャツのポケットから証明書サイズの写真を一枚取り出す。こいつが元凶だ、とフリスクは言って、テーブルの上に写真を滑らせてブリックの方に送り出す。

ブリックは写真をちらっと一目見るだけである。それは六十代後半か、七十代前半の男のカラー写真で、男は白いカントリーハウスの前で車椅子に座っている。いかにも優しげな男だとブリックは思う。硬い銀髪は上向きに立っていて、顔には皺《しわ》が刻まれている。

こんなのなんの証明にもならないぜ、とブリックは言って写真をつっ返す。ただの一人の男じゃないか。どんな人間でもありうる。あんたの伯父さんだとしてもおかしくない。

この男はオーガスト・ブリルという名で、とフリスクは言いかけるがブリックはそれを遮る。

トーバックはそう言ってなかったぞ。ブレークって奴《やつ》だと言ってた。

ブランクだろう。

とにかくブリルじゃなかった。

トーバックは最新情報を把握していないのさ。長いあいだブランクが最有力候補だったんだが、その後リストから抹殺された。正解はブリルだ。我々はいまや確信している。

じゃあその物語とやらを見せてみろ。あんたのその鞄に手をつっ込んで原稿を引っぱり出して、僕の名前が出てくる箇所を指さしてみろ。

そこが問題なんだ。ブリルは何ひとつ紙には書かない。頭の中で、自分に向けて物語を語っているんだ。

どうしてそんなことがわかる？

それは軍事上の機密だ。とにかく我々にはわかっているんだ、伍長。信じてくれていい。

阿呆らしい。

君、帰りたいだろう？　それならこれが唯一の道なんだよ。任務を引き受けなければ、君はここから永遠に出られない。

結構。単に話を進めるために、僕がこの男を……このブリルとかいう奴を撃ち殺すと仮定しよう。そしたらどうなる？　奴が君たちの世界を創《つく》り出したんだったら、奴が死んだ瞬間に君たちは存在しなくなるだろうが。

奴はこの世界を一から創ったわけじゃない。戦争を創っただけだ。そして奴は君のことも創ったんだよ、ブリック。わからないのか？　これは君の物語なんだよ、我々のじゃない。この老人は、自分を殺させるために君を創り出したんだ。

今度は自殺だって話か。

間接的にはそういうことだ。

ブリックはふたたび両手で頭を抱えてうめき出す。もはや限界を超えている。狂気というほかないフリスクの主張に対し何とか己の立場を貫こうと頑張ってきたが、いまや自分の精神が崩壊しはじめていることをブリックは感じている。ばらばらの思考や、形の定まらぬ恐怖から成る宇宙を、壊れかけた精神が狂おしく疾走していく。ブリックにとってはっきりしているのはただひとつ、元の世界に帰りたいということだけだ。もう一度フローラと一緒に、かつての暮らしに戻りたい。そうするためには、会ったこともない誰かを、赤の他人を殺さないといけない。ひとまず引き受けるしかないが、向こう側にたどり着いてしまえば、任務の遂行を怠ったところで誰に手出しできる？

ブリックはテーブルを見下ろしたまま、口から言葉を絞り出す。その男のこと、聞かせてくれ。

そう来なくっちゃ、とフリスクは言う。やっとわかってきたね。

子供扱いするな、さっさと必要なことを話せ。

元書評家で七十二歳、ヴァーモント州ブラトルボロ郊外に、四十七歳の娘、二十三歳の孫娘と暮らしている。妻は去年亡《な》くなった。娘の夫は五年前に出ていった。孫娘の恋人は殺害された。悲しみに暮れた、傷ついた者たちの一家なんだよ。ブリルは毎晩、闇《やみ》の中で目覚めたまま、過去を考えまいとして、別の世界をめぐる物語を捏造《ねつぞう》するんだ。

どうして車椅子を使ってる？

自動車事故さ。左脚がめちゃくちゃになったんだ。危うく切断というところだった。

それで、この男を殺すことに同意したら、僕を元の世界に送り帰してくれるんだな。

そういう取引きだ。だが、ごまかして逃げようと思っても無駄だぞ。約束を破ったら、我々は君を追いかける。銃弾二つだ。一つは君に、一つはフローラに。バン、バン。君はいなくなる。フローラもいなくなる。

でも僕を殺してしまったら、戦争は終わらないぜ。

そうとは限らない。現時点ではまだ仮説にすぎないが、君を始末することでブリルを抹殺するのと同じ結果が生じるという説もある。物語は終わり、戦争も終わるというわけだ。我々にその可能性に賭《か》ける気がないなんて思ったら大間違いだぞ。

僕はどうやって元の世界に戻るんだ？

眠っているあいだにだ。

でももうこの世界で眠ったじゃないか。二度も。どっちも同じ場所で目が覚めたぜ。

それは通常の眠りだ。私が言っているのは、薬物によって引き起こされた眠りだよ。君は注射を打たれる。手術前に施す麻酔と同じ効果さ。忘却の黒い虚空《こくう》、死と同じ深く暗い無だ。

楽しそうじゃないか、とブリックは言う。眼前の事態に動揺するあまり、冴《さ》えないジョークのひとつも口にせずにはいられないのだ。

やってみるかね、伍長？

選択の余地はあるのかね？

胸部に咳《せき》がたまってくるのがわかる。いがらっぽい微かな痰《たん》が気管支の奥に埋もれていて、それを抑え込む間もなく、爆鳴《ばくめい》が喉《のど》からほとばしり出る。さっさと出してしまえ、ヘドロを北へ吹っ飛ばせ、管に詰まったヌルヌルの残り物を取り除け。だが一回では足りず、二回でも、三回でも駄目で、かくして本格的な発作がはじまり、その猛威に全身が痙攣《けいれん》する。自分が悪いのだ。煙草は十五年前にやめたのに、四六時中アメリカン・スピリッツを携えたカーチャが一緒に住むようになり、よからぬ習慣が戻ってきて、世界中の映画を逍遥《しょうよう》するさなかに彼女から一本また一本とたかるようになったのだ。私たちは二人並んでソファに座り、揃《そろ》ってプカプカ吹かす。二台の蒸気機関車が、忌《い》まわしい、耐えがたい世界から煙を上げて逃げていく。が、そこにはなんら嘆きの念はなく、迷いも自責もいっさいない。大事なのは一緒にいることだ。共謀者同士の絆《きずな》、呪《のろ》われた者たちの糞喰《くそ》らえ的連帯。

映画のことをまた考えているうちに、カーチャのリストに加えるべきもうひとつの例を思いついた。明日朝一番、朝食の席で彼女に話さなくては。聞いたらきっと喜ぶはずだ。あのふさぎ顔から笑みを引き出せれば、大した達成というものである。『東京物語』の終わりに出てくる懐中時計。私とカーチャはこの映画を何日か前に観《み》た。私も彼女も二度目だが、私の一度目はもう何十年も前、六〇年代末か七〇年代初頭までさかのぼる。いい映画だと思ったこと以外、物語の大半は頭から消えてしまっていた。小津安二郎、一九五三年、日本の敗戦から八年後。ゆったりとした荘厳《そうごん》な作品で、これ以上はないというくらいシンプルな物語だが、きわめて優雅に、深い感情を込めて作られている。結末に至ると私の目には涙が浮かんでいた。映画の中には書物に負けず優れたもの、最良の書物に負けず優れたものもあって（そう、カーチャ、そのことは私も認めよう）、これは間違いなくそういう一作だ。トルストイの中篇小説に劣らず繊細で心を動かす。

　初老の夫婦が、もう大人になった子供たちを訪ねて上京してくる。妻子を抱え仕事に追われている町医者の息子。美容院を経営している既婚の娘。そしてもう一人、戦死した息子と結婚していた義理の娘は独り暮らしで会社勤めの若い未亡人である。冒頭から早くも、息子と娘にとって老いた両親がいささか重荷であり厄介であることは明白だ。みんな仕事が忙しいし、家族もいるし、両親の面倒をきちんと見てやる余裕がない。唯一、義理の娘だけが、自分の都合をうっちゃって老夫婦に優しさを示す。

やがて両親は東京を去って自宅に戻るが（それがどこなのかはたぶん述べられないか、私がぼんやりしていて聞き逃したかだ）、数週間後、なんの前触れもなく、予兆となる病気もなしに、母親が死ぬ。舞台はその名ざされぬ都市あるいは町の、子供たちにとっての実家に移る。大人になった子供たちが東京から葬式にやって来る。義理の娘も来ている。ノリカだったかノリコだったか思い出せないが、とりあえずノリコとしておこう。まもなく、もう一人の息子がどこかから到着し、加えて、いまもこの実家に住んでいる末の子供もいる。二十代前半の、小学校の教師をしている女性である。彼女がノリコのことを崇拝していて、自分の兄姉《きょうだい》より好ましく思っていることは明白である。葬式が終わって、家族は食卓を囲んで昼食を食べている。ここでもまた、東京の息子と娘は忙しい、忙しいの連発で、自分のことで頭が一杯であり、父親の支えになってやろうともしない。彼らは腕時計にちらちら目をやり、夜の急行で東京に帰ることにする。二番目の息子もやはり帰ることにする。彼らのふるまいに、あからさまに残酷なところがあるわけではない。このことは強調しておくべきである。事実、それがここで小津が打ち出している基本的なポイントだ。彼らは単に気もそぞろであるにすぎない。自分が生きていくのに精一杯で、いろんな責任に引っぱられているだけなのだ。けれども、心優しいノリコは、悲しみに暮れる義父を置き去りにしまいとそこにとどまる（たしかにそれは表に出ない無表情な悲しみだが、それでも悲しみにはちがいない)。そして、引き延ばした滞在も今日で最後という日の朝、彼女は学校の教師をしている末娘と一緒に朝食をとる。

そそくさと帰ってしまった兄二人と姉に、娘はまだ腹を立てている。もっと長くいるべきよ、みんな自分勝手よ、と娘は言うが、ノリコは逆に彼らのふるまいを(自分では絶対そうしないものの)弁護し、子供というのはみないずれ親から離れていくものなのだ、彼らには彼らの暮らしがあるのだと説く。私は絶対あんなふうにはならない、と娘は言いはる。あんなことするんだったら、家族なんてなんのためにあるの? そう彼女は言う。ノリコはさっきの言葉をくり返して、子供というのはいずれそうなるのだ、仕方ないことなのだと言って娘をなだめる。長い間《ま》が生じる。それから、娘が顔を上げ義理の姉を見て、こう言う。嫌ねえ、世の中って。ノリコは娘を見て、遠くを見るような目つきで、ええ、そうね、と言う。

教師は仕事に出かけ、ノリコは部屋を片付けはじめる(このあたりはカーチャがさっき話していたさまざまな映画の女たちを思い起こさせる)。そして次に、懐中時計の場面が生じる。映画全体がまさに、この瞬間に向けてすべての要素を積み上げてきたと言っていい。老人が庭から家に入ってくると、ノリコは老人に、今日の午後の列車で帰りますと告げる。二人は座って話をする。その会話の骨子と流れを私がおおよそ思い出せるのは、観終わったあとにもう一度この場面だけカーチャに再生してもらったからだ。それほど私はこの場面に感銘を受けた。小津がどうやってこんな離れ業をやってのけたのか、その会話をじっくり見てみたかったのだ。

老人はまずノリコに、いろいろ本当にありがとう、と礼を述べる。だがノリコは首を振って、いいえ、何もしてさし上げられなくて、と答える。老人はなおも言う。いやいや本当に助けてもらったよ、あんたがどれだけよくしてくれたかお母さんも言っておったよ。ノリコはふたたびその賛辞に抗《あらが》い、わたくしのしたことなんてつまらないどうでもいいことです、と片付ける。老人はそれでもなお、ノリコさんと一緒だったときが東京にいて一番楽しかったとお母さん言っておったよ、と彼女に告げる。そしてさらに、お母さんあんたの将来をひどく心配しておったよ、と言う。あんた、このままじゃいかん。再婚せんといかんよ。Xのことは（老人の息子、ノリコの夫のことだ）忘れなさい。あの子はもういないんだから。

ノリコは見るからに落着きを失い、答えを返すこともできないが、老人の方はここで引き下がる気はない。ふたたび自分の妻に言及して、さらに言う。あんたほど素晴らしい人はいないとお母さん言っておったよ、ノリコもあとには引かず、お母さまはわたくしのことを買いかぶっていらしたんですと返すが、いやいやそれは違う、と老人は言い放つ。ノリコはもうすっかり取り乱している。わたくし、お父さまやお母さまが思ってらっしゃるようないい人間じゃないんです、と彼女は言う。わたくし、ほんとにずるいんです。そして彼女は、いまではもういつも老人の息子のことを考えているわけではないのだ、彼のことが一度も頭に浮かばぬまま何日も過ぎたりするのだと明かす。それから少し間《ま》を置いて、いま自分がひどく寂しい思いでいて、夜眠れないとき寝床に横になったまま自分はこれからどうなるのだろうと思ったりすると打ちあける。わたくしの心が何かを待っているみたいなんです、と彼女は言う。わたくし、ずるいんです。

**老人**　いやぁ、ずるうはない。

**ノリコ**　いいえ。ずるいんです。

**老人**　あんたはええ人じゃよ。正直で。

**ノリコ**　とんでもない。

その時点で、ノリコはすっかり自制を失い、泣き出す。水門が開くとともに、彼女は両手で顔を覆《おお》ってすすり泣く。あまりに長いあいだ、この若い女は何も言わずに苦しんできた。自分がいい人間だということをこの女は決して信じようとしない。なぜならいい人間だけが自分の善良さを疑うからだ。だからこそそもそもいい人間なのだ。悪い人間は自分の善良さを知っているが、いい人間は何も知らない。彼らは一生涯、他人を許すことに明け暮れるが、自分を許すことだけはできない。

老人は立ち上がり、何秒かして時計を持って戻ってくる。金属の蓋《ふた》が文字盤を保護している旧式の懐中時計である。これはお母さんの持ち物だったんだ、あんたにもらってほしいんだ、と老人はノリコに言う。お母さんのためだと思ってもらってくれんか、と彼は言う。きっとお母さんも喜ぶと思うんだ。

その申し出に心を動かされて、涙がなおも頰を流れ落ちるなか、ノリコは老人に礼を言う。老人は考え深げな表情を浮かべて相手の顔をじっと見るが、それがいかなる考えなのか我々には知りようがない。老人の感情はすべて、生真面目《きまじめ》な無表情の仮面の陰に隠されているからだ。ノリコが泣くのを見ながら、老人はやがて、簡潔な宣言を口にする。この上なく率直な、感傷を排した言い方で言葉を発し、それによってノリコはまた新たに取り乱して激しいすすり泣きに戻っていく。えんえんと続く、胸を締めつける、底なしに深く痛ましい悲嘆の涙。あたかも彼女という人間の、一番奥の核がぱっくり割れてしまったかのように。

わしはあんたに幸せになってほしいんじゃ、と老人は言う。

その短い一センテンスで、ノリコの最後の自制が失われる。己の人生の重さが彼女を押しつぶす。わしはあんたに幸せになってほしいんじゃ。なおも泣きつづける彼女を前にして、義理の父は、シーンが終わる前にもう一言だけ口にする。妙なもんだなあ、と彼は、ほとんど信じられないような口調で言う。自分が育てた子供より、いわば他人のあんたの方が、よっぽどわしらによくしてくれた。

学校にカット。子供たちが歌うのが聞こえて、次の瞬間、我々は娘が教師をしている教室にいる。遠くで列車の音が聞こえる。娘は腕時計をちらっと見て、窓辺に歩いていく。列車が轟音《ごうおん》を立てて過ぎていく。午後の急行が、彼女が崇《あが》める義理の姉を東京に連れ帰っていく。

列車自体にカット——線路を疾走する車輪のすさまじい騒音。列車は未来へと驀進《ばくしん》していく。

それから少しして、場面は車両の中に切り替わる。ノリコが一人で座り、無表情で虚空を見つめている。さらに少し時が経《た》って、義理の母親の持ち物だった懐中時計を、膝の上から取り上げる。蓋を開けると、突然、秒針がチクタク文字盤を回る音が聞こえる。ノリコはなおも懐中時計を見つめている。その表情は悲しげであると同時に、何かの思いに浸っているようでもある。懐中時計を手のひらに載せた彼女を見ていると、我々は時間というものそれ自体を見せられていることを感じる。列車が疾走していくのと同様に疾走し、人を人生へと、そしてさらなる人生へと押しやっていく時間を、だがそれだけでなく過去としての時間も——死んだ義母の過去、ノリコの過去、現在の中に生きつづける過去、人が未来へと携えていく過去。

甲高い汽笛の音が我々の耳の中で鳴り響く。残酷な、耳をつんざく音。嫌ねえ、世、、、の中って。

わしはあんたに幸せにな、、、、、、、、ってほしい、い、い、いんじゃ。

こうして場面はあっけなく終わる。

未亡人たち。一人で暮らす女たち。私の頭の中の、すすり泣くノリコの像。私の姉のことを考えずにはいられない。姉と、早死することになる男と結婚したせいで彼女が手にした不幸なカードを。わが内戦について考えはじめて以来、頭の中でずっとふつふつ泡立っている、私自身は生涯軍事的なことにかかわらずに済んできたという事実。たまたま一九三五年にこの世に生まれ出たことが幸いして、朝鮮戦争には若すぎたし、ベトナム戦争には歳《とし》をとりすぎていた。それに、一九五七年に徴兵検査を受けて失格になったという幸運もあった。心雑音があると言われて——結果的には誤診だったのだが——兵役不適格と分類されたのだ。だから戦争体験はないが、それに一番近いものを目《ま》のあたりにしたのは、姉のベティと、その二番目の夫ギルバート・ロスと一緒にいたときのことだ。一九六七年、ちょうど四十年前の夏である。私たち三人はアッパー・イーストサイドでディナーを食べていた。たしかレキシントン・アベニューの、六十六丁目か七丁目にあった、もうずっと前になくなった中華料理店〈サン・ラック〉。ソーニャは七歳のミリアムを連れて、リヨン郊外に住む両親を訪ねてフランスに行っていた。私もあとから合流することになっていたが、当面はリバーサイド・ドライブ近辺の、靴箱並に狭いアパートにこもって、『ハーパーズ』に依頼された、ベトナム戦争に材をとった近年の詩と小説を論じた長文の評論と取り組んでいた。エアコンはなく、安物のプラスチック製扇風機がひとつあるだけで、ニューヨークの熱波に包まれて毛穴から汗が噴き出るなか、下着姿でペンを走らせ、タイプライターのキーを叩いていた。当時私とソーニャの財政は厳しかったが、私より七歳上のベティはいわゆる裕福な暮らしをしていて、時おり弟に夕食をおごってやれる立場にあった。長く続きすぎた不幸な最初の結婚のあと、三年前にギルと再婚したところだった。賢明な選択だ、と私は思った。少なくともあの時点ではそう見えたのだ。ギルは労働法専門の弁護士、ストライキ仲介者として生計を立てていたが、六〇年代前半は、市の法律顧問としてニューアーク市当局に雇われてもいて、四十年前のその夏に私の姉と一緒にニューヨークへやって来たときも、無線装置の付いた市の公用車に乗っていた。ディナー自体は何も覚えていないが、店を出て車まで歩いていって、私をアパートまで送ってくれようとギルがエンジンをかけると、突如ラジオから半狂乱の声が響いてきた。警察電話だったのだと思うが、ニューアーク中央区が大混乱に陥っていると報じていた。アップタウンまで行って私をアパートで降ろす暇はない。ギルはリンカン・トンネルに直行した。こうして私は、アメリカ史上最大級の人種暴動を目撃することになった。二十人以上が死亡し、七百人以上が負傷し、千五百人以上が逮捕され、財産損害は一千万ドル以上に及んだ。こうした数字を覚えているのは、何年か前にカーチャが高校のアメリカ史の授業で人種差別についてレポートを書くことになり、この暴動について私から話を聞いたからだ。こういう数字が記憶に残るというのも妙な話だが、いろんなことが次々抜け落ちていくいま、自分がまだ完全に終わってはいない証拠として、私はこれらの数字にしがみつく。

その夜に車でニューアークに入っていくのは、地獄の下方の圏に入っていくようなものだった。建物が炎上し、必死の形相の男たちの群れが街を駆け抜け、店のウィンドウが次々割られる音が響きわたり、サイレンの音、銃声が轟《とどろ》いた。ギルは市役所まで車を走らせ、ひとたび建物の中に入ると私たちは市長室に直行した。市長の椅子に座っていたのはヒュー・アドニシオ、禿《は》げ頭で洋梨《ようなし》形にでっぷり太った五十代なかばの男だった。元戦争の英雄、下院議員を六期務め、市長職も第二期に入ったこの大物が、いまやまったく途方に暮れて、机の向こうでだらだら涙を流していた。どうすればいいだろう？と彼は顔を上げてギルを見ながら言った。いったいどうすればいいだろう？

何年経っても色褪《いろあ》せていない、忘れがたい情景だ。あまりのプレッシャーによって麻痺《まひ》状態に陥った男、都市が周りで爆発していくなか絶望ゆえに硬直してしまった男の哀れな姿。一方ギルは落着いて作業を進め、トレントンにいる州知事に電話し、警察署長に電話し、事態の把握に全力を尽くした。やがてギルは私を連れて市長室を出て、建物の一番下の階にある留置場まで降りていった。どの監房も囚人で一杯で、それが一人残らず黒人で、少なくとも半数は服もズタズタに破れて頭から血を流し顔は腫《は》れ上がっていた。これらの傷がどのように生じたか、想像に難くなかったが、それでもギルは訊《き》いてみた。一人また一人、答えは同じだった。みんな警官に殴られたのだ。

ふたたび市長室に戻ってまもなく、ニュージャージー州警察の一員が入ってきた。ブランド大佐だったかブラント大佐だったか、四十前後の、剃刀《かみそり》のように尖《とが》った角刈りの、四角いあごを引き締めた、突撃隊任務に乗り出さんとしている海兵隊員の冷酷な目をした男だった。この男がアドニシオ市長と握手し、椅子に腰かけて、こう言い放った。我々はこの市の黒人野郎どもを一人残らず捕まえて牢屋《ろうや》にブチ込みます。たぶんこんな言葉にいちいち驚くべきではなかったのだろうが、私にはやはりショックだった。言葉そのものがというより、それを発した声にこもった冷たい軽蔑《けいべつ》が。そういう言い方はやめろ、とギルが言ったが、大佐は単にため息をついて首を横に振り、私の義兄のことを無知な阿呆だと思っているみたいにその言葉を聞き流した。

これが私の戦争だった。本物の戦争ではないかもしれない。でも、ひとたびこういう規模の暴力を目撃してしまうと、もっとひどい事態を想像するのも難しくなくなる。ひとたびそうできるようになってしまえば、想像力の生む最悪の可能性こそ、まさに自分が住んでいる国だということがわかる。何であれ、頭に思い描けば、いつかはそれが現実になるのだ。

その秋、暴動で店を壊された商店主からの何十件という訴訟に対してニューアーク市を弁護するというおよそ不可能な立場に立たされると、ギルは市の職を辞し、以後二度と行政機関相手の仕事はしなかった。そして十五年後、五十三歳の誕生日の二か月前に亡くなった。

私はベティのことを考えたいが、そうするにはギルのことも考えねばならず、ギルのことを考えるには一番最初まで戻らないといけない。とはいえ、いったい私がどれだけ知っているだろう? 結局のところ、多くは知らない。ギルとベティから聞かされたいろんな話から拾い集めた、ひと握りの関連事実を知っているだけだ。ベーブ・ルースの影武者と言っても通ったという酒場のあるじを父親に、ギルは三人きょうだいの長男としてニューアークで生まれた。ある時点で、ダッチ・シュルツ〔有名なギャング〕が割り込んできてギルの父の商売を分捕り――なぜ、どうやってかはわからない――その数年後に父親は心臓発作を起こして死んだ。ギルは当時十一歳で、父親は一銭の財産も遺《のこ》さず、ギルが受け継いだのは慢性の高血圧と心臓病だけだった。十八歳にしてそのような診断を下され、わずか三十四歳で本格的な心臓発作が生じ、二年後に二度目の発作が続いた。長身の逞《たくま》しい男であったが、その生涯、死刑宣告が血液中を巡っていたのだ。

十三歳のときに母親が再婚し、下の子二人を育てることには義父も異存はなかったが、ギルにはいっさいかかわろうとせず、かくしてギルは家から追い出された――母親も同意の上で。想像を絶するとはこのことだ。自らの母親によって追放され、少年時代の残りをフロリダの親戚《しんせき》の家に居候《いそうろう》して過ごす破目になったのだから。

高校を出ると、北部へ戻ってきてニューヨーク大学に入った。当然金はなかったから、食いつなぐためにいくつもアルバイトをこなした。あるとき、当時いかに困窮していたかをふり返っている最中、よく〈ラトナーズ〉に行ったことをギルは話してくれた。〈ラトナーズ〉はロウアー・イーストサイドにあった古いユダヤ系レストランで、ギルはこの店のテーブルに座り、ガールフレンドがもうじき来るはずだとウェイターに告げる。この店の売りのひとつは名高い自家製ディナーロールだった。客が席に座ったとたん、ウェイターがやって来て、ロールパンを山と積んだバスケットを、バターもたっぷり添えて目の前に置いていく。バターを塗ったロールパンをひとつ、またひとつとギルは食べ進み、時おり腕時計にチラッと目をやって、存在しないガールフレンドがなかなか来ないことに動揺しているふりをする。バスケットが空になると自動的に第二のバスケットが届けられ、それも空になれば第三が来る。結局ガールフレンドは現われず、ギルは失意の表情とともにレストランを去っていく。しばらくするとウェイターたちもこのからくりに勘づいたが、そのときにはすでに、無料のパンを一回で二十七個平らげるという個人記録が樹立されていた。

ロースクールで学んだのち、弁護士稼業《かぎょう》も順調に進み、民主党とのつながりを深めていった。理想主義、リベラル左派、一九六〇年の大統領選ではアドレー・スティーヴンソンを支持し、アトランティック・シティで開かれた党大会でエリナー・ローズヴェルトをエスコートし、のち一九六二年か三年にニューアークを訪れたジョン・F・ケネディと握手している写真も残っている（ベティが亡くなったあとは私が所有している）。ギルと握手しながらケネディは、君の評判はいろいろ聞いているよ、と言ったという。だがそれもすべて、ニューアークでの大惨事を境に暗転し、ギルはやがて政界を離れベティと二人でカリフォルニアに移り住んだ。以後は私も二人に会うことは少なくなったが、六、七年くらいのあいだ、どうやら万事順調に行っているということは把握していた。ギルは弁護士として地位を築き、わが姉はラグーナビーチに、キッチン用品、テーブルリネン、高級コーヒーミルなどの器具を扱う店を開いた。ギルは生命を維持するために薬を一日二十錠以上飲まないといけなかったが、親族を訪ねて東部へやって来るたびに元気そうな姿を見せていた。やがて、健康が悪化した。七〇年代なかばにはもう、何度かの心拍停止をはじめ体のあちこちに問題が生じて、仕事を続けるのはほぼ不可能になった。私も余裕があるときは送れるだけのものを送ったし、ベティはフルタイムで働いていたからひとまず食うには困らず、ギルは一日の大半、一人で家にいて本を読んで過ごすようになった。五千キロ離れた地で暮らす、私の姉とその死にかけた夫。ベティが言うには、この最後の年月、ギルは愛を告白する紙切れを彼女のたんすの引出しの中に入れ、ブラやスリップやパンティの中に忍び込ませたという。毎朝ベティが目を覚まして着替えるたび、どこかにまた、君は世界で最高にゴージャスな女性だよと告げる恋文が見つかった。結局のところ、そう悪くない。二人が直面していたものの大きさを思えば全然悪くない。

終わりについては考えたくない。癌《がん》、最後の入院、葬儀の朝にさんさんと墓地に降り注いだ忌まわしい陽《ひ》の光。私としてももう十分いろんなことを明るみに出したが、最後にもうひとつのディテールを、もうひとつの醜い展開を再訪しないといけない。ギルが亡くなったころには、ベティは膨大な借金を抱えていて、埋葬地を確保するにも大きな困難が伴った。むろん私は手を貸すつもりでいたが、もうあまりに何度も金を無心していたので、ベティはここでまた私に頼む気にはどうしてもなれなかった。そこで彼女は、私にではなく、義母に、まだ子供だったギルが家から追い出されるのを手をこまねいて見ていたあの女に助けを求めた。女の名前は思い出せないが（たぶんものすごく軽蔑していたから覚えられないのだろう）、とにかく彼女は一九八〇年に三人目の夫と結婚していた。引退した実業家で、とてつもない大金持ちだった。夫第二号については、その退場が死によるものだったか離婚によるものだったかは知らないが、それはどちらでもよい。金持ちの夫第三号は南フロリダのどこかの墓地に大きな墓所を所有していて、ベティが彼を口説いてギルをそこに埋葬させてもらえることになった。それから一年としないうちに夫第三号が他界し、子供たちとギルの母親とのあいだにバルザックばりの一大遺産相続争いが起きた。子供たちは彼女を相手どって訴訟を起こし、勝利した。手元に少しでも金が残るよう事を収めるためにギルの母はいくつか条件を呑《の》まねばならなかったが、そのひとつが、ギルの亡骸《なきがら》を一族の墓所から撤去すること、というものだった。なんということか。息子が子供のときには家から追い出し、今度はひと握りの金と引き替えに、死んだ息子を墓から追い出すとは。その顚末《てんまつ》を伝えに電話してきたとき、ベティはしくしく泣いた。ギルが亡くなったときには、一種厳《いか》めしい、禁欲的な優美さでもって堪《こら》えていたのに、これにはさすがの彼女も耐えられなかった。我慢も限界に達し、彼女はとめどなく泣きつづけた。ギルの遺体が掘り出され、ふたたび埋められたころには、彼女はもう同じ人間ではなかった。

その後ベティは四年生きた。ニュージャージー郊外の小さなアパートメントに一人で住み、体も太って、やがてはものすごく太って、じきに糖尿病を患《わずら》い、動脈も硬化し、その他さまざまな疾患に次々見舞われた。かつてベティは、ウーナが私の許《もと》を離れていき五年間の怒濤《どとう》の結婚生活が終わりを告げたときには私の手を握ってくれて、ソーニャと私がよりを戻したときにも喝采《かっさい》してくれたし、息子夫婦がシカゴから訪ねてくるたびに会っていて、親戚の集まりにも顔を出し、朝から晩までテレビを観て、気が乗ったときにはけっこう笑えるジョークも飛ばせたものだったが、いまではもう、私の知るかぎり誰より悲しい人間になってしまっていた。一九八七年春のある朝、家政婦がほとんどヒステリー状態で電話してきた。週一度の掃除をしようと、預かっている鍵《かぎ》を使ってたったいまアパートメントに入ったら、私の姉がベッドに横たわって死んでいたというのだ。私は近所の人から車を借りてニュージャージーまで出かけていき、警察に乞《こ》われて遺体の身元を確認した。そんな姿の姉を見ることのショック——あまりにも動かない、あまりにも遠い、ものすごく、ものすごく死んでいる姿。検屍《けんし》解剖はどうしましょうか、と訊かれると、必要ありません、と私は答えた。可能性は二つしかないのだ。肉体が力尽きたのか、薬を飲んだのか。そんな問いの答えは知りたくなかった。どちらの答えも、本当の物語を語りはしなかっただろう。ベティは心が破れて死んだのだ。この言い方を聞くと笑う人もいる。でもそれは、世界について何も知らないからだ。人は本当に、心が破れて死ぬのだ。それは毎日起きているし、これからも時の終わりまで起きつづけるだろう。

いや、忘れてはいない。咳に吹っ飛ばされて私は別のゾーンに迷い込んだが、もう戻ってきたし、ブリックもまだ私とともにいる。何があろうとも、過去への陰鬱《いんうつ》な脱線にも挫《くじ》けず――でも、心が勝手に行きたいところへ駆け出ていくのをどうやって止める？　心はそれ自身の心を持っている。そう言ったのは誰だ？　誰かだ、それともたったいま私が思いついたのか、まあどっちでも変わりはしないが。夜中に格言を作り、夜中に物語をでっち上げる――可愛《かわい》い子らよ、我々は前進しているのだ、この混沌《こんとん》はひどく辛《つら》いかもしれぬが、そこには詩情もあるのだ、それを表わす言葉が見つかるなら、そういう言葉が存在するとして。そうともミリアム、世の中は嫌なものだ。でも私はお前に、幸せになってほしいとも思うのだ。

思い悩むなかれ。目下のところは足踏み状態である。物語はここからいろんな方向に進みうるし、どの道を行くべきか私はまだ決めていない。希望はあるのか、ないのか？　いずれの選択肢も可能だが、どちらもいまひとつしっくり来ない。あんな出だしのあとで――ブリックを狼《おおかみ》どもの中に投げ入れ、脳が歪《ゆが》んでしまうような目に遭わせたあとで――中間の道というのはありうるだろうか？　たぶん無理だろう。だから、暗い方を考えるのだ、そして闇の中に降りていくのだ、行けるところまで行くのだ。
　注射はすでになされた。ブリックは無意識の底なしの闇に落ちていき、何時間も経ってから目を開け、自分がフローラと一緒にベッドにいることを知る。時間は朝早く、七時半か八時くらいであり、眠っている妻の裸の背中を見ながら、ブリックは自問する。やっぱり思ったとおりじゃないだろうか、ウェリントンで過ごした時間は胸糞悪く生々しい悪夢の一部だったんじゃないか。ところが、枕《まくら》に載せた自分の頭を動かしてみると、ヴァージニアが貼《は》ってくれた絆創膏《ばんそうこう》が頬に食い込むのが感じられ、舌を這《は》わせて欠けた門歯のぎざぎざの縁を探ると、事実に直面せざるをえない。彼は本当にウェリントンにいたのであり、あそこで彼の身に起きたことはすべて現実なのだ。こうなるともう、すがれる藁《わら》は一本だけであり、それもおよそ見込み薄の藁だ――ウェリントンで過ぎた二日間は、こっちの世界ではほんの一瞬の出来事だったのでは？　彼がいなくなっていたことをフローラは知らないのでは？　もしそうなら、どこへ行っていたかを説明しなくてはならないという問題は解消する。何しろ受け容《い》れてもらうには厄介な真実なのだ、特にフローラのように嫉妬《しっと》深い女性には。とはいえ、もし真実を話したら嘘《うそ》のように聞こえてしまうとしても、よりもっともらしい物語を――

彼女の疑いを晴らし二日間の不在はよその女とはいっさい関係ないと納得してもらえるような話を――でっち上げる気力も意志もブリックにはない。

あいにく、二つの世界の時計は同じ時刻を指している。彼がいなくなっていたことをフローラは知っているのだ。と、寝返りを打った拍子に彼の体に触れると、彼女はすぐさまハッと目を覚ます。彼女のひたむきそうな茶色い瞳《ひとみ》に浮かぶ喜びの色に、ブリックの不安も鎮《しず》められ、今度はにわかに自分が恥ずかしくなる。彼女の愛情を疑ったかと思うと、我ながらぞっとする。

オーエン？と彼女は、いまだ信じる勇気が出ないかのように言う。ほんとにあんたなの？

そうだよ、フローラ、と彼は言う。帰ってきたんだよ。

彼女は両腕をブリックの体に巻きつけ、自分の滑らかな、むき出しの肌に彼をぎゅっと引き寄せる。あたし気が変《クレイジー》になってたんだよ、と彼女は、スペイン語ふうに舌を強く震わせrの音を巻き舌にして言う。まるっきりクレイジーになってたのよ。それから、彼の頬の絆創膏と、唇の周りのあざを見て、一気に心配そうな表情に変わる。どうしたの？と彼女は訊く。あんた誰かに叩《たた》きのめされたんだね、ベイビー。

一時間以上かかってやっと、もうひとつのアメリカへの不思議な旅をブリックは語り終える。ひとつだけ、ヴァージニアが最後に言った、自分の魅力で彼のズボンを脱がせて彼の脳味噌が爆発するまでファックしたかったという言葉だけは省略するが、これは小さな細部にすぎない。物語にほとんど関係ない事柄でフローラを苛立《いらだ》たせても意味はない。一番厄介なのは、終わり近く、フリスクとの会話の再現を試みるときである。あのときにも無茶苦茶に思えたが、いまこうしてわが家に戻りキッチンに座って妻とコーヒーを飲んでいると、他人の精神によって夢見られ想像された多重現実だの多重世界だのといった話はまるっきりのデタラメに思えてくる。語りのまずさを詫《わ》びるかのように、ブリックは首を横に振る。でも注射は現実だったんだよ、と彼は言う。オーガスト・ブリルを射殺しろっていう命令も現実だったんだ。もし俺が任務を果たさなかったら、俺もお前も危険にさらされるんだよ。

ここまでフローラは、何も言わずに耳を傾け、その馬鹿《ばか》げた突拍子もない話を語る夫を辛抱強く見守っている。彼女にしてみれば、こんな馬鹿馬鹿しい作り話は生まれてこのかた聞いたことがない。普通の状況だったら、いつものように怒りを爆発させ、あんたあたしを裏切ったんだねと夫をどなりつけるところだが、いまは普通の状況ではない。ブリックの欠点を残らず知り尽くし、三年に及ぶ結婚生活の中で数えきれぬ回数彼を非難してきたフローラだが、これまで彼を嘘つき呼ばわりしたことは一度も

ない。まるっきりのナンセンスを聞かされたいま、彼女は呆然《ぼうぜん》として言葉を失ってい
る。
信じがたく聞こえることはわかってる、とブリックは言う。でも本当なんだよ、隅
から隅まで。
で、その話あたしに信じろっていうの、オーエン？
俺だって自分でもほとんど信じられない。でもすべて本当にあったことなんだよ、
フローラ、何もかもいま話したとおりに。
あんた、あたしのこと阿呆《あほう》だと思ってんの？
どういう意味だい？
あんたがあたしのこと阿呆だと思ってるか、あんたの頭がおかしくなったか、どっ
ちかだよ。
俺はお前のこと阿呆だなんて思ってないし、俺は頭がおかしくなっちゃいないよ。
あんた、よくいるぶっ壊れた連中みたいだよ。ほら、エイリアンに誘拐されたとか
言ってる連中。火星人たちどんな格好してたの、オーエン？　大きな宇宙船とかあっ
た？
よせよ、フローラ。笑えないぜ。

笑えない？　誰が笑わせようとしてんのよ？　あたしはあんたがどこに行ってたか知りたいだけだよ。

もう話したよ。俺だってよっぽど別の話でっち上げようかと思ったさ。追い剝《は》ぎに遭って二日間記憶が飛んだとか。じゃなきゃ車にはねられたとか。地下鉄の駅で階段から転げ落ちたとか。そんなしょうもない話をさ。でもやっぱりほんとのことを言おうと決めたんだ。

ひょっとしてそうなのかもよ。あんた、やっぱり叩きのめされたのかも。それでこの二日間ずっと路地にぶっ倒れてて、何もかも夢に見たんだよ。

じゃあどうして腕にこんなのが残ってる？　注射したあと看護師に貼られたんだよ。けさ目を開ける前の最後の記憶もこれさ。

ブリックは左の袖《そで》をまくり上げ、二の腕に貼られた小さな肌色の絆創膏を指さし、右手でそれを剝ぎとる。ほら、と彼は言う。見えるかい、この小さなかさぶた？　ここに針を刺されたんだ。

そんなのなんの意味もないよ、とフローラは答え、ブリックに提示できる唯一具体的な証拠をあっさり切り捨てる。そんなかさぶた出来た原因、いくらでも考えられるよ。

そのとおり。でも事実は、まさにひとつの原因、俺がお前に話した原因で出来たんだよ。フリスクの注射針で。

わかったよオーエン、とフローラは、癇癪《かんしゃく》を起こさぬようこらえながら言う。当面この話はやめた方がよさそうだね。とにかくあんたは帰ってきたんだもの。あたしにとってただひとつほんとに大事なのはそのことだよ。ほんとだよベイビー、この二日間がどんなだったか、あんたにわかってもらえたら。あたし狂ってたんだよ、百パーセント狂ってたんだよ。あたしあんたが死んだと思ったんだよ。あんたがあたしを捨てて出ていったと思ったんだよ。あんたがよその女の子と一緒だって思ったんだよ。そうしていま、あんたは帰ってきた。まるっきり奇跡みたいだよ。はっきり言って、何があったのかなんてあたしはどうでもいい。あんたはいなくなってた、そしていま帰ってきた。お話はおしまい、オーケー？

いいやフローラ、オーケーじゃない。俺は帰ってきたけど、話は終わっちゃいない。俺はヴァーモントに行ってブリルを撃ち殺さないといけないんだ。どれくらい時間があるのかわからないけど、ぼやぼや何もしないでいるわけには行かないんだよ。俺がやらなかったら、奴らが俺たちを始末しに来る。お前に一発、俺に一発。フリスクがそう言ったんだ。あれは冗談なんかじゃなかった。

ブリル、とフローラはうなるように、それがどこかの外国語の侮辱の言葉であるかのように発音する。そんな奴《やつ》いやしないよ、賭けてもいいよ。

俺は奴の写真を見たんだぜ、忘れたか？

写真なんてなんの証拠にもならないよ。

フリスクに見せられたとき俺もまさにそう言ったよ。

確かめる方法、ひとつあるよ。そんな大物の物書きなんだったら、インターネットに載ってるはずだよ。コンピュータつけて調べてみようよ。

二十年くらい前にピュリツァー賞を取ったってフリスクが言ってた。受賞者リストに載ってなかったら、俺たちはもう大丈夫。載ってたら、気をつけないと——大きなトラブルが俺たちを待ってるんだ。

載っちゃいないよ、オーエン。絶対だよ。ブリルなんて存在しないんだから、名前が載ってるわけないよ。

だが名は載っている。オーガスト・ブリル、一九八四年ピュリツァー賞受賞。さらに調べてみると、わずか数分で膨大な量の情報が発掘される。たとえば、『アメリカ名士録』の略歴（一九三五年ニューヨーク・シティ生まれ。五七年ソーニャ・ヴェイユと結婚、七五年離婚。七六年ウーナ・マクナリーと結婚、八一年離婚。六〇年長女ミリアム誕生。五七年コロンビア大学学士号、ウィリアムズ大学、プラット・インスティテュート名誉博士号。アメリカ芸術科学院会員。千五百あまりの記事、書評、コラムを新聞雑誌に寄稿。一九七二—九一年『ボストン・グローブ』書評欄主幹）。一九六二年から二〇〇三年にかけて書かれた彼の文章四百点以上を収めたウェブサイトもあるし、三十代、四十代、五十代の写真もたくさん出てきた。いずれも明らかに、ヴァーモントの白い板張りの家の前で車椅子《くるまいす》に座っていた老人の若いバージョンである。

ブリックとフローラは寝室の小さな机の前に並んで座り、眼前の画面に目を釘付《くぎづ》けにして、自分たちの希望が塵芥《ちりあくた》と化していくなか、あまりに怖くてたがいの顔を見ることもできない。とうとう、フローラがノートパソコンのスイッチを切り、低い、震える声で、どうやらあたしが間違ってたみたいだね、と言う。

ブリックは立ち上がり、部屋の中をそわそわ歩き出す。これで信じてくれたかい？と彼は訊く。このブリルって奴、このオーガスト・ブリルって野郎……昨日まで聞いたこともなかったんだよ。そんなのでっち上げられるわけないだろう？　俺の知恵じゃ、お前に話したことの半分も思いつきやしないさ。俺は子供相手に手品をやるだけの男だ。本も読まないし、書評家のことなんか何も知らない。政治にだって興味はない。どうやってって訊かれてもわからないんだけど、そんな俺がついさっきまで内戦の真《ま》っ只中《ただなか》にいたんだよ。そうしていま、俺は男を一人殺さなくちゃいけないんだ。

ブリックはベッドの縁に腰かけて、自分の置かれた状況の残酷さ、わが身に起きたことのまったくの理不尽さに愕然《がくぜん》としている。フローラは心配そうな目で彼を見ながら、部屋の向こうから歩いてきて隣に腰を下ろす。そして両腕を夫の体に巻きつけ、頭を彼の肩に載せて、あんた、誰も殺しちゃ駄目だよ、と言う。

そうするしかないんだ、とブリックは、床と睨《にら》めっこしながら答える。

どう考えたらいいのか、いけないのか、あたしにはわからないけど、とにかくオーエン、あんた誰も殺しちゃ駄目だよ。そんな男のこと、放っとくんだよ。

無理だよ。

あたしがなんであんたと結婚したと思う？　あんたが優しい人間だからだよ。優しい、まっすぐな人だからだよ。あたしは人殺しなんかと結婚したんじゃない。あたしはあんたと結婚したんだよ、あたしの剽軽者《ひょうきんもの》のオーエン・ブリック、あんたが誰かを殺して一生刑務所で暮らすのを黙って見てる気はないよ。

俺だってやりたいなんて言ってない。ほかに選びようがないだけさ。

そんな言い方しちゃ駄目だよ。誰だって選ぶことはできるんだよ。だいいちあんた、自分がそんなことやり通せるなんてどうしてわかる？　あんたほんとに、自分がその男の家に入っていって、そいつの頭に狙《ねら》い定めて、平然と撃ち殺す姿想像できるわけ？　そんなの絶対無理だよ、オーエン。そんなことあんたにできっこないよ。有難いことに。

フローラの言うとおりだとブリックにもわかる。罪もない他人を殺すなんてできるわけがない、たとえ自分の命がかかっているとしても――そしておそらく、まさにこれは自分の命がかかっているのだ。長い、ぶるっと震えながらの息を彼は吐き出し、それからフローラの髪に手を入れて滑らせ、じゃあ俺どうしたらいいのかな？と言う。

何もしないんだよ。

どういうことだよ、何もしないいって？

あたしたちまた生きはじめるんだよ。あんたはあんたの仕事をして、あたしはあたしの仕事をする。二人で食べて、眠って、払うべき金を払う。皿を洗って、床に掃除機をかける。一緒に赤ちゃんを作る。あんたはあたしをお風呂《ふろ》に入れてくれてあたしの髪をシャンプーしてくれる。あたしはあんたの背中をさすってあげる。あんたは新しい芸を覚える。二人であんたの両親を訪ねていって、あんたのお母さんが自分の体のことを愚痴るのを聞く。二人で進んでいくんだよ、ベイビー、あたしたちのささやかな人生を生きるんだよ。そういうことだよ。何もしないんだよ。

一か月が経つ。ブリックが戻ってきた次の週、フローラの月経が訪れず、家庭用の妊娠テストを使ってみると、万事うまく行けば来年の一月には二人とも親になっていると判明する。この朗報を祝うべく、二人はマンハッタンの、普段はとうてい手の出ないお洒落《しゃれ》なレストランに行き、料理を注文する前にフランス産のシャンパンを一本空けてから、二人用の巨大な、これならアルゼンチンの肉とほとんど遜色《そんしょく》ないとフローラも言うポーターハウス・ステーキを貪《むさぼ》る。翌日、歯医者への二度目の通院で左の門歯に冠がかぶせられ、ブリックはグレート・ザヴェッロとしてのキャリアを再開する。おんぼろの黄色いマツダで街を駆け回り、マントをかぶって小学校、老人ホーム、コミュニティセンター、個人のパーティで芸を披露し、シルクハットから鳩《はと》や兎《うさぎ》を引っぱり出し、絹のスカーフを消滅させ、虚空《こくう》から卵をつかみ取り、冴《さ》えない色の新聞紙をパンジー、チューリップ、バラのカラフルな花束に変容させる。二年前にケータリングの仕事を辞めて目下パーク・アベニューの医院の受付で働いているフローラは、二十ドルの昇給を医者に要求して却下される。プライドを傷つけられてカッとなった彼女はすさまじい剣幕で医院を出ていくが、その晩ブリックに説き伏せられて、翌朝戻っていってドクター・ソンタグに謝る。ドクターとしてもこれほど有能で働き者の従業員を失いたくはないから、十ドルの昇給で彼女に報いることにする。実のところ彼女としても、最初から十ドル上げてもらえれば十分だと思っていたのである。それでも金は問題であり、じき子供も生まれるし、いまの稼ぎで三つ目の口をちゃんと養えるだろうかと二人は思い悩む。月末近くの、暗い気持ちの日曜の午後、二人はパークスロープで高級不動産業を営むブリックの従兄《いとこ》ラルフにブリックを雇ってもらうという可能性まで検討する。そうなったら手品は片手間の、休日の趣味程度にとどめるしかない。ブリックとしてはそこまで思いきった策に出るのは気が進まず、そのうちもっと金になる仕事を見つけるよ、そうすれば少しは息がつけるさ、と言ってみせる。一方、もうひとつのアメリカへ行ってきたことも彼は忘れていない。ウェリントンはいまだ彼のなかで燃えさかり、トーバック、モリー・ウォルド、デューク・ロスタイン、フリスク、そして誰より心穏やかでないことにヴァージニア・ブレーンのことを考えない日は一日もない。彼としてもどうしようもないのだ。帰ってきて以来、フローラは前よりずっと優しくなって、ブリックがかねてから焦《こ》がれていた愛情あふれる伴侶《はんりょ》に変貌《へんぼう》を遂げた。もちろんブリックも等しく愛を返してはいるものの、ヴァージニアもつねに心の片隅にひそんでいて、彼の顔に優しく絆創膏を貼り、あたしの魅力であんたのズボンを脱がせたいとささやいている。おそらく一種の埋め合わせのつもりで、ブリックはインターネットに載っているブリルの昔の書評を読みはじめる。読むのはむろんいつもこっそりとだが――殺すよう言われた男のことをいまだに考えているのをフローラに知られたくないのだ――面白そうな本を紹介している文章を読むたび、図書館から借り出してくる。かつては毎晩、リビングルームのソファにフローラと一緒に座ってテレビを観《み》ていたものだが、いまはベッドに寝転がって本を読む。これまでのところ、最大の発見はチェーホフ、カルヴィーノ、カミュである。

　こうしてブリックとフローラは、「何もしない」夫婦生活を泳いでいく。ほかの世界の存在など信じない女の分別でもってフローラがブリックを引き戻したところの、ささやかな生活を二人で営んでいく。あるのはこの世界だけだと彼女は知っているのであり、感覚が麻痺してきそうな日々のくり返し、つかのまの諍《いさか》い、金銭上の心配等々こそ世界の本質であって、心痛や退屈や失望はあってもこの世界で生きることこそ人間にとって楽園を見るのにもっとも近い経験だと知っているのだ。ウェリントンで過ごしたあの恐ろしい時間のあとでは、ブリックにとってもそれが唯一《ゆいいつ》の望みである。ごたごたとあわただしいニューヨーク暮らし、可愛いフローラの裸体、グレート・ザヴェッロとしての仕事、目には見えずとも日々大きくなっているいまだ生まれざる子供。けれど、胸の奥深くで彼は知っている、もうひとつの世界へ行ったことによって自分が汚染されてしまったことを、すべては遅かれ早かれ終わってしまうことを。車をヴァーモントまで走らせて、ブリルと話をしてみようかとも自問してみる。物語を考えるのをやめるよう、老人を説得することは可能だろうか？　ブリックは彼との会話を想像してみる。論を展開すべく自分が使うであろう言葉を考えてみるが、思い浮かぶのはブリルが彼をあざ笑っている姿だけだ。ブリルは彼を低能者、精神に欠陥を抱えた人間と決めつけ、彼をあっさり家から追い出すだろう。かくしてブリックは何もせず、ウェリントンから戻ってちょうど一か月後、五月二十一日の晩に、フローラと一緒にリビングルームにいて、ケラケラ笑っている彼女に新しいカード手品を披露していると、誰かがドアをノックする。考えるまでもなく、ブリックはすでに事実を悟っている。ドアを開けちゃ駄目だ、寝室に行って非常口から逃げるんだ、と彼はあわててフローラに言うが、強情なる、独立心あふるるフローラは、自分たちがどんな事態に陥ったかも知らずに、パニックに染まったブリックの指示を鼻で笑い、まさにやるなと言われたことをやってしまう。ブリックが彼女の腕を摑む間もなく、ソファから跳ね上がって、からかうように爪先旋回《ピルエット》しながらドアまで行き、ぐいと思いきり開けるのだ。戸口に二人の男が立っている。ルー・フリスクとデューク・ロススタイン、二人とも片手に持ったリボルバーをフローラに向けているのでソファに座ったブリックは動くこともできない。理屈としてはまだ逃亡を試みることも可能だが、立ち上がった瞬間、彼の子供の母親は死んでいるだろう。

あんたたち誰よ？とフローラは甲高い、怒った声で言う。

亭主の隣に座れ、とフリスクは言いながら、銃を振ってソファを指し示す。お前の亭主に話があるんだ。

愕然とした表情を浮かべてブリックの方を向きながら、フローラは言う。どうなってるの、ベイビー？

こっちへおいで、とブリックは答え、右手でソファをぽんぽん叩く。こいつらの銃はオモチャじゃない。言われたとおりにするんだ。

今度ばかりはフローラも抗《あらが》わない。二人の男が室内に入ってきてドアを閉めると、ソファまで歩いていって夫の隣に腰かける。

この人たち俺の知りあいなんだ、とブリックは彼女に言う。デューク・ロススタインとルー・フリスク。この二人の話をしたの、覚えてるかい？これが本人たちさ。

なんてことなの、と呟《つぶや》くフローラはいまや恐怖のどん底に落ちている。

フリスクとロススタインは、ソファと向かいあった二つの椅子に腰かける。手品の実演に使われたカードが彼らの前のコーヒーテーブルの上に散らばっている。その一枚を手にとって引っくり返しながら、フリスクが言う。我々のことを覚えていてくれてよかったよ、オーエン。心配になってきたところだったのさ。

大丈夫、とブリックは言う。俺、一度見た顔は忘れないんだ。

歯はどうだい？とロスタインは訊《たず》ねながら、しかめ面《つら》と笑顔の中間のような表情を浮かべる。

おかげでずっとよくなったよ、とブリックは言う。歯医者に行って被《かぶ》せ物をしてもらったんだ。

思いきり殴って悪かったな。だけど命令は命令だから、こっちも仕事はしなくちゃいけない。脅《おど》し戦術ってやつだよ。どうやらあまり効かなかったみたいだけどな。

君、銃をつきつけられたことはあるか？とフリスクが訊く。

驚くなかれ、これが初めてさ、とブリックは答える。

ずいぶん立派に対応してるじゃないか。

頭の中で何度も何度も演じてきたから、もうすでに終わってるみたいな感じなのさ。

つまり、私たちが来るのを待ってたわけだ。

もちろん待ってたさ。もっと早く来なかったことだけが驚きだよ。

君に一か月猶予《ゆうよ》を与えることにしたんだ。厄介な任務だし、気持ちを持っていくのに少し時間が要るだろうと思ったのさ。だがもう一か月が過ぎて、なんの成果も見えていない。何か弁明はあるかね？

殺すなんてできない。それだけだ。とにかくできない。

君がジャクソンハイツでのらくらしているうちに、戦争はますます悪化した。連邦軍は春の攻勢をかけてきて、東海岸ほとんどすべての町が襲撃された。統一作戦《オペレーション・ユニティ》と奴らは呼んでいる。君がここで自分の良心と格闘しているあいだ、さらに一五〇万人が死んだ。双子都市《トゥイン・シティーズ》〔ミネソタ州ミネアポリスとセントポールのこと〕が三週間前に侵略されて、目下ミネソタの半分が連邦軍の支配下に戻った。アイダホ、ワイオミング、ネブラスカの広大な地域がいまや捕虜収容所に変身した。もっと言おうか？

いいや、もうイメージは掴《つか》んだ。

君がやるしかないんだよ、ブリック。

申し訳ない。とにかくできない。

やらないとどういうことになるか、覚えているだろう？

だからあんたたちこうして来たんじゃないのか？

いまはまだ違う。期限を知らせに来ただけだ。今日から一週間だ。もしブリルが二十八日午前零時までに始末されなかったら、デュークと私とで戻ってくる。今度は銃にも弾が入っているはずだ。聞こえるか、伍長《ごちょう》？　今日から一週間だぞ、さもないと君も君の奥さんも、まるっきり無駄に死ぬんだ。

いま何時かはわからない。目覚まし時計の文字盤には明りがついていないし、ランプを点《つ》けてまぶしい電球の光にまた目をさらす気はない。闇《やみ》でも光る時計を買ってくれるようミリアムに頼もう、といつも思うのだが、朝になって目を覚ますとまた忘れてしまう。光がその思いを消してしまうのであり、ベッドに戻ってこうやって見えない部屋で見えない天井を見上げるまでは思いも戻ってこない。よくわからないが、たぶん一時半から二時のあいだだろう。少しずつ、少しずつ進んでいく……。

ウェブサイトはミリアムの発案だ。あらかじめわかっていたら、時間の無駄遣いはよせと言っていただろう。だがミリアムはそれを内緒にしていて（母親も共犯だ――ソーニャは私が書き散らした文章をほぼ全部溜《た》めていたのだ）、私の七十歳の誕生日にニューヨークへやって来ると、私を書斎に連れていき、ノートパソコンを点けて成果を見せたのである。わざわざそんな手間をかけるに値しない代物《しろもの》ばかりだが、自分の娘が何時間も何時間もかけて大昔の文章を打ち込んでくれたかと思うと――後世のためにと彼女は言った――私はすっかり動転してしまい、なんと言ったらいいかもわからなかった。いつもなら、そっけない皮肉か気の利《き》いた一言でも口にしてその場の仰々しさに水を差すところなのだが、その夜はただただミリアムを抱きしめ、何も言わなかった。ソーニャはもちろん泣いた。ソーニャは嬉《うれ》しいといつも泣くのだが、この日の涙は私にはとりわけ切ない、辛い涙だった。というのも彼女の癌はその三日前に発覚したばかりで、見通しは不明、どうよく見ても灰色というところだった。それについて誰も何も言わなかったけれど、次の私の誕生日に彼女がいないかもしれないということを三人ともわかっていたのだ。結果的には、一年だっておよそ高望みだった。

　こんなことをしていてはいけない。ソーニャ思考、ソーニャ記憶の罠《わな》に落ちない、抑制を失わないと自分に約束したのだ。いま壊れてしまって、悲嘆と自責の泥沼に沈み込むわけには行かない。大声を上げて、上の階にいる娘たちを起こしてしまうかもしれないし、でなければこれから何時間か、より手の込んだ、より回りくどい自殺の方法を考えて過ごすかもしれない。私を殺す任はブリックに、今夜の物語の主人公に委《ゆだ》ねてあるのだ。彼とフローラがコンピュータを点けて、ミリアムの作ったウェブサイトを見るのもそのせいかもしれない。わがヒーローに私のことを少しは知ってもらうこと、どういう人間と対峙《たいじ》しているのかわかってもらうこと、それがおそらく有意義なのであり、私の推薦した本を彼が何冊か覗《のぞ》いてみたいま、私たちのあいだにはひとつの絆《きずな》が生まれはじめている。どうもややこしい展開になってきている。実のところブリルなんていう登場人物は当初の計画には入っていなかったのだ。戦争を作り出した頭脳は誰か他人の、ブリックやフローラやトーバックやその他もろもろと同様の架空の人物に属すはずだったのだが、考えれば考えるほど、そんなのはごまかしでしかないことが見えてきた。これは自分を創《つく》り出した人物を殺さねばならない男の物語なのだ。どうして私がその人物でないふりができよう？　私自身を物語の中に入れることで、物語は現実になる。さもなければ私も現実ではなくなる。私の想像力のもうひとつの産物にすぎなくなる。どちらであれ、この方が物語として効果的であり、私の気分にも合っている。そして私の気分は、可愛い子らよ、暗いのだ、私を取り囲む暗黒の夜に劣らず暗いのだ。

こうやってべらべら言葉を並べ、思いをでたらめに飛び回らせることで、私はソーニャを遠ざけようとしている。だが、それだけ頑張っても、彼女はまだそこにいる——つねに現前せる不在の人、私と一緒にこのベッドで数えきれぬほどの夜を過ごした、いまはモンパルナス墓地に眠るわがフランス人妻。十八年を共に過ごし、九年離ればなれでいたあと、ふたたび二十一年共に過ごし、計三十九年、結婚前の二年も勘定に入れれば四十一年間一緒に暮らした。私の人生の半分以上、半分よりずっと多い、それがいまあるのは何箱かの写真と、針音だらけのLP七枚のみ。六〇年代、七〇年代に彼女が録音したシューベルト、モーツァルト、バッハ、彼女の声を、あの小さいけれど美しい、感情みなぎる、彼女という人間の本質をはっきり伝えている声をもう一度聴くチャンス。写真と……音楽と……そしてミリアム。そう、私たちの子供もソーニャは残してくれたのだ、それを忘れてはならない、もはや子供ではない子供、いまミリアムがいなかったら私はきっとどうしようもなくなってしまうだろうと思うと不思議だ、きっと毎晩飲んだくれているだろう、すでに死んでいるかどこかの病院で生命維持装置につながれているかでなければの話だが。事故のあと、一緒に暮らそうと誘われたとき、私は丁寧に断った。私なぞ加わらなくてももう十分重荷を負っているじゃないか、と言って。するとミリアムは私の手を握って言った――いいえパパ、わかってないのね。あたしがパパを必要としてるのよ。あの家にいるとあたしものすごく寂しくて、いつまで耐えられるかわからないのよ。誰か話し相手が必要なのよ。誰か見ることのできる相手が、晩ご飯の席にいてくれて、時おり抱きしめてくれてお前は最低の人間なんかじゃないよって言ってくれる誰かが。

最低の人間というのはきっとリチャードの言葉だ。結婚生活の終わりの醜い喧嘩《けんか》の最中に、彼の口から飛び出た罵倒《ばとう》の文句だ。怒りに駆られると人はひどいことを言う。そんな言葉をミリアムが、自分の人格に対する判決のように、自分という人間を規定する最終的宣告のように受けとめてしまったと思うと胸が痛む。あの娘《こ》には底深い善良な資質がある。あの映画でノリコが体現していたのと同じたぐいの、自分を罰する善良さだ。その善良さゆえに、ほぼ不可避的に、家を捨てたのはリチャードの方であるにもかかわらず、そうなってしまったことについて彼女は自分を責めつづける。私がどれだけ足しになったかはわからないが、とにかくいまは一人ではない。そして、それなりに心地よい生活パターンに収まりかけたと思っていた矢先、タイタスが殺された。忘れないでほしい、ミリアム——苦しみを抱えたカーチャは、父親のところにではなく、君のところに行ったのだ。

フリスクとロススタインはすでにアパートを去った。二人が出ていってドアが閉まったとたん、フローラはスペイン語で呪詛《じゅそ》の言葉をわめき出す。こんにちはとさようならくらいしかスペイン語が使えないブリックにはついて行けない罵倒の文句が次々吐き出されるが、ブリックはそれを止めようともせず、三十秒間、訳のわからぬ言語が響きわたるなかで自分の内に引きこもり、自分たちが直面しているジレンマに思いを巡らし、次にどうすべきかを思案する。我ながら奇妙なことに、恐怖心はいっさい抜けてしまったように思える。ほんの数分前には、自分もフローラも殺されるものと覚悟したのに、予想外の猶予を与えられた結果どっと震えが来るかと思いきや、ひどく穏やかな気持ちに彼は包まれている。フリスクの銃という形で彼は自分の死を見たのであり、もはや銃はそこになくとも、死はいまだ彼とともにある――あたかもいまやそれが唯一彼に属すものであるかのように、彼の中に少しであれ残っていた生をその死が盗んでしまったかのように。そして自分はもう助からないのであれば、まずなすべきは、フローラを自分からできるかぎり遠くへ追いやり、彼女に危害が及ばないようにすることである。

　ブリックは落着いているが、それは妻にはなんら影響を及ぼしていないように思える。彼女の方はますます興奮してきているのだ。

　あたしたちどうするの?と彼女は言う。冗談じゃないよオーエン、ここでぼさっとして奴らが戻ってくるの待ってるわけに行かないよ。あたし死にたくない。まだ二十七なのに死ぬなんて馬鹿げてるよ。どうしよう……逃げてどっかに隠れるってのはどうかな。

無駄だよ。どこへ行ったってつきとめられてしまうさ。

じゃあやっぱりあんた、その爺《じい》さんを殺すしかないかも。

もうその話はしたよ。お前、反対したんだぞ、忘れたか？

あのときは何も知らなかったんだよ。もう知ったよ。

それで何が変わるのかわからないね。俺にはできないし、できたとしたって刑務所に入るのが関の山だ。

あんたが捕まるなんて誰が言ってるのよ？　ちゃんと計画を立てれば、ひょっとしたら逃げられるかも。

やめとけよ、フローラ。お前だってそんなことさせたいなんて思っちゃいないだろ。

オーケー。じゃあ代わりに誰かを雇ってやらせようよ。

よせって。俺たちは誰も殺さない。わかったか？

じゃあどうするのよ？　何かしなかったら、あたしたち一週間後に死ぬんだよ。

お前を遠くへ送り出すんだ。まずそれが第一歩だ。ブエノスアイレスのお母さんのところへ帰るんだ。

だってあんたたったいま、どこへ行ったってつきとめられるって言ったじゃない。

あいつらお前には興味がないさ。あいつらが追っかけてるのは俺だ、別々になったらわざわざお前にまで手を出しやしないさ。

何言ってるのよ、オーエン？

お前は安全になってほしいってことさ。

で、あんたはどうすんのよ？

心配するな。何か考えるさ。あんな異常な奴らに殺されてたまるか。約束する。お前はしばらくお母さんのところに行っていて、帰ってきたら俺がこのアパートで待ってるのさ。わかったかい？

嫌だよ、そんなの。

嫌でいいさ。とにかくそうするっきゃないんだよ。俺のために。

その晩、彼らはブエノスアイレスへの往復切符を一枚予約し、翌朝ブリックは車でフローラを空港に送り届ける。彼女の顔を見るのもこれが最後だとわかっているが、懸命に平静を装《よそお》い、胸のうちで荒れ狂う苦悩の気配も見せず、セキュリティの入口で別れのキスを交わす。と、突然、旅行者や制服の空港職員の群れに囲まれたフローラがしくしく泣き出す。ブリックは彼女を抱きよせ、頭を撫《な》でてやるが、自分の体に貼りついた彼女の体が痙攣《けいれん》するのを感じ、彼女の涙がシャツごしに染《し》み込んで彼の肌を湿らしているいま、もはやなんと言ったらいいかわからない。

あたしを行かせないで、とフローラが訴える。

泣くなって、とブリックは彼女にささやき返す。十日だけだよ。お前が帰ってくるときには何もかも終わってるよ。

そうだとも、と彼は車にもぐり込んで空港からジャクソンハイツに戻る道すがら思う。その時点では、本当にその約束を守る気でいる——ロススタインとフリスクとふたたび対面することを避け、フローラが帰ってきたらアパートで待っているつもりなのだ。でもそれは、生きているつもりだということではない。

今度は自殺だって話か、と自分がフリスクに言ったのをブリックは思い出す。

間接的にはそういうことだ。

三十歳の誕生日が間近に迫っているブリックだが、自殺を考えたことは一度もない。いまやそれが唯一の関心事になったのであり、その後の二日間、どうしたら一番痛みもなく効率的にこの世を去れるか思案している。銃を買って頭を撃ち抜こうかとも考える。毒薬も考える。手首を切ることも考える。そうさ、それが昔ながらのやり方だろう？　ウォッカをボトル半分飲んで、睡眠薬を二、三十錠流し込み、温かいバスタブにもぐり込んで、肉切り包丁で血管をスパッとやる。ほとんど何も感じないって話じゃないか。

厄介なのは、あいだにまだ五日あることだ。一日がまた過ぎていくたび、フリスクの銃の銃口に見入ったとき心に降りてきた落着きと確信が、また何段階か、彼を押さえ込む力を弱める。あのとき死はもうわかりきった結論であり、あの状況下にあって単なる決まりごとでしかなかった。だが落着きが徐々に不安へと変わっていき、確信が疑念へと溶けていくとともに、ウォッカ、睡眠薬、温かい風呂、包丁の刃を想像してみるなか、にわかに以前の恐怖が戻ってくる。ひとたびそうなってしまうと、決心が消えてしまったこと、もうこれをやり通す勇気は絶対見つからないことを彼は理解する。

これでどのくらい時間が過ぎたか？　四日——いや、五日だ。ということは、残された時間はあと四十八時間。ブリックはまだ一度もアパートの外に出ていない。一週間分のグレート・ザヴェッロの予約もインフルエンザにかかったと言ってすべてキャンセルし、電話もプラグを引き抜いた。フローラが連絡しようとしているだろうと彼は推測するが、いま彼女と話す気にはなれない。彼女の声を聞いたら、きっとすっかり自制を失って、しょうもないたわごとをわめき立てるか、下手をすると泣き出してしまうかもしれない。そうなったら彼女をますます心配させるだけだろう。が、五月二十七日の朝、彼はやっとひげを剃《そ》り、シャワーを浴び、新しい服を着る。窓から陽《ひ》の光がさんさんと注ぐ。ニューヨークの春のまぶしさに誘われて、外を散歩するのも悪くないかもしれない、と思い立つ。頭が問題を解決してくれないなら、ひょっとすると足が答えを見つけてくれるかもしれないじゃないか。

だが、歩道に足を踏み出したとたん、誰かが彼の名前を呼ぶのが聞こえる。それは女性の声であり、その瞬間あたりを通りかかっている歩行者は自分しかいないから、声がどこから出てきているのかブリックにはわからない。周囲を見回すと、声がもう一度呼びかけ、見よ、ヴァージニア・ブレーンが通りの真向かいに駐《と》めた車の運転席に座っている。彼女の姿を見て、ブリックは一瞬思わず狂喜してしまうが、車道に出て、この一か月自分に取り憑《つ》いていた女の方へ歩いていくなかで、不安のさざ波が体を貫いていく。白いベンツのセダンの前に着いたころには、頭の中がずきずき脈打っているのがわかる。

おはよう、オーエン、とヴァージニアが言う。ちょっと時間ある？

また会えるとは思わなかったよ、とブリックは答えながら、彼女の美しい、覚えていたよりもっと美しい顔をまじまじと見る。髪はこのあいだ会ったときより短く、華奢《きゃしゃ》な唇には赤い口紅が塗られ、青い眼の睫毛《まつげ》は長く、ほっそりと優美な両手はハンドルに載っている。

お邪魔じゃないといいけど、と彼女は言う。

いや全然。散歩に行こうとしてただけだから。

よかった。じゃあ散歩をドライブにしましょうよ、ね？

どこへ行く？

あとで言うわ。まず話さなきゃいけないことがいっぱいあるのよ。行き先に着くころには、どうしてそこに連れてこられたかもわかるはずよ。

ヴァージニアを信用できるのかいまだ確信が持てず、ブリックはためらうが、と、どっちだっていいんだという思いが湧《わ》いてくる。何をしようと、どのみち俺は死んだも同然なんだ。これが人生最後の数時間になるんだったら、一人で終わりを待つより彼女と一緒に過ごした方がいい。

かくして二人はまばゆい五月の朝へ走り出てゆき、ニューヨークを後にして、I‐95でコネチカットの南の縁にそって走り、ニューロンドンのすぐ手前で395に折れ、時速一一〇キロで北へ向かう。過ぎてゆく景色にブリックはほとんど注意を払わず、ヴァージニアに目を釘付けにしている。薄青のカシミアのセーターを着て白いリンネルのスラックスをはいたヴァージニアは、自信をみなぎらせ、何ものにも頼っていない様子で茶色い革の座席に座り、若かった、ブリックが話しかけようとするたびにしどろもどろになってしまったころの彼女を彷彿《ほうふつ》とさせる。でもいまは違う、とブリックは自分に言い聞かせる。こっちももう大人なんだし、もう彼女に怖気《おじけ》づいちゃいない。まああたしかに少し警戒はしている。でもそれは女としてのヴァージニアをじゃなくて、大きな機構の中の小さな歯車を、フリスクと共謀している人物をだ。

こないだよりずっと元気そうね、オーエン、とヴァージニアは切り出す。もう切り傷も絆創膏もないし。それに歯も治してもらったみたいね。歯科技術の驚異よね。叩きのめされたボクサーから、ふたたびミスター・ハンサムに。

ブリックには興味のない話題である。自分の顔の状況について当たりさわりのないお喋《しゃべ》りをしたりはせず、彼は一気に要点に入る。君もフリスクに注射されたのか？と彼は訊《き》く。

あたしがどうやってここへ来たかはどうでもいいわ、と彼女は言う。大事なのはなぜ来たかよ。

俺を片付けるため、だろうな。

違うわ。悪いと思ったから来たのよ。あんたをこんな厄介事に巻き込んじゃったのはあたしなんだから、あたしが出してあげたいのよ。

だって君はフリスクの手下だろう。奴の下で働いてるんだったら、君だって仲間じゃないか。

あたし、あの人の下で働いてるんじゃないのよ。それはただの隠れ蓑《みの》よ。

どういう意味だ？

一から言ってあげないと駄目なわけ？

二重スパイってことか？

まあそんなところね。

まさか連邦軍の一員だなんて言うんじゃないだろうな。

もちろん違うわ。あんな人殺しの奴ら、大嫌いよ。

じゃあ誰の下で？

まあ待ってよ、オーエン。少しは時間をくれないと。順番に話すから、いい？

わかった。聞いてるよ。

そう、この任務にあなたが適役だって言い出したのはあたしよ。でもそのときは、これがどういう任務なのかよくわかってなかったのよ。大きな仕事だ、戦争の結果を左右する仕事だって言われたけど、詳しいことは教えてもらえなかった。あんたがあっち側に来てから初めて聞かされたのよ。ほんとよ、まさか誰かを殺せって命令されるとは思わなかったのよ。それに、そのことがわかったあとも、実行しなければ命はないなんてフリスクが脅すとは思わなかった。それを知ったのはつい昨晩なのよ。だから来たの。あんたを助けたいから。

そんな話、一言だって信じられないね。

信じられるわけないわよね。あたしがあんたの立場だったら、やっぱり信じないと思う。でもこれ、真実なのよ。

なあヴァージニア、おかしな話だけど、僕はもうどっちでもいいんだ。つまり、君に嘘《うそ》をつかれてもさ。君のことが好きだから、怒る気がしないんだよ。君はペテン師かもしれない、結局は君が僕を殺すのかもしれない、でも僕はどうしても君を嫌いになれないんだ。

あたしもあんたのこと好きよ、オーエン。

君は不思議な人だな。誰かにそう言われたことあるかい？

年中言われてるわ。小さな女の子だったころから。

こっち側に来たのはいつ以来だい？

十五年ぶり。今回が初めての移動よ。三か月くらい前までは可能性もゼロだったのよ。行ったり来たりしたのはあんたが最初なの。そのこと知ってた？

誰からも何も聞いてないね。

夢の中に迷い込むみたいなものよね。同じ場所なのに、まるっきり違ってる。戦争のないアメリカ。呑《の》み込むのに一苦労よ。戦闘状態に慣れきっちゃうと、もう骨にまで染み込んでるのよ。しばらくしたら、もうそれなしの世界なんて想像もできなくなっちゃう。

アメリカはしっかり戦争してるさ。ここでしてないってだけの話さ。少なくとも、いまは。

奥さんは元気、オーエン？　ごめんなさい、名前思い出せなくて。

フローラ。

そうそう、フローラ。お電話して、二、三日留守にするって知らせときましょうか？

ニューヨークにはいないよ。アルゼンチンのお母さんのところへ送り出したんだ。

賢明ね。それが一番よ。

ちなみに女房は妊娠している。君にも知っておいてもらった方がいいかなと思って。

やったじゃないの。おめでとう。

フローラは妊娠していて、僕はますます彼女を愛していて、彼女を傷つけるようなことをするくらいなら右腕を切り落とした方がましだと思ってる、なのにいま僕がたったひとつ本当にやりたいことは、君とベッドに入ることなんだ。これって筋が通ってるかい？

完璧《かんぺき》に。

最後のお楽しみ。

そんな言い方よしてよ。あんたは死にやしないわよ、オーエン。

で、どうなんだ？　君も乗り気かい？

このあいだ会ったときにあたしが言ったこと、覚えてる？

どうして忘れられる？

じゃあもう答えはわかってるでしょ？

二人は州境を越えてマサチューセッツに入り、数分後、ガソリンの補給に停まり、トイレで用を足し、電子レンジで温めた水っぽいパンにくるまれたおそろしく不味《まず》いホットドッグをそれぞれペットボトルの水で流し込む。車に戻っていく途中、ブリックはヴァージニアを抱きよせて彼女にキスし、舌を彼女の口の奥まで押し入れる。それは彼にとって甘美な、半生の夢が叶《かな》った瞬間である。が、そこには恥と後悔の念も混じっている。かつて恋していた女性とのさらなる快楽へとつながるこのささやかな序曲は、フローラと結婚して以来別の女性に初めて触れた瞬間なのだ。だがブリックは、いまや兵士である。戦争を戦っている人間である。明日に死んでもおかしくないのだから、と自分に言い聞かせて彼は己の不実を正当化する。

ふたたびハイウェイに出ると、ブリックはヴァージニアの方を向き、もう二時間以上控えていた問いを口にする。どこへ行くんだい？

二つの場所よ、とヴァージニアは言う。今日一つ目に行って、明日二つ目に行くのよ。

ま、いまはそれで我慢するかな。もう少し具体的に教えてくれる気はないよね？

一つ目の方は言えないわ。サプライズにしたいから。でも明日はヴァーモントに行くのよ。

ヴァーモント……ブリルってことだね。僕をブリルのところへ連れていくんだね。

呑み込みが早いのね、オーエン。

無駄だよ、ヴァージニア。あそこへ行くことは十回以上考えてみたけど、あの男に何を言ったらいいか見当もつかないんだ。

やめてくれって頼めばいいのよ。

聞いてもらえっこないよ。

やってもみないでどうしてわかる?

わかるからわかるのさ。

あたしも一緒に行くってこと、忘れてるわよ。

それで何が変わる?

あたしが本当はフリスクの下で働いてるんじゃないってことはもう言ったでしょ。

あたしが誰の命令受けてると思う?

どうして僕にわかる?

さあさあ、伍長。考えなさいよ。

まさかブリルじゃ。

そうよ、ブリルよ。

そんなのありえない。奴はこっち側にいて、君はあっち側にいる。君たちが通信する手段なんかないじゃないか。

あんた、電話って聞いたことある?

電話はつながらないよ。ウェリントンにいるときにもう試したさ。クイーンズの僕のアパートにかけてみたけど、現在この番号は使われていませんって言われた。

電話っていってもいろいろあるのよ。これだけの役を演じてるブリルが、使えない電話しか持ってないと思う？

じゃあ君は奴と話してるんだな。

年中。

でも会ったことはない。

ないわ。明日はビッグな日なのよ。

じゃあいまはどうなんだ？　どうしていま会いに行かない？

明日の約束だからよ。それまでは、あんたとあたしとで、別のプランがあるのよ。

君のサプライズか……

そのとおり。

あとどれくらいで着く？

三十分もかからないわ。あと二分もしたら、あんたに目を閉じてもらうわ。着いたらまた開けていいわよ。

ブリックは彼女に合わせてゲームを演じる。ヴァージニアの子供っぽい気まぐれに喜んで応じ、着く直前の数分は何も言わず大人しくして、どんな悪戯《いたずら》を彼女が仕掛けたのか想像してみる。地理にもう少し通じていたら、着くよりずっと前に答えも割り出せたかもしれないが、地図というものについてブリックはごく曖昧《あいまい》な理解しか持ちあわせておらず、マサチューセッツ州ウスターにも現実には一度も足を踏み入れたことがないので（夢の中でそこにいる自分を想像したことがあるのみ）、車が停まって目を開けるようヴァージニアに言われると、またウェリントンに戻って来たのだと彼は確信する。車は先月二人で入った郊外の屋敷の前に停まっている。同じ煉瓦《れんが》と化粧漆喰《しっくい》の館《やかた》で、表の芝生は青々と茂り、花壇があって、高い藪《やぶ》にも花が咲き乱れている。ところが、通りの先の方を見てみると、近所の家はどこも壊れていない。焦げた壁もなく、崩れ落ちた屋根も割れた窓もない。戦争はこの界隈《かいわい》を損なってはいない。ブリックがゆっくり体を一周させ、見覚えのある、だが変わっている背景を吸収しようと努めるなか、錯覚がとうとう崩れ去り、ここがどこなのかを彼は悟る。ウェリントンではなくウスター、もうひとつの世界にある都市のかつての名。

素敵でしょ?とヴァージニアが両腕を上げ、破壊されていない家並を指しながら言う。目がきらきら輝いて、満面の笑みが広がってきている。前はこうだったのよ、オーエン。銃撃戦の前……爆撃の前……ブリルが何もかも滅茶苦茶《めちゃくちゃ》にしはじめる前。まさか生きてるうちにもう一度見られるとは思わなかったわ。

ヴァージニア・ブレーンよ、つかのまの歓喜を味わうがいい。オーエン・ブリックよ、しばしフローラを忘れ、ヴァージニア・ブレーンの腕の中に安楽を見出《みいだ》すがいい。

子供のころ出会った男女よ、大人になったたがいの体から快楽を貪るがいい。二人一緒にベッドに入って好きにするがいい。食べるがいい。飲むがいい。ふたたびベッドに入って、たがいの大人の体の隅々とすべての開口部とにしたい放題をするがいい。何といっても、どんなに辛《つら》い状況であっても人生は続いていくのだ。終わりまで続いていき、やがて停止する。そしてこれら二つの生も停止する、停止するほかないのだ、結局二人のうちどちらもヴァーモントまで行ってブリルと話すことはないのだ、なぜならそうなったらブリルは弱気になってあきらめてしまうかもしれないからであり、ブリルは決してあきらめてはならないのだ、自分の物語を語りつづけねばならないのだ。そのもうひとつの世界、この世界でもあるもうひとつの世界での戦争の物語をブリルは語りつづけねばならない。いかなる人にも物にもそれを止《と》めさせるわけには行かないのだ。

いまは真夜中。ヴァージニアは蒲団《ふとん》をかぶって眠っている。満ち足りた肉体が、ひんやりした空気が肺に入って出るのに合わせて拡張し収縮し、半開きの窓を通って淡い月の光が染み込んでくるなか、神のみぞ知る夢を彼女は見ている。ブリックは脇腹《わきばら》を下にして横たわっている。体はヴァージニアの体を囲むようにして丸まり、片手が彼女の左の胸を覆《おお》い、もう一方の手は彼女の腰と尻《しり》が交わるあたりの丸まりに載っている。だがブリックは落着かない。不可解にも眠気は訪れず、眠ろうと一時間近くあがいた末にベッドを抜け出し酒を注ぎに階下に降りていく――明日に控えた老人との対面を想《おも》うにつれ胸のうちで湧き上がってくるおののきを、ウィスキーの一ショットが鎮《しず》めてくれることを期待して。ヴァージニアの死んだ夫のパイル地のバスローブにくるまってキッチンに入っていき、明かりを点ける。そのエレガントな、つるつるの表面と高価な器具を備えたスペースのまばゆさが目に飛び込んできて、ヴァージニアの結婚生活にブリックは思いをはせる。夫は彼女よりだいぶ年上だったにちがいない。こんな家を持つ財力があるからには相当のやり手だったのだろう。ヴァージニアは夫についてまだ何も（金持ちだったという一言を別とすれば）語っていない。それゆえクイーンズ在住の、さほど裕福でない手品師は、亡《な》き夫を彼女は愛していたのだろうか、それとも単に金目当ての結婚だったんだろうかと思案してしまう。でもこんなのは、洗われたグラスとスコッチのボトルを求めて食器棚を探す不眠症の人間のしょうもない思いだ。ひとつの思いがまた別の思いに変異していくなか、頭の中をはてしなく過《よぎ》っていく陳腐な言葉。人間みな同じなのだ、老いも若きも、富める者も貧しい者も。突如予期せぬ出来事が頭上から降ってきて、何も考えぬ状態から引きずり出されるのだ。

遠くで飛行機が低空飛行している音が聞こえて、やがてヘリコプターのエンジン音が響き、その直後、耳をつんざく爆発音。キッチンの窓が粉々に砕け、ブリックの裸足《はだし》の下で床が震え、それから傾きはじめる、まるで家の土台全体が位置を変えるかのように。二階に戻ってヴァージニアの無事を確かめようと玄関広間に飛び出すと、のたうつ大きな炎の槍《やり》が彼を出迎える。木のかけらやスレート屋根のタイルが上からバラバラ落ちてくる。ブリックは目を上げ、何秒か戸惑った末に、もくもくと立ち昇る煙の向こうに見えるのが夜空であることを悟る。家の上半分はなくなっている。ということはヴァージニアもいなくなったのであり、そんなことをしても仕方ないと知りつつもブリックはなんとか階段をのぼって彼女の遺体を探したいと思う。だが階段もいまや火に包まれていて、これ以上近づいたら自分が焼け死んでしまうだろう。

芝生の庭に駆け出ると、周りじゅう、悲鳴を上げる隣人たちが家から夜の闇に流れ出てくる。連邦軍の分隊が通りの真ん中に集まっている。ヘルメットをかぶった五、六十人の兵士たち、それがみんな機関銃を持っている。ブリックは両手を上げて降服の意思を伝えるが、なんの役にも立たない。最初の銃弾は脚を貫き、傷口を押さえ血が噴き出て指に落ちるとともに彼は倒れ込む。傷を点検して怪我《けが》の具合を見る間もなく二発目の銃弾が右目を貫き、後頭部から出ていく。これがオーエン・ブリックの最《さい》期《ご》である。沈黙のうちに彼はこの世を去る。最期の言葉を発するチャンスも、最期の思いを抱くチャンスも与えられずに。
一方、一二〇キロ北西、ヴァーモント南部の白い木造家屋でオーガスト・ブリルは目覚めていて、ベッドに横たわり闇に見入っている。そして戦争は続く。

そう終わるしかないのか？　イエス、おそらくはイエス、これほど残酷でない結末を考えることは難しくないが。でも何の意味がある？　私の今夜のテーマは戦争だ。戦争がこの家に入ってきたいま、衝撃を和らげたりしたらタイタスとカーチャへの侮辱だと思う。地上に平和《ピース》を。万人《メン》に善意を。地上に小便《ピス》を、零人《ナン》に善意を。これが核心だ、真夜中の黒い中心だ、まだたっぷり四時間をやり過ごさねばならず眠りの望みはすっかり砕かれてしまった。唯一の解決策はブリックを置いて先へ進むこと、彼をきちんと埋葬してやってまた新しい物語を考えることだ。今度はもう少し地面に近い話、いましがた作った途方もないからくりを相殺《そうさい》するような話を考えよう。ジョルダーノ・ブルーノと彼の無限世界説。刺激的ではある、だが掘り起こすべき石はほかにもある。

戦争の物語。一瞬でも気を緩めたら、それらはすかさず押し寄せてくる、ひとつまたひとつまたひとつ……。

最後にソーニャと二人でヨーロッパへ行ったとき、私たちはブリュッセルに行きついて彼女の遠縁の親戚《しんせき》たちの集まりに顔を出すことになった。ある日の午後、私たちはソーニャの又従兄《またいとこ》と昼食を共にした、八十にならんとしている老紳士で、元出版業者、ベルギーで育ってのちフランスに移った、もの柔らかで博学、こみ入った内容をきちんと段落に整理して喋る、人間の姿をした書物という趣の人物だった。レストランはどこか都心の狭いアーケードの中にあって、三人で食事をしに店内へ入る前、彼は私たち二人を通路の奥にある小さな中庭の噴水に案内し、水の中に坐《ざ》した水の精のブロンズ像を見せてくれた。取り立てて目覚ましい作品ではない。実物大よりやや小さめの、十代なかばから後半とおぼしき少女の裸体像である。だが、やや不細工ではあれ、そこには何かしら胸を打つものがあった。背中の反り具合か、胸や細い腰の華奢さか、あるいは単に全体の小ささか。三人でそこに立って眺めていると、ソーニャの又従兄ジャン＝リュックは、この像のモデルはやがて高校教師となって彼に文学を教えてくれた人であり、このポーズを取ったときはまだ十七歳だったと言った。来た道を戻ってレストランに入ると、ジャン＝リュックは昼食を食べながらこの女性とのつながりについてさらに詳しく話してくれた。自分が本に恋したのも彼女のおかげだ、生徒だったとき彼女に熱烈に恋をし、その恋で人生の方向が変わったのだと彼は言った。一九四〇年、ドイツがベルギーを占領した時点で彼はまだ十五歳だったが、地下レジスタンス組織に加わって密使となり、昼は学校に通い夜はメッセージを運んだ。彼の恋する先生もレジスタンスに加わり、一九四二年のある朝、ドイツ軍がリセに乱入してきて彼女を逮捕した。その後まもなくジャン＝リュックの属す組織もスパイに潜入され破壊された。ジャン＝リュックは潜伏を余儀なくされ、戦争最後の一年半を一人屋根裏で暮らし、ひたすら本を、古代ギリシャからルネッサンス、さらに二十世紀までのありとあらゆる本を読んで過ごした。自分の目の前で逮捕された、毎晩その無事を祈っている先生の影響がなければこんなことも絶対していないだろうと意識しつつ、小説、戯曲、詩、哲学を貪《むさぼ》り読んだ。ようやく終戦になると、彼女が収容所から戻ってこなかったことはわかったが、いつどうやって死んだかは誰からも聞き出せなかった。彼女は存在を抹消され、地上から放逐《ほうちく》されていた。その身に何があったのか、一人として知る者はいなかった。

その後何年か経《た》って（四〇年代後半か、五〇年代前半か）ブリュッセルのレストランでジャン＝リュックが一人で食事をしていると、隣のテーブルで男二人が喋っているのが聞こえてきた。一人は戦争中に強制収容所にいた人物で、相手の男に向かって収容所仲間の話をしていた。横で聞いているうちに、ジャン＝リュックはそれが自分の先生だ、アーケードの奥の噴水に座っている小さな水の精だという確信を強めていった。すべての細部が合致すると思えた。二十代のベルギー人女性、赤毛、小柄、非常に美しい、看守の命令に公然と挑む左翼の反抗者。看守に背くとどうなるか、ほかの囚人たちへの見せしめに司令官は彼女を公衆の面前で処刑することにし、収容所の住人全員を集めて刑執行に立ちあわせた。絞首刑《こうしゅけい》にされた、壁際《かべぎわ》に立たされて射殺されたといった言葉がその男の口から出るものとジャン＝リュックは身構えたが、この司令官はもっと伝統的な、もう何世紀も前に廃《すた》れたやり方を選んだのだった。その言葉を発するとき、ジャン＝リュックは私たちの顔を見られなかった。顔をそむけて、あたかもレストランのすぐ外でたったいま処刑が行なわれているかのように窓の外に目をやり、静かな、にわかに感情のこもった声で、彼女は四つ裂きにされたとジャン

＝リュックは言った。両手首、両足首に長い鎖をつけられて前庭に連れ出され、気をつけの姿勢で立たされて、それぞれ別方向に向いた四台のジープに鎖がつながれると、司令官が号令を発し、運転手たちはエンジンを始動させた。隣のテーブルの男によれば、女性は叫び声も上げず、手足が一本また一本体から引き裂かれていくなかでいっさい何の音も立てなかった。そんなことがありうるだろうか？　ジャン＝リュックは男に話しかけたかったが、話せるわけがないとわかった。彼は涙をこらえて立ち上がり、テーブルに金を投げ出してレストランから出ていった。

ソーニャと二人でパリに戻ると、きわめて衝撃的な話をさらに二つ、四十八時間のうちに聞くことになった。ジャン＝リュックの物語のようにおぞましい暴力的な話ではないが、それでもどちらも永く心に残る強さを備えた話だった。一つ目は、ロンドンから飛行機でやって来てある晩私たちと夕食を共にしたイギリス人ジャーナリストのアレック・フォイルから聞いた。アレックは四十代後半で、かつてミリアムのボーイフレンドだったことがあり、いまではもうそれも昔話になってしまったけれど、私たちの娘が彼を捨ててリチャードを選んだときにはソーニャも私もいささか驚いたものだった。アレックとは何年か連絡がとだえていたから、まずはたがいの消息を伝えあうだけで大仕事、次から次へといろんな話題に跳びまくるあわただしい会話が生じた。ある時点で家族ということが話題になり、アレックは最近ある友人と交わした会話のことを話してくれた。その友人は新聞の──『インディペンデント』だったか『ガーディアン』だったかの──芸術欄を担当している女性だった。ふとした弾みで、アレックは彼女に、どんな家族でも何か並外れた出来事を生き抜いているものだ、恐ろしい犯罪、洪水に地震、奇怪な事故、奇跡的な運の巡りあわせ等々を、と言った。世界中どの家族も、何かしら秘密を、隠れた骸骨《がいこつ》を抱えているのであって、万一蓋《ふた》を開けようものなら見る者のあごが落ちるような秘められた素材がトランク一杯詰まっているのだ、と。ところが友人は同意しなかった。そういう家族も多いでしょうよ、もしかしたらたいていの家族がそうかもしれないけど、全部がそうじゃないわ、と彼女は言った。たとえば私の家族よ。うちの家族の誰をとっても、何かひとつでも興味深いことが起きたなんて思いつかないわ。ひとつの例外もないのよ。ありえないね、とアレックは言った。ちょっとのあいだ集中してごらんよ、きっと何か思いつくから。かくして友人の女性はしばし考え、じきに言った。そうね、ひょっとしたらひとつあるかも。祖母が亡くなるちょっと前にしてくれた話だけど、これはまあけっこう珍しい話かもしれない。

テーブルの向こうからアレックが私たちに向かってにっこり笑った。珍しい、と彼は言った。僕の友人はこの出来事がなかったら生まれていなかったのに、それを珍しいと言うんだからね。僕に言わせれば、びっくり仰天のすごい話さ。

彼の友人の祖母は一九二〇年代前半にベルリンで生まれた。三三年にナチスが政権に就いた際、ユダヤ系である彼女の家族は、ほかの多くの者たちと同じ反応を示した。すなわち、ヒトラーなど束《つか》の間《ま》現われて消える成り上がりにすぎぬと高をくくって、ドイツを去ろうという努力をまったくしなかったのである。状況が悪化しても彼らは楽観を捨てず、いっこうに腰を上げなかった。そして彼女の祖母が十七歳だか十八歳だったかのある日、ナチス親衛隊の大尉《たいい》と称する人物の署名が入った手紙が両親の許《もと》に届いた。それが何年のことだったかアレックは言わなかったが、たぶん一九三八年あたりが妥当な推定だろう。あるいはもう少し前だったかもしれない。アレックの友人によれば、手紙は次のような内容であった。あなた方は私のことをご存じありませんが、私はあなた方のこともあなた方のお子さんたちのこともよく存じ上げています。この手紙を書くことで私は軍法会議にかけられかねませんが、あなた方が大きな危険にさらされていることをお知らせするのが私の義務だと思うのです。早く行動しなければあなた方は全員逮捕されて収容所に送られてしまうでしょう。信用してください、これは根拠のない憶測ではありません。あなた方が外国に逃げられるよう出国ビザを出してさし上げる用意が私にはあります。ただし、その協力の見返りとして、ひとつ大きなお願いを聞き入れていただきたいのです。私はお宅のお嬢さんに恋をしました。しばらく前からお嬢さんのお姿を拝見していて、口を利《き》いたことは一度もありませんが、これは無条件の、絶対的な恋です。彼女こそ私が生涯夢見てきた女性です。もしこれが違った世界であって、私たちが違った法律に支配されていたなら、明日にでも結婚を申し込むでしょう。私のお願いはこれだけです——今度の水曜日、午前十時に、お嬢さんにお宅の向かいの公園に行っていただき、お気に入りのベンチに腰かけて、二時間そこにいていただきたい。手も触れず、近づきもしないし、声もかけないと約束します。私は二時間ずっと隠れたままでいます。正午になったら、お嬢さんは席を立ってお宅にお帰りくださって結構です。このお願いの理由はもうあなた方にも明らかでしょう。愛《いと》しい彼女を永遠に失ってしまう前に、あと一度だけその姿を見たいのです……。

言うまでもなく、娘は言われたとおりにした。そうするしかあるまい。むろん家族は、悪戯ではないかと恐れ、乱暴、誘拐、強姦《ごうかん》といったもっとひどい可能性も心配した。アレックの友人の祖母はうぶな娘だったから、知らないうちに自分が、知られざるSSダンテの崇《あが》めるベアトリーチェに変身させられたことにすっかり怯《おび》えてしまった。過去数か月、赤の他人から見張られて、会話を盗み聞きされ街じゅうつけ回されていたかと思うと、水曜日を待つなかでパニックが募っていった。それでも、指定の時間が訪れると、彼女はちゃんとすべきことをした。セーターの袖《そで》に黄色い星をつけて公園へ出かけ、ベンチに座って、神経を鎮めるための小道具に持ってきた本を開いた。二時間ずっと、彼女は一度も顔を上げなかった。それほど怯えていたのだと彼女は孫娘に言った。本を読んでいるふりをすることが、彼女にとって唯一《ゆいいつ》の防御だった。本のおかげでなんとか、跳び上がって逃げ出してしまわずに済んだ。その二時間がどれだけ長く感じられたかは計算しようもないが、やっとのことで正午が訪れ、彼女は家に帰った。翌日、約束どおり出国ビザが玄関の下からそっと差し込まれ、一家はイギリスに向けて旅立った。

二つ目の話はソーニャの甥《おい》で、ソーニャの兄三人のうち一番上の兄の長男ベルトランが出どころだった。一族のうちソーニャ以外で音楽家になったのはこのベルトラン一人だったので、彼女にとってはとりわけ近しい親戚だった。パリ・オペラ座のオーケストラでバイオリンを弾く、同業者にして友。アレックと夕食を共にした次の日の午後、私たちは〈アラール〉でベルトランと一緒に昼食を食べた。食事が半分くらい進んだところで、シーズンの終わりに引退を考えているチェロ奏者の話を彼が語りはじめた。この話はみんな知っていて、本人も大っぴらに口にしているから、あなたたちに喋っても裏切りにはならないと思うとベルトランは言った。フランソワーズ・デュクロ。私がどうしていまだに名前を覚えているかわからないが、とにかく覚えているのだ。フランソワーズ・デュクロ、チェロ奏者。ベルトランによれば、彼女は六〇年代なかばに結婚し、七〇年代前半に娘を出産して、その二年後に夫が蒸発した。それほど珍しいことじゃありませんよ、と失踪《しっそう》届を出しに行ったフランソワーズに警察は言ったが、夫が自分を愛していて幼い娘のことも目に入れても痛くないほど可愛《かわい》がっていることが彼女にはわかっていた。自分が地上で誰より盲目な、最高に鈍感な女でないかぎり、夫がほかの女性と関係したりしていないことも確信できた。給料も十分に稼いでいるから、金の問題でもないし、仕事も楽しんでいて、ギャンブルだの危ない投資だのに惹《ひ》かれる傾向も見せなかった。では何があったのか、なぜ消えたのか。誰にもわからなかった。

十五年が過ぎた。夫は法的に死亡したと見なされたが、フランソワーズは再婚もせず、別の男と暮らしもしなかった。娘も一人で（両親には手伝ってもらって）育て、オーケストラに雇われ、自宅のアパルトマンで個人レッスンを行なう、それがすべての暮らしだった。質素な、少数の友人のいる、夏は兄の家族とともに田舎で過ごす、未解決の謎《なぞ》ひとつを絶えざる伴侶《はんりょ》とする生活。やがて、長年なんの音沙汰《おとさた》もなかった末に、ある日電話が鳴って、遺体保管所に死体の身元を確認に来るよう彼女は求められた。死体が安置されている部屋まで付き添った人物から、不愉快な体験になると思いますよ、と警告された。故人は六階の窓からつき落とされて舗道に墜落して即死したというのだ。体は著しく損なわれていたが、フランソワーズにはすぐに夫だとわかった。かつてより十キロは太って、髪も薄くなり白くなっていたけれど、行方不明だった夫の死体と向きあっていることに疑いの余地はなかった。

立ち去る間もなく、一人の男が部屋に入ってきて、フランソワーズの腕を摑《つか》んだ。私と一緒においでください、マダム・デュクロ。お話ししたいことがあるのです。

男は彼女を外へ連れ出し、隣の通りのパン屋の前に駐めた自分の車まで連れていき、お乗りくださいと彼女に言った。そしてエンジンをかける代わりに車の窓を開け、煙草《たばこ》に火を点《つ》けた。その後一時間、過去十五年の物語を男はフランソワーズに語った。

彼女は小さな青い車に男と並んで座り、人々がパンを抱えてパン屋から出てくるのを見ていた。それがベルトランの記憶していた細部のひとつだった——人々が抱えていたパン。が、男については何も語ることはできなかった。名前、年齢、姿かたち、すべて空白だったが、結局のところどれもさして重要ではない。

ご主人はＤＧＳＥ（対外治安総局）の諜報員《ちょうほういん》だったのです、と男はフランソワーズに言った。むろんあなたはご存じありませんでした、諜報員は自分の仕事のことは話さぬよう厳命されていますから、と彼は言った。夫はてっきり外務省に勤務して経済問題の報告書を書いているものと彼女が思っていた年月、実はＤＧＳＥのスパイをしていたというのである。そして十七年前に娘が生まれた直後、二重スパイの任務を与えられ、見かけはソ連を支援する活動に携わりながら、実はフランス当局に情報を流していた。二年後、ソ連が正体を嗅《か》ぎつけ、彼を殺そうとした。デュクロは何とか逃げたが、それ以後家に帰るのはもはや不可能となった。ソ連当局はフランソワーズと娘を監視し、アパルトマンの電話も盗聴した。もしデュクロが電話か訪問を試みたなら、三人とも即座に殺されただろう。

かくして彼は家族に害が及ばぬよう身を隠しつづけ、フランス当局に匿《かくま》われながら十五年間パリ中のアパルトマンを転々とした。追われた男、呪《のろ》われた男として、時おり娘を一目見にこっそり出てきて、声をかけることも人柄を知ることもできずに娘が大きくなるのを遠くから見守り、妻が若々しい見かけを少しずつ失っていき中年期に差しかかるのを眺めていた。やがて、不注意ゆえか、あるいは誰かに通報されたか、それともまったくの偶然か、ロシア人たちはデュクロの行方をつきとめた。捕囚……目隠し……手首に巻かれた縄……顔と体への殴打……そして、六階の窓からの墜落。いわゆる「窓外《そうがい》放出」による死。これまた古典的な、スパイや警官に何百年と愛好されてきた方法である。

ベルトランの語りには空白がいくつもあって、ソーニャと私が訊いても彼には答えられなかった。その年月、デュクロは何をしていたのか？ 偽名を使っていたのか？ なんらかの形でDGSEの下で仕事は続けたのか？ どのくらいの頻度で外出できたのか？ ベルトランは首を横に振った。わかりません、と言うばかりだった。

デュクロが死んだのは何年かね？と私は訊いた。それは覚えてるだろう。

一九八九年です。八九年の春です。僕がオーケストラに入った年ですから間違いありません。僕が入ってほんの数週間後に、フランソワーズの身にこのことが起きたんです。

八九年の春か、と私は言った。ベルリンの壁が壊されたのは十一月。東側ブロックは政権を投げ捨て、やがてソ連邦も崩壊した。つまりデュクロは、冷戦最後の犠牲者の一人ということになるね……。

私は咳払《せきばら》いし、一秒後にはまた咳込んで、音を消そうとして口を覆うと痰《たん》がいくつも塊になってのぼって来る。ハンカチに痰を吐こうと思って、手をのばして指で探ると、目覚まし時計にかすってしまい、時計がナイトテーブルから床にけたたましく落ちる。ハンカチはまだない。それから、ハンカチは全部洗濯物入れに入っていることを思い出し、喉《のど》をごくんと動かして痰を呑み込もうとする。べとべとの液体が喉を滑り落ちていくなか、もうこれで過去五十日に五十回自分に言ったことをくり返す。煙草をやめろ。そんなことできるわけはないとわかっていても、胸のうちでそう言い、自分の偽善で自分を苦しめるのだ。

私はふたたびデュクロのことを考える。その恐ろしい出来事から、何か物語をひねり出せないだろうかと思案する。かならずしもデュクロとフランソワーズの話ということではなく、隠れつづけ待ちつづけた十五年ということ、もうすでに知っていることと自体ではなく、何かここから新しい話を作っていけないか。たとえば、彼らの娘を、一九八九年から一気に二〇〇七年まで飛ばしてみる。もし彼女が大人になって、ジャーナリストか小説家か、なんらかの物書きになり、母が亡くなったあと両親について本を書こうと決めたら？　ところが、彼女の父のことをソ連に密告した人間がまだ生きていて、その計画を聞きつけ、やめさせようと――必要とあらば彼女を殺そうと――する……。

が、これより先へは行かずに終わる。少しして、二階で足音が聞こえるのだ。今回はバスルームに向かうのではなく、一階に降りてくる。ミリアムかカーチャが、酒か煙草を取りに、もしくは冷蔵庫のスナックを漁《あさ》りにキッチンへ行くのかと思ったら、足音がこっちへ近づいてくることを私は悟る。誰かが私の部屋にやって来るのだ。ドアをノックする音が聞こえて――いや、ノックというのとも違う、爪《つめ》がかすかに木を引っかく音だ――それからカーチャが、ねえ、起きてる？とささやく。

お入り、と私は言い、ドアが開くと、薄暗い、青っぽい光を背景に彼女のシルエットが見える。レッドソックスのTシャツを着てグレーのジャージをはいているとおぼしく、長い髪はうしろでポニーテールに束ねている。

大丈夫？と彼女は訊く。何かが床に落ちる音がして、すごい咳も一杯聞こえたよ。

騎虎《きこ》の勢いさ、どういう意味だかよく知らんが。

少しは眠れたの？

一睡もしてない。君は？

寝たり起きたり、でもまあまあまり。

ドアを閉めないか？　この中は真っ暗な方がいいんだ。枕《まくら》をひとつ貸してやるから、私の隣に横になるといい。

ドアが閉まり、私は枕を一個、かつてソーニャがいた場所に滑らせる。ややあってカーチャが私の隣で仰向《あおむ》けに横たわっている。

君が小さかったころのことを思い出すよ、と私は言う。君のお祖母《ばあ》さんと私とで訪ねていくと、君はいつも私たちのベッドにもぐり込んできた。

お祖母ちゃんがすごく恋しい。もういないってことが、どうしてもピンと来ない。

君も、ほかのみんなもそうさ。

お祖父《じい》ちゃん、本を書くのどうしてやめちゃったの？

君と映画を観《み》る方が楽しいと決めたのさ。

それって最近のことじゃない。書くのをやめたのは、もっとずっと前だよ。

あまりに悲しくなったんだ。はじめの方は書いていても楽しかったんだが、辛い時代に来ると、書くのも難儀するようになった。これまでの人生、実に馬鹿《ばか》な真似《まね》をいろいろやってきたからね、もう一度そういうのを生きる気力がないんだ。それからソーニャが病気になった。彼女が死んでからは、本に戻ると思っただけでぞっとしたよ。

そんなに自分に厳しく当たらなくても。

当たってないさ。単に正直になってるだけだよ。

あの本、あたしのために書くはずだったんだよ、覚えてる？

君と君の母さんのため。

でも母さんはもう何もかも知ってるじゃない。あたしは知らないもの。だから読むのすごく楽しみにしてたんだよ。

読んだらたぶん退屈したさ。

お祖父ちゃんってときどきとんでもなく頭悪くなるよね。知ってた？

どうしてまだ私のことお祖父《グランパ》ちゃんって呼ぶんだ？　お母さんのことはママ《マム》って呼ぶのを何年も前にやめたじゃないか。たしか高校のときだったよね、ママが突然お母《マザー》さんになった。

もう赤ん坊みたいな喋り方は嫌なんだよ。

私は君をカーチャと呼ぶ。君も私をオーガストと呼べばいい。

あたしその名前、前々から好きじゃないの。紙の上だと格好いいんだけど、口で言うのはちょっとね。

じゃあ何か別のだ。エドはどうだ？

エド？　それってどっから来てるの？

わからんのぉ、と私はコックニー〔ロンドン下町の訛りで、hが落ちるのが特徴〕を精一杯真似て言う。頭《エド》にふうっと湧《わ》いてきたんだわなぁ。

カーチャが束の間、辛辣《しんらつ》なうめき声を漏らす。

ごめんごめん、と私は言う。やめようにもやめられないんだ。下手なジョーク遺伝子を持って生まれたんだ、自分ではどうしようもないんだよ。

ほんとに何も真面目《まじめ》に考えられないんだね。

いいや、何もかも真面目に考えてるさ。単にそうしてないふりをしてるだけさ。

オーガスト・ブリル、わが祖父、現在の名はエド。小さいときはなんて呼ばれてたの？

オーギーだね、たいていは。いい子にしてるときはオーギーだったけど、ほかにもいろんな名前で呼ばれた。

想像しづらいよね。つまり、あなたが子供だったころ。きっと変な子だったんだろうなあ。年じゅう本ばかり読んで。

それはもっとあとさ。十五までは、野球しか頭になかった。毎日ノンストップでやったよ、十一月までずっと。そこからしばらくはフットボールだったけど、二月の終わりにはまた野球に戻る。ワシントンハイツの古強者《ふるつわもの》たち。ほんとにみんな野球の虫でね、雪の中でもやったよ。

女の子は？　初めての大恋愛の相手の名前、覚えてる？

もちろん。そういうのは絶対忘れないさ。

なんていう人？

ヴァージニア・ブレーン。高校二年のときに夢中になって、野球がいっぺんにどうでもよくなった。詩を読みはじめて、煙草を喫《す》い出して、ヴァージニア・ブレーンに恋したんだ。

向こうも愛してくれた？

わからずじまいだったな。その気になってみせたり冷たくなったりが半年くらい続いて、結局ほかの男と一緒にいなくなった。世界の終わりって気がしたよ。初めての、本物の心の痛手さ。

それからお祖母ちゃんに出会ったんだよね。まだ二十歳だったんでしょ？　いまのあたしより若い。

ずいぶんいろいろ訊《き》くねえ……。

本を書き上げてくれないんだったら、あたしが知りたいこと、ほかにどうやって知ればいいのよ？

どうして急に興味を持つ？

急にじゃないよ。ずっと前から考えてるんだよ。たったいま、起きてるのが聞こえて、いまがチャンスだと思って、降りてきてドアをノックしたんだよ。

引っかいたって感じだったよ。

わかったよ、引っかいたんだよ。でもとにかくいまこうやって、闇《やみ》の中で一緒に横になってるじゃない。質問に答えてくれなかったら、もう映画観せてあげないよ。

映画といえば、君の論の証拠になる例をもうひとつ思いついたよ。

よしよし。でもいまは映画の話じゃないよ。あなたの話だよ。

そんなに楽しい話じゃないよ、カーチャ。気の滅入《めい》ることが一杯あるんだ。

あたしはもう大人だよ、エド。何言われたって平気だよ。

どうかなあ。

あたしの知るかぎり、唯一気が滅入るのは、あなたが奥さんを裏切ってよその女の許に走ったことだよ。悪いけどそれって、このへんじゃけっこうみんなやってることだよね。あたしがその程度の話も受けとめられないと思う？　あたしもう、自分の父親と母親とで、そういう目に遭ってるんだよ。

最後に話したのはいつだい？

誰と？

君の父親と。

だ、い、だあれ？

おいおいカーチャ。君の父親、リチャード・ファーマン、君の母親の元夫、私の元義理の息子だよ。ちょっとは話してくれよ。君の質問に答えるって約束するから、父親から最後に連絡があったのはいつか、それだけ教えてくれないか。

二週間くらい前、かな。

会う約束をしたのかい？

シカゴに来ないかって誘われたんだけど、そういう気分じゃないって答えた。来月大学が休みに入るから、そしたら向こうが週末にニューヨークまで来て、一緒にどこかのホテルに泊まって美味《おい》しいものたくさん食べようって言われてる。たぶん行くと思うけど、まだ決めてない。ちなみに奥さん、妊娠してるんだよ。可愛いスージー・ウージーちゃんに子供が出来たんだよ。

君の母さんは知ってるの？

言ってない。動揺するかと思って。

いずれどうしたって知るだろう。

わかってる。でもいまはせっかく少し調子がいいみたいだし、水を差したくなかったの。

君もタフだなあ。

ううん、違うよ。あたしは大《お》っきくてふにゃふにゃのゼリードーナツだよ。全身グジュグジュ、ドロドロ。

私はカーチャの手を握り、その後三十秒ばかり、私たちは何も言わずに闇を見上げている。会話を再開しなければカーチャはこのまま寝つくんじゃないかとも思うが、そう思った矢先に彼女が沈黙を破ってまたひとつ質問をする。

お祖母ちゃんに初めて会ったのはいつ？

一九五五年四月四日、午後二時半。

ほんとに？

ほんとに。

どこで？

ブロードウェイ。ブロードウェイと一一五丁目の角を、私はバトラー図書館へ向かってアップタウンに歩いてた。ソーニャはジュリアードに通っていて、ジュリアードはあのころコロンビアの近くにあったから、そのときもダウンタウン方向に歩いていた。半ブロックくらい先から彼女のことが目に入っていたと思う。たぶん赤いコートを着ていたせいだ――赤はパッと目につくからね、特に街なかの、冴《さ》えない色の煉瓦と石しか背景にないところでは。それで私はこっちへやって来る赤いコートを目にとめて、そのコートを着ている人物が黒髪で背の低い女の子であることを見てとる。遠目にはなかなか有望だが、はっきりわかるにはまだ遠すぎる。男ってのはそんなもんだよ、君も知ってるよね。年じゅう女の子を見ていて、年じゅう品定めして、ハッと息を呑《の》んで心臓も止まるような美人に出くわしたいと年じゅう思ってる。というわけでそのとき、赤いコートを私はすでに見て、それが背丈一六〇センチ程度の短い黒髪の女の子に着用されているのも見て、次に気づいたのは、彼女の頭がひょこひょこ軽く揺れていることだった。ハミングでもしているみたいで、それに歩みにも弾みがあって、動きも軽やかで、私は思ったよ、この娘《こ》は幸福なんだな、生きていること、早春のさわやかで陽光に満ちた空気の中で街を歩いていることが嬉《うれ》しいんだな、と。何秒かして、顔もだんだん像を結んできて、明るい赤の口紅をつけているのが見えてきた。それから、徐々に距離が縮まっていくなかで、二つの重要な事実を私は同時に吸収する。一、彼女は本当にハミングしている。モーツァルトのアリアだと思うが確かなことはわからない。しかもただのハミングじゃない、この人は本物の歌手の声を持っている。二、彼女は素晴らしく魅力的であり、美女と言ってもいいくらいで、私の心臓はいまにも止まりそうになっている。いまではもう一メートル半くらいまで近づいていて、私は——街なかで知らない女の子に声をかけたことなど一度もない私、生まれてこのかた人前で見ず知らずの美人に話しかける度胸なんかあったためしのない私が——口を開けてハローと言う。そして、私が彼女に笑顔を向けているから、それがきっと威《い》嚇《かく》も攻撃の気配も伝えていない笑顔だから、彼女はハミングをやめて私に笑顔を返し、挨拶《あいさつ》の言葉も返してくれる。でも、ここまでだ。私は緊張してもうそれ以上何も言えず、ただそのまま歩きつづけ、赤いコートを着た可愛い女の子もやはり歩きつづけ、六、七歩歩いたところで私は自分の度胸のなさを悔いてふり返り、会話をはじめる時間がまだあればと思うが、女の子はすたすた歩いてもう届かないところに行ってしまっている。だから私は、その背中に目を据えたまま、彼女が道路を渡って人波の中に消えていくのを見守る。

残念だね。でもわかるよ。街なかで男に引っかけられるのってあたしも嫌いだよ。

もしもっと大胆にふるまってたら、たぶんソーニャは引いてしまって、何もかもおじゃんになってただろうね。

寛大な見方だね。彼女が消えてしまったあと、一生に一度のチャンスを逃してしまった気がしたよ。

次に会ったのはどれくらいあと？

ほぼ一か月。日々がじわじわ過ぎていくなかで、彼女のことを考えるのがやめられなかった。ジュリアードの学生だとわかっていたら探し出せたかもしれないけれど、何も知らなかったからね。二秒ばかり私の目に見入って消えてしまった美しい幽霊、それだけだった。もう二度と会えないと思った。神々に悪戯を仕掛けられて、私が本当の恋に落ちる運命の女の子、私の人生に意味を与えるために生まれてきたたった一人の人物が奪い去られ、別の次元に投げ込まれてしまったんだ、届かない場所に、私が決して入れてもらえない場所に。長い、馬鹿馬鹿しい詩を書いたことを覚えているよ。パラレルワールド、失われたチャンス、運命の悲劇的な残酷さをめぐる詩だ。まだ二十歳だってのに、もう呪われた身になった気がしたよ。

でも運命は味方してくれた。

運命、幸運、なんと呼ぶにせよ。

どこで？

地下鉄。ＩＲＴの七番街駅だ。一九五五年四月二十七日の晩、ダウンタウンに向かっていた。車内は混んでいたけど、私の座った席の隣は空いていた。六十六丁目で停まって、ドアが開いて、彼女が入ってきたんだ。ほかに空いている席はなかったから、私の横に座った。

向こうは覚えていた？

なんとなく。その月のはじめにブロードウェイでお会いしましたと言ったら思い出してくれた。時間はあまりなかった。私は友人たちに会いにヴィレッジへ行くところだったが、ソーニャは四十二丁目で降りるんで、一緒なのは三駅だけだった。その時間でなんとか自己紹介しあって電話番号を伝えあった。彼女がジュリアードの学生だということもわかった。フランス人だけれど生まれてから十二年間はアメリカで暮らしたこともわかった。英語は完璧《かんぺき》で、少しの訛《なま》りもなかった。こっちの下手なフランス語を試してみたら、フランス語もやっぱり完璧だった。二人でたぶん七分くらい、せいぜい十分、話して彼女は電車を降りた。何かとてつもないことが起きたんだと私にはわかった。少なくとも、私にとっては。ソーニャがどう思っているか、何を感じているかは知りようがなかったが、その七分だか十分だかが過ぎた時点で、二人といない人に出会ったことが私にはわかったんだ。

初めてのデート。初めてのキス。初めての……。

次の日の午後に電話した。両手が震えて……受話器を取り上げては降ろすのを三回か四回くり返した末に、やっとダイヤルを回す勇気が出た。ウェストヴィレッジのイタリアンレストランだったよ、名前はもう思い出せないな。高い店じゃない、お金はろくになかったからね。女の子をディナーに誘ったのはこれが初めて――信じがたいけど――初めてだった。想像しても、自分が見えてこない。どんな印象を与えたか見当もつかないが、向かいに座った彼女の姿は見える。白いブラウス、落着いた緑の目、何もかも抜かりなく見ていて、どこか面白がっている様子で。それにあの素晴らしい口、ふっくらした唇が笑みを浮かべている、何度も笑みが浮かんで、低い声は横隔膜の奥から出てくるよく通る声で、ものすごくセクシーだと私は思ったし、その後もずっとそう思ったよ。そうして、あの笑い声。喋《しゃべ》る声よりずっと高くて、時にはほとんどキンキン響いて、喉から、いやもう頭から出てくるみたいで。何か愉快だと思ったことがあると――これはあとの話だ、その晩じゃなくて――クスクスクスクス、発作でも起こしたみたいに止まらなくなる。あんまり激しく笑うものだから、目から涙が出てくるんだ。

覚えてるよ。あんな笑い方する人、ほかに見たことない。小さいころは怖かったこともあった。ものすごく長いこと笑って、もう永久に止まらないんじゃないか、ほんとに笑い死にしちゃうんじゃないかと思って。でもそのうち大好きになった。

こうして二十歳の子供が二人、バンク・ストリートだかペリー・ストリートだかのレストランで初めてのデートをしていたわけだ。いろんなことを話して、その大半はもう忘れてしまったが、彼女が聞かせてくれた家族と生い立ちの話にすごく惹かれたことは覚えてる。こっちの話はそれに較《くら》べてひどくつまらない気がしたよ。家具販売員の父親と、四年生担任の母親、働いて家賃を払うばかりでどこへ行ったことも何をしたこともないアッパー・マンハッタンのブリル一家。ソーニャの父親は生物学者で大学教授で、ヨーロッパでも有数の科学者だった。アレクサンドル・ヴェイユ――作曲家のクルト・ヴァイルとも遠縁で、ストラスブール生まれの（君も知ってのとおり）ユダヤ人。だから、一九三五年にプリンストンから誘いがあったことはものすごく幸運だったし、本人もそれを受け容《い》れるだけの分別を持ちあわせていた。もし戦争中に一家がフランスに残っていたら、どんな目に遭っていたことか。母親のマリー＝クロードはリヨンの生まれだった。父親が何をしていたかは忘れたが、祖父はどちら側もプロテスタントの牧師だったから、ソーニャはおよそ平均的なフランス人の女の子じゃなかったわけだ。フランスなのに周りにはカトリックが一人もいなくて、アヴェマリアを唱えもせず告解に行ったりもしない。マリー＝クロードとアレクサンドルは二人ともパリで学生だったときに出会い、二〇年代前半に結婚した。子供は全部で四人。まず男の子が三人、それから五年をはさんで末っ子のソーニャ。一家のマスコット、小さなお姫さまは家族でアメリカに発《た》ったときまだ生後一か月だった。パリに戻ったのは一九四七年になってからだ。アレクサンドルがパストゥール研究所で重要な地位に就いたんだ。たしか所長だったと思う。ソーニャはリセ・フェヌロンに通うことになった。そのころにはもう歌手になると決めていて、大学入学資格《バカロレア》を取る気はなかったんだが、両親にどうしてもと言われたんだ。パリの音楽学校《コンセルヴァトワール》に行かずにジュリアードに行ったのもそのせいだった。うるさく言ってくる両親にうんざりして、ほとんど家出同然にアメリカへ渡ったんだ。けれど結局すべては許されて、私がソーニャと出会ったころには平和がヴェイユ家を包んでいた。一家は私のことも歓迎してくれた。私も雑多な家族の出だということに——私の場合はユダヤ系の母親とエピスコパル教会員の父親だった——共感してもらえたんだと思う。それで、部族への忠誠だの氏族だのをめぐる何やら神秘的な不文律に基づいて、ソーニャと私はよきカップルになるであろうと判断してもらえたのさ。

先へ行きすぎだよ。一九五五年に戻って。初めてのキス。ソーニャに愛されてるとわかった瞬間。

その記憶ははっきりしてる。初デートの晩、彼女のアパートのドアの前で肉体的接触が生じたからね。彼女は一一四丁目のアパートに、やっぱりジュリアードに通ってる女の子二人と住んでいたんで、一緒に地下鉄に乗ってアップタウンに戻ってアパートまで送っていった。一一六丁目から一一四丁目までの短い二ブロックだったけど、その束の間の、交際最初期の軌道の中の、たぶん歩き出してから十歩あまりの時点で、君の祖母が片腕をそっと私の腕に差し入れてきた。その瞬間の戦慄《せんりつ》は、今日に至るまで君の祖父の胸のうちに残っているよ。ソーニャの方からまず動いてくれたんだ。あからさまにエロチックな感じはまったくなかった。ただ単に、私を気に入ってくれていること、一緒に晩を過ごして楽しかったということ、また会う気が大いにあることを、無言のうちに宣言してくれただけだ。でもその意思表示が、私にはものすごく大きな意味があったんだ……本当に嬉しくて、危うくぶっ倒れてしまいそうになったよ。そうして、ドアの前。ドアの前でお休みを言う。生まれたての求愛すべてにおける古典的場面だ。キスすべきか、せざるべきか？　会釈《えしゃく》か、握手か？　彼女の頬にそっと指で触れるか？　両腕を巻きつけてぎゅっとハグするか？　選択肢は無数にあり、考える時間はほとんどなかった。他人の欲望をどう読むか、まだろくに知らない誰かの思考にどう入っていくか？　あまり早まった真似をして彼女を怯えさせたくなかったけれど、自分の気持ちもわからない臆病者《おくびょうもの》だとも思われたくなかった。というわけで、とっさに選んだ中道案はこうだった。両手を彼女の肩に載せ、身を乗り出してかがめて（かがんだのは彼女の方が背が低かったから）、唇を彼女の唇に押しつけた——かなりの力を込めて。舌は使わないし、ぎゅっとハグしたりもしないが、それでもしっかり気合いの入った接吻《せっぷん》だ。ソーニャの喉の奥が静かにゴロゴロ鳴るのが聞こえた。低音の、むむむむというm音だ。それから、息が軽くハッと止まり、音程が変わって、笑い声に似た音になった。私は一歩下がって、彼女が笑顔を浮かべていることを見てとり、両腕をその体に回した。次の瞬間、彼女の両腕が私の体に回され、今度は私も本物のキスへと飛び込んでいった。フレンチキス、突如たった一人の大切な人になったフランス人の女の子とのフレンチキス。一回だけ、でも長い一回だった。そして、やり過ぎてしまわぬよう、私はお休みを言って、階段に向かった。

悪くない《パ・マル》ね、わが友《モナミ》よ。

後世に残るキスさ。

次は社会学の講義もお願いしないと。これって一九五五年の話で、あたしがいままで聞いたり読んだりしたところでは、五〇年代って若い人たちにはあんまりいい時代じゃなかったんだよね。つまり、若者とセックスって話。いまではたいていの子が十代からやりはじめて、二十歳になったころにはもうベテラン。でもこれは、五〇年代の二十歳。ソーニャとの初デートは意気揚々べたべたのキスで終わった。二人とも明らかに惹かれあっている。けど当時の通念では、結婚前のセックスはご法度《はっと》、少なくとも女の子はそうだったんだよね。二人が結婚したのは一九五七年でしょ。まさか二年間我慢したわけじゃないよね？

もちろん違う。

よかった。

欲情は人間の定数、世界を動かす原動力だ。あのころだって、二十世紀なかばの暗黒時代だって、学生たちは兎《うさぎ》みたいにファックしまくってたさ。

わぁ、お祖父ちゃんったらすごい言い方。

気に入ってもらえると思ったんだがね。

そのとおりだよ。気に入ったよ。

その反面、処女の花嫁っていう神話を信じてる女の子はそんなにいなかったとも言う気はない。たいていは中流階級の女の子、いわゆる良家の子女だ。といってその点をあまり誇張しすぎちゃいけない。一九六〇年に君の母親の誕生を助けた産科医の女性は、その時点でもう二十年近く医者をやっていた。ミリアムが生まれて、ソーニャの会陰《えいん》を縫いあわせながら、最高の仕事をしますからご安心を、と私に請けあったんだ。何せ針の仕事は慣れてるんです、経験もたっぷり積んでます、処女と結婚したと花婿《はなむこ》に思わせるよう結婚式の夜を控えた女の子をずいぶん縫ってあげましたからね……って言うんだ。

そうなんだぁ……。

それが五〇年代だよ。いたるところセックスはあるのに、人々は目を閉じて、何も起きてないふりをしてたんだ。少なくともアメリカではね。私と君のお祖母さんとで違っていたのは、彼女がフランス人だったという点だ。フランス人の生活にも偽善はたっぷりあるが、セックスはそうじゃない。ソーニャは十二のときパリに戻って十九までパリにいた。教育も私よりずっと進んでいて、アメリカ人の女の子が悲鳴を上げてベッドから逃げ出すようなことをやってのける気があったのさ。

たとえば？

想像力を使えよ、カーチャ。

あたし何言われたってショック受けないよ。あたしセアラ・ローレンスに通ってたんだよ、覚えてる？　西洋世界のセックスの首都だよ。もうしっかり年期積んでるんだよ、ほんとに。

肉体の開口部の数は限られている。ひとまず、そのすべてを二人で探求したと言っておくよ。

言い換えれば、お祖母ちゃんはセックスもよかった。

それは露骨な言い方だが、まあそのとおり、たしかによかった。余計な抑圧もないし、自分の体になじんでいて、己の心の動きや揺らぎにもしなやかに反応した。二人でするたびに、前とは違って感じられた。烈《はげ》しいドラマチックな日があるかと思えば、次の回はゆっくり気だるい。何もかもが驚きで、細かいニュアンスは無限に……。

手を覚えてる。あたしに触ってくれるときの、お祖母ちゃんの手の優しさ。

優しい手、そのとおり。でも強い手でもあった。賢い手。私はそういうふうに考えていたよ。物が言える手。

結婚する前から一緒に暮らしたの？

いやいや、それは論外だった。何もかもこっそりやらないといけなかった。それはそれでワクワクするところもあったけど、たいていは煩《わずら》わしいだけだった。私は当時まだワシントンハイツで両親と一緒に暮らしていて、自分の空間はなかった。そしてソーニャにはルームメートが二人いた。二人が出かけるたびにそっちへ行ったけど、それも満足できるほど頻繁じゃなかった。

ホテルとかは？

ありえないね。かりに金はあったとしても、危険すぎる。ニューヨークには、未婚のカップルが二人きりで同じ部屋にいることを非合法と定める法律があったんだ。どのホテルにも探偵が——専属の刑事が——いて、捕まったら刑務所行きだったのさ。

素敵ねぇ。

ではどうするか？　ソーニャは子供のころプリンストンに住んでいて、まだそこに知りあいがいた。カップルが一組。ゴントルスキ夫妻、絶対忘れないよ、物理学の教授とその奥さん、ポーランドからの亡命者でソーニャのことも大好きで、アメリカの性道徳なんて全然気にしなかった。週末に私たちをゲストルームに泊めてくれたよ。それと、アウトドアのセックス。好天限定の、都市郊外の野原や草地でのセックスだ。リスクは大きい。とうとう藪《やぶ》の中で裸でいるところを誰かに見つかって、その後は怖《おじ》気《け》づいて、危険を冒すのはやめた。ゴントルスキ夫妻がいなかったら地獄だったね。

どうしてさっさと結婚しなかったの？　まだ二人とも学生のうちに。

徴兵だよ。こっちは大学を卒業したとたん、身体検査を受けさせられる。たぶん二年間の軍隊暮らしだろうと思った。私が最終学年になったころにはソーニャはもうプロの歌手だった。私が西ドイツかグリーンランドか韓国に送り出されたら？　一緒に来てほしいなんて言えっこない。いくらなんでも理不尽だ。

でも結局、軍隊には入らなかったんでしょ？　一九五七年に結婚したんだったら。

検査に落ちたのさ。あとで誤診とわかったんだが、構いやしない、自由になったんだから。一か月後に結婚したよ。もちろん金はろくになかったけど、すごく逼迫《ひっぱく》した状況でもなかった。ソーニャはジュリアードを中退して歌手としてのキャリアを歩み出していたし、私も大学を出るころにはエッセイや書評が十何本か活字になっていた。チェルシーの安アパートを又借りして、ニューヨークの夏をなんとかしのいだところで、ソーニャの兄で土木技師のパトリスがアフリカのどこかにダムを造る仕事に呼ばれて、パリのアパルトマンをただで貸してくれると言ってきた。私たちは飛びついた。電報が届いたとたんに荷造りをはじめたよ。

あたし不動産には興味ないし、二人のキャリアのことはもう知ってる。話してほしいのはもっと大切なことだよ。お祖母ちゃんはどんな人だったの？　一緒に夫婦として暮らすのはどんな感じだった？　どのくらい仲よしだったの？　喧嘩《けんか》したことある？　根本的な事柄だよ、お祖父ちゃん、表面的な事実の羅列なんかじゃなくて。

わかったよ、ギアを変えるよ。ちょっと考えさせてくれ。ソーニャはどんな人だったか？ 結婚してから、いままで知らなかったどんなことを彼女について発見したか？ 矛盾した点。複雑な点。時とともにじわじわ現われてきて、彼女という人間の再検討を強いた暗さ。いいかいカーチャ、私は彼女を狂おしく愛していたんだよ、その点はわかってもらわないと。彼女という人間を批判しようっていうんじゃないんだ。あくまで、よく知るにつれて、彼女が自分のうちにどれだけ多くの苦しみを抱えているかが見えてきたってことなんだ。多くの点において、君のお祖母さんはすごい人だった。思いやりがあって、親切で、律儀《りちぎ》で、寛容で、元気一杯で、愛する能力は並外れて大きい。でも時おりふっと、会話の真っ最中なんかに、どこかへ漂い出てしまうことがあって、そんなときは、夢見るような表情を目に浮かべて虚空《こくう》に見入り、もはや私が誰なのかもわからなくなってしまうみたいなんだ。はじめは私も、きっと何か深遠な思考にふけっているか、かつて自分の身に起きたことを思い出してるんだろうと思ったんだが、そのうち思いきって、ああいう瞬間頭の中では何が起きているのかと訊いてみたら、にっこり笑って、べつに何も、と言うだけ。なんだかまるで、彼女という人間の中身が丸ごと抜けてしまって、自分とも世界とも接触を失ってしまうみたいなんだ。他人に対しては直感も衝動もすごく豊かで、ほとんど超人的と言ってもいいくらいなのに、自分自身との関係は奇妙に浅いんだ。すぐれた知性の持ち主だが、基本的に教育の恩恵を受けていなくて、考えを順々にたどっていくにも苦労したし、何ごとにも長いこと集中するのが苦手だった。もちろん、人生で一番大事な音楽については別だ。それについては自らの才能を信じていたが、と同時に限界も知っていて、自分の力では上手《うま》く歌えないと思える曲には取り組もうとしなかった。その正直さは立派だと思ったが、どこか悲しい気もしたね。なんだか自分のことを、二流の、つねにトップクラスの一段か二段下にいるよう定められた存在と見てるみたいでね。だからオペラは絶対やらなかった。歌曲、合唱曲のアンサンブル、負担の少ないソロのカンタータ、その先へはどうしても行こうとしなかった。喧嘩はしたかって？　もちろんしたさ。喧嘩をしないカップルなんていやしない。でも彼女は、言い争いになっても絶対に悪意をむき出しにしたり残酷になったりはしなかった。たいていの場合、私に関する彼女の批判はまったく的確だったと言わざるをえない。フランス人にしては料理が下手だったが、美味しいものは好きだったから、私たちはけっこう頻繁に外食することになった。家事にも熱が入らなかったし、物を所有するということにはまったく興味がなく——これは賛辞として言っている——素晴らしい体をしている若く美しい女なのに服の着こなしは下手だった。服は好きなのに、似合う服を選ぶことがどうしてもできないみたいだった。率直に言って、二人でいて寂しいと思うこともあった。私は仕事に関しては孤独だった。こっちはひたすら本を読んで本について書くのが仕事なのに、彼女はあまり本を読まなかったし、読んでもそれについて上手く語れなかった。

何だか失望したみたいに聞こえるけど。

いや、失望とは違う。それとは全然違う。新婚の二人が、少しずつたがいの欠点に、親密だからこそ明らかになる事柄に適応していく。なんだかんだ言っても幸せな年月だったよ、私にとって、私たち二人にとって。どちらにも深刻な不満はなかったし。やがてアフリカのダムが完成して、ソーニャが妊娠三か月の状態で私たちはニューヨークに帰った。

どこに住んだ?

不動産には興味がないんじゃなかったのかい。

そうだった、ないよ。質問、撤回。

長年のあいだに、いくつかの場所に住んだよ。でも君の母親が生まれたときは、西八十四丁目、リバーサイド・ドライブのすぐ外れのアパートメントだった。街でも有数の、風の強い通りだよ。

母さんはどんな赤ん坊だった？

扱いやすく、扱いにくかった。泣きわめくかと思えば、ケラケラ笑ったり。ものすごく楽しくもあり、ものすごく鬱陶《うっとう》しくもあった。

要するに、赤ん坊。

いいや。赤ん坊の中の赤ん坊さ。私たちの赤ん坊だったのであって、私たちの赤ん坊は世界中のいかなる赤ん坊とも違っていたのさ。

お祖母ちゃんは舞台に戻るまでどれくらい待ったの？

一年は公演旅行をやめたけど、ニューヨークではミリアムが生後三か月のときにもう歌っていた。ソーニャがどんなにいい母親だったかは知ってるよね。君のお母さんが百ぺんは言ったはずだ。でも彼女には仕事もあった。その仕事をするために生まれついたんだし、私もそれを控えさせようなんて気はまったくなかった。それでも彼女自身、特にはじめのうちは迷うこともあった。ある日、ミリアムが生まれて六か月くらいのころ、寝室に入っていくと、ソーニャがベッドのかたわらにひざまずいて、両手を組んで顔を上げ、フランス語で何か呟《つぶや》いていた。私のフランス語もずいぶん上達していたから、言っていることは全部理解できた。驚いたことに、彼女は祈っていたんだ。神様、どうか私にお告げを賜《たまわ》りください、私の娘をどうしたらいいかお示しください。神様、私の中の空っぽさを満たしてください、どうやったら人を愛せるか、許せるか、自分を人に与えられるかお教えください。そう祈る姿も言い方も、子供みたいだった。幼い、無邪気な子供みたいだった。正直言って、少々ぎょっとしたよ。でも心を打たれもした。深く、深く心を打たれた。あたかもドアが開いて、新しいソーニャを、過去五年知っていたのとは違う人物を見せられている気がした。私が部屋にいることに気づくと、彼女はふり向いて、バツの悪そうな笑みを浮かべた。ごめんなさいね、あなたに知られたくなかったのよ、と彼女は言った。私はベッドに歩いていって腰を下ろした。謝ることはないさ、ちょっと戸惑っただけだよ、と私は言った。私たちはそのあと長いこと話しあった。少なくとも一時間、二人でベッドに並んで腰かけ、彼女の魂の神秘について話した。妊娠末期近く、七か月目なかばにはじまったのだとソーニャは説明した。ある日の午後、家へ帰ろうと通りを歩いている最中に、突然、胸の中に喜びの気持ちが湧き上がってきた。それは説明しようのない、圧倒的な喜びだった。あたかも宇宙全体が体になだれ込んできたみたいだったと彼女は言った。その瞬間、すべてはほかのすべてにつながっていて世界中の誰もがほかの誰ともつながっていることを彼女は理解し、この結びつける力、万物万人をひとつにまとめる力が神なのだと理解した。思いつくのはその一語だけだった。神。ユダヤ教の神でもキリスト教の神でもなく、いかなる宗教の神でもない、すべての命に生気を与える存在としての神。そのとき以来、神様に話しかけるようになったと彼女は言った。こっちの言っていることが神に聞こえるのだという確信があったし、この独白、祈り、嘆願、なんと呼ぶにせよそれはつねに彼女を慰めてくれた。自分自身ともまたしっくりつながれるようになった。もう何か月にもなるけれど、馬鹿だと思われるのが心配であなたには言いたくなかったと彼女は言った。あなたは私よりずっと頭がよくて、知的な事柄に関しては私よりずっと上だから——彼女がそう言ったんだよ、私じゃない——神を見出《みいだ》したなんて言い出そうものなら大笑いされるんじゃないかと思ったのよ、と。私は大笑いなどしなかった。私は神など信じぬ不信心者だが、笑いはしなかった。ソーニャにはソーニャなりの考え方や行動の仕方がある。どうして私がそれをからかえる？

あたし生まれてからずっとお祖母ちゃんのこと知ってるけど、神様の話なんて聞いたことないよ。

信じるのをやめたからさ。結婚生活が壊れたときに、神に見捨てられたと思ったんだ。ずっと昔の話、君が生まれるずっと前の話だよ。

可哀想《かわいそう》なお祖母ちゃん。

そう、可哀想なお祖母ちゃん。

あたし、二人の結婚については持論がある。お母さんとも話しあって、だいたい賛成してもらえるんだけど、裏付けが欲しいんだよ、生き証人からのじきじきの言葉が。

ねえ、二人が離婚したのはお祖母ちゃんのキャリアのせいだって言ったらどうする？

ナンセンス、と答えるね。

わかったよ、キャリアそれ自体じゃなくて、ツアーに出てるときが多かったってことは？

少し近づいてきた感じかな。でもそれもあくまで間接的な原因、二義的要因だよ。

お祖母ちゃんがツアーに出るたびに辛《つら》かったってお母さんが言ってた。泣き出して、金切り声上げて、行かないでくれってせがんだ。ヒステリックな修羅場……混じり気なしの苦悩……別れ、また別れ……

そういうことも一、二度あったけど、あんまり大げさに言うつもりはないね。ミリアムがすごく小さかったあいだは――そう、一歳から六歳くらいまでは――ソーニャは絶対一週間以上家を空けなかった。私の母も泊まりがけで来てくれてミリアムの世話をしてくれたし、万事けっこう上手く行っていたよ。君の曾《ひい》お祖母ちゃんは子供の扱い方を心得ていたし、ミリアムのことを心底可愛《かわい》がっていて――ただ一人の孫娘だしね——ミリアムも彼女が来るのを心待ちにしていたんだ。すっかり思い出してきたぞ……君の母さんときたら、いろいろおかしなことをやったよ。三つか四つのころ、お祖母ちゃんの胸に取り憑《つ》かれた時期があった。まあたしかに巨大な胸ではあった。私の母親は、そのころにはもう、実に貫禄《かんろく》十分の体になっていたからね。ソーニャは上半身も小ぶりで、ティーンエイジャーみたいな胸はミリアムに母乳を与えているあいだは膨らんだが、乳離れしてからは妊娠前よりもっと小さくなった。これ以上はないっていうくらいのコントラストで、嫌でもミリアムの目に入ったんだ。私の母の胸はソーニャの二十倍はある壮観だった。ある土曜の朝、彼女はミリアムと一緒にソファに座り、漫画映画を観ていた。ピザのコマーシャルがはじまって、そのおしまいの言葉が、そう、これぞピザ！《ナウ・ザッツ・ア・ピーツァ》だった。次の瞬間、君の母親が私の母親の方を向いて、右の胸にかぶりついて、それから顔を上げ、そう、これぞピザ！と叫んだんだ。私の母親はゲラゲラ笑い出して、勢いあまっておならをしたんだ——巨大な、ラッパのごとく轟《とどろ》くおならを。それで今度はミリアムがゲラゲラ笑い出して、あんまり激しく笑ったものだからおしっこを漏らしてしまった。そうしてソファから飛び降り、部屋の中をぐるぐる駆け出して、精一杯の大声でおなら—おしっこ、おなら—おしっこ、ウイ、ウイ、ウイってわめいたんだ。

作り話でしょ。

いいや、誓って言う、本当にあったことさ。この話をするのもあくまで、ソーニャのツアー中に家の中がもっぱら暗かったわけじゃないことをわかってもらうためさ。ミリアムも放ったらかしにされたオリヴァー・ツイストみたいにふさぎ込んでたわけじゃない。たいていは元気だったよ。

で、あなたは？

折り合いをつけることを学んだ《ヽ》さ。

それって答えを逃げてるみたいに聞こえるよ。

いろんな時期、いろんな段階があって、そのたびに違っていたんだ。はじめのうち、ソーニャは比較的無名だった。パリへ移る前にニューヨークで少しは歌っていたけど、フランスでは一からはじめないといけなかったし、やっと少し軌道に乗ってきたというところで、またアメリカに戻ってまた一からやり直す破目になった。結局は、すべていい方向に働いた。アメリカでもヨーロッパでも知られることになったからね。でも評判を築くには時間がかかった。転機は六七年だか六八年、何枚かのアルバムを作る契約をノンサッチと交わしたときに訪れたが、それまではそんなに頻繁には出かけなかった。私は複雑な気持ちだった。一方では、彼女が新しい街で舞台に立つ話がまとまるたびに私としても嬉しかった。その反面、君のお母さんと同じで、彼女が出かけるのを見るのは辛かった。唯一《ゆいいつ》の選択肢は折り合いをつけるのを学ぶことだった。逃げてるんじゃないんだ、事実なんだよ。

そのころは忠誠を保っていた……

完璧に。

で、いつから道を外れはじめたわけ?

道に迷ったというのがこの場合適切じゃないかな。じゃなけりゃ道を過ったとか。その方がこの一件に相応《ふさわ》しい精神的な含みが加わると思うんだけど。

わかったよ、過《あやま》った。一九七〇年あたりからかな。でもそこには精神的なものなんて何もなかったよ。すべてはセックス、掛け値なしのセックスだった。夏が来て、ソーニャは三か月のヨーロッパ演奏旅行に出かけた。ちなみに君のお母さんも連れてね。私は一人残された。まだ三十五歳、ホルモンは全面的に荒れ狂い、女なしの身でニューヨークにいたんだ。毎日仕事に励んだが、夜は空っぽで、色もなく、澱《よど》んでいた。そのうちにスポーツライターの連中とつき合うようになった。大半は大酒飲みで、午前三時までポーカーをやったり酒場をはしごしたりの奴《やつ》らだ。特に誰が気に入ったというわけじゃなくて、まあ時間つぶしにはなるし、一日中仕事をしたあとで少しは話し相手が必要だったのさ。ある晩、例によって酒場でしこたま飲んだあと、ミッドタウンからアッパー・ウェストサイドに歩いて帰る途中、どこかの建物の戸口に立っている娼婦《しょうふ》が目に入った。それがたまたますごく魅力的な女の子で、こっちもすっかり酔っ払っていたから、遊ばないかという誘いを受け容れた。この話、聞くのしんどいかい？

少しね。

細かいところまで話す気はなかったんだ。全体の流れを伝えるだけのつもりだったんだよ。

大丈夫。あたしのせいだもの。今夜を絶望の城における真実の夜にしたのはあたしだから。ここまで来たからには、とことん行くしかないよ。

では、いざ進め、か？

うん、物語を続けてよ。

というわけで私はお楽しみにふけった──全然楽しくなんかなかったけど、十五年間同じ女性と寝たあとで別の体に触れることにはすごく惹《ひ》かれるものがあった。その肉体が、自分が知っている肉体と違うと感じるだけで新鮮なんだ。それがその夜の発見だ。別の女といることの目新しさ。

罪の意識はあった？

いいや。私はこれを実験と見なしたんだ。一種の学習と。

やっぱりあたしの説は正しいんだね。お祖母ちゃんが出かけずにニューヨークにとどまっていたら、金を払ってその女の子と寝たりもしなかったよね。

このケースに限っていえば、そのとおり。でも私たちの転落は不義だけの問題じゃなかったし、ソーニャの留守というだけの話でもなかった。このことはもう何年も考えつづけてきたんだが、唯一思いついた、半分でも筋が通りそうな説明は、要するに私という人間に何か欠陥があるということだ。メカニズムに不備があって、損なわれた部分が全体に障害をもたらしているんだ。倫理的な弱さとかいうことじゃない。私の精神の話、心の構造の話なんだ。いまは少しましになったと思う。歳《とし》をとるにつれて、問題も減じていくように思えたんだ。でも三十五、三十八、四十、あのころはなんだか、自分の人生が本当に自分のものじゃないみたいな気がしていたんだ。自分が真に自分の中で生きてこなかったような、自分が一度も現実だったことがないような。現実ではないがゆえに、自分が他人に及ぼす影響もわかっていなかった。自分が引き起こしうる傷も、私を愛してくれる人たちに自分が与えうる痛みもわからなかった。

ソーニャは私の大地であり、世界との唯一確かなつながりだった。彼女と一緒にいることで、実際よりいい人間に、より健全でより強くてより正気の人間になることができた。二人ともまだひどく若いときに一緒に暮らしはじめたせいで、それまでずっと私の欠陥も隠されたままで、自分は人と変わらないと思っていられた。でもそうじゃなかった。彼女から離れかけたとたん、傷から絆創膏《ばんそうこう》が剝《は》げ落ちて、もう血は止まりようがなかった。私はほかの女たちを追いかけはじめた。それまでずっと機会を逃してきたように思えて、いまから挽回《ばんかい》しなくちゃという気持ちだった。これはセックスの話だ。セックス、それ以外の何物でもない、でもあんなふうにふるまって、結婚生活が崩れずにいられるはずがない。なのに私は、自分をだまして、そのままやって行けるものと考えたんだ。

そんなに自分を憎まなくてもいいよ。なんてったって、お祖母ちゃんにもう一度迎え入れてもらえたんだから。

そうなんだけどね……でも無駄に終わった年月だよ。いま考えると反吐《へど》が出そうになる。馬鹿《ばか》丸出しの情事やお遊び。なんになったというのか？　一握りの安っぽいスリル、なんの意味もない。でもそれが次の展開の土台になったことは間違いない。

ウーナ・マクナリー。

ソーニャは私を信頼しきっていて、私はすごく慎重だったから、生活は波風も立たずに進んでいった。彼女は知らなかったし、私も言わなかったし、彼女を捨てて出ていくなんて一瞬たりとも考えていなかった。やがて、一九七四年、私は若いアメリカ人作家のデビュー作を取り上げた好意的な書評を書いた。そのO・Mの著になる『予感』だ。これは驚くべき本だと思った。実に独創的で、文章もしっかりしている。将来を期待させる強力なデビュー作だと思った。書き手については何も知らなかった。二十六歳で、ニューヨークに住む女性ということだけだ。作品はゲラで読んだし、七〇年代はゲラに作者写真も付いていなかったから、どんな顔をしているかも知らなかった。四か月後、ゴサム・ブックマートへ詩の朗読を聞きにいって（ソーニャはミリアムと一緒に家にいて来なかった）、朗読が終わってみんなでぞろぞろ階段を降りていくと、誰かが私の腕をがばっと摑《つか》んだ。ウーナ・マクナリー。好意的な書評を書いてもらったお礼を言おうとしてくれたんだ。それだけのことだったのに、私は彼女の姿に圧倒されてしまった。背が高くて、しなやかで、顔は繊細、ヴァージニア・ブレーンの再来という感じだった。私は彼女を酒に誘った。それまでに何度くらいソーニャを裏切っていたか？　一晩だけの出来事が三、四回、そして二週間ばかり続いたミニ情事が一回。一部の男に較べればそれほど醜悪なカタログじゃないだろうけど、チヤンスがあったら飛びつく気が自分にあるってことは十分わかっていた。でもこの娘は別だった。ウーナ・マクナリーと寝て翌朝さよならを言う人間はいない。誰だって彼女に恋して、彼女を自分の人生の一部にしたくなるんだ。下司《げす》な付随的事項で君を退屈させるのはやめておく。人目を忍んだディナー、辺鄙《へんぴ》な酒場での長い語らい、じわじわ進んでいった双方向の誘惑。彼女がすぐさま私の腕の中に飛び込んできたわけじゃない。私は彼女を追いかけないといけなかった。彼女の信頼を勝ちとって、男が二人の女性を同時に愛することもありうるんだと納得してもらわないといけなかった。わかるだろう、私はまだソーニャを捨てて出ていく気はなかったんだ。二人のどちらも欲しかったんだ。十七年を共にしたわが妻、わが同志、わが胸の奥なる人、私の一人娘の母親――そしてこの燃える知性を備えた獰猛《どうもう》な若い女、新しい官能の持ち主、ついに私が仕事の話を共有できて本や思想について語りあえる女性。私はだんだん十九世紀小説の登場人物みたいになっていった。ひとつの箱には安定した結婚、もうひとつの箱には溌剌《はつらつ》とした愛人、そして一流の手品師たる私はそのあいだに立ち、技と狡猾《こうかつ》さを駆使し決して両方の箱を同時に開けはしない。何か月かのあいだ、私はこれをやってのけた。もはやただの手品師ではなく、空中を飛び回る軽業師でもあった。高く張ったワイヤーの上をぴょんぴょんと進み、恍惚《こうこつ》と苦悶《くもん》のあいだを毎日行き来し、自分は絶対に落ちないという確信を日々強めていった。

それから？

一九七四年十二月、クリスマスの二日後。

落ちたんだね。

落ちたんだ。ソーニャはその夜九十二丁目のYでシューベルトのリサイタルを終えて帰ってきて、知っていると私に言ったんだ。

どうやって知ったの？

言わなかった。でも彼女の挙げた事実はすべて正しかったから、否定しても無駄だと思った。その会話で一番覚えているのは、彼女がどれだけ落着いていたかだ。少なくとも、最後の方までは——最後の方になって、黙ったときまでは。泣きも叫びもせず、取り乱しもせず、私を殴ったり物を投げたりもしなかった。選ばなくちゃ駄目よ、と彼女は言った。私はあなたを許す気があるけれど、あなたはいますぐその女のところへ行って縁を切ってこなくちゃいけない。私たちがこれからどうなるかはわからないし、私たちがいつの日か元に戻れるかどうかもわからない。いまはただ、あなたに胸を刺されて心臓をえぐり出された気分よ。あなたは私を殺したのよ、オーガスト。あなたはいま死んだ女を見てるのよ。生きてるふりを続ける気でいる理由はただひとつ、ミリアムに母親が必要だからよ。私はずっとあなたを愛してきたし、あなたのことを素晴らしい魂の持ち主だとずっと思っていた。けれどあなたもただの嘘《うそ》つきのろくでなしだった。どうしてこんなことしたの、オーガスト？……そこで声が詰まって、彼女は両手に顔をうずめて泣き出した。私はソファの隣に腰かけて彼女の肩に片腕を回したが、彼女は私を押しのけた。触らないで、と彼女は言った。その女と話を済ませるまでそばに来ないで。もし今夜帰ってこないんだったら、もう帰ってこないで——二度と。

帰ってきたの？

いや、残念ながら。

けっこう悲惨な話になってきたね。

やめた方がよければやめるよ。ほかに話すことはいくらでもある。

ううん、続けて。ただし、先へ飛んでよ。ウーナとの結婚のことは話さなくていいから。ウーナのこと愛してたのは知ってるし、怒濤《どとう》の日々だったことも、彼女がドイツ人の画家の許《もと》に走ったことも知ってる。クラウス・何とか。

ブレーメン。

クラウス・ブレーメン。すごく辛かったこと、すごくきつい時期を過ごしたことも知ってる。

アルコール期。主にスコッチ、シングルモルトのスコッチ。あたしの母さんとのもめごとも話さなくていい。もう母さんから聞いたから。終わった話なんだし、わざわざ蒸し返すことないよね？

君がそう言うんなら。

ただひとつ聞きたいのは、お祖母《ばあ》ちゃんとどうやってよりを戻したかってこと。

要するに彼女の話だね。

そりゃそうだよ。もうここにいないのはお祖母ちゃんなんだもの。

九年離れていた。でも私は一度も彼女に背を向けはしなかった。後悔と自責、自分を蔑《さげす》む思い、じわじわ蝕《むしば》んでくる迷いと疑念、ウーナと暮らした年月の底にはいつもそういうものがあった。ソーニャはあまりに私の一部になっていたんだ。離婚したあともまだそこにいて、頭の中で私に話しかけていた。つねに現前せる不在の者、と私は時に彼女のことを呼んだ。もちろん連絡は取っていたよ。ミリアムのことがあるから、取らないわけには行かない。共有している養育権の調整、週末に関する手配、夏休み、高校や大学の行事。新しい事態に少しずつ適応していくうちに、私に対する彼女の怒りが、だんだん憐《あわ》れみに変わっていくように思えた。哀れなオーガスト、馬鹿の中の馬鹿。彼女も何人かの男とつき合った。それは言うまでもないだろう？　私が出ていったときはまだ四十で、まだ目の覚めるような、いままでどおりの輝かしい女性だった。そういうしがらみのうち、ひとつはかなり真剣なところまで行ったんだと思うが、たぶんこのへんは君の母さんの方が詳しいだろうね。ウーナがドイツ人の画家と消えたとき、私はとことん打ちのめされた。君は気を利《き》かしてきつい時期と言ってくれたけれど、実際とうていそんなものじゃなかった。どんなものだったか、いまここで言いはしないが、そんなときでさえ、まったくの一人になっても、ソーニャに助けを求めるなんて思いつきもしなかった。一九八一年のことだ。そして八二年、君の両親が結婚する二月ばかり前、彼女の方から手紙をくれた。私たちのことじゃなくて、君のお母さんの話だった。ミリアムは結婚に飛び込んでいくにはまだ若すぎる、私たちが二十代前半に犯した間違いをあの子もくり返してしまうんじゃないか、そういう内容だった。先見の明があったと言うしかないね。君のお祖母さんはいつもそういうことに勘が働いたのさ。私は返事を書いた。たぶん君の言うとおりだと思うが、たとえそうだとしても、私たちには何もできない。他人の気持ちに干渉することはできないし、ましてや自分たちの子供ならなおさらだ。要するに子供は親の過ちから何も学ばない。放っておくしかない。二人だけであたふた世界に入っていかせて、二人だけの過ちを犯させるしかないんだ。それが私の答えだった。そして、相当に陳腐な一言で私は手紙を終えた――私たちにできるのは、最善を期待する《ホープ・フォー・ザ・ベスト》ことだけだよ。結婚式の日、ソーニャは私のところに来て、最善を期待することにするわと言った。もし私たちの和解がはじまった瞬間を特定するなら、あの瞬間を、君のお祖母さんがその言葉を私に向かって口にした瞬間を選びたいと思う。それは私たち二人両方にとって重要な日だったし――何しろ私たちの娘の結婚式なんだからね――あたりにはいろんな感情が飛び交っていて――幸福、不安、郷愁、ありとあらゆる思いがあった――私たちとしても恨みがましい思いを抱く気分じゃなかった。その時点の私はまだボロボロで、ウーナとの破局から全然立ち直っていなかったけれど、ソーニャもソーニャで、辛い時期をくぐり抜けている最中だった。その年に歌手生活から引退して、あとで君の母さんから聞いて知ったんだが（ソーニャはプライベートなことについていっさい私に打ちあけなかったから）ある男性と別れたばかりだった。というわけで、ただでさえいろいろあったのに、二人ともその日は落ち込み気味で、たがいに顔を合わせることがなんとなく慰めになったんだ。同じ戦争を戦った戦友二人が、自分たちの子供が新たな戦争に出陣していくのを見送る。私たちは一緒にダンスをし、昔の話をして、少しのあいだ手をつなぎさえした。やがてパーティも終わってみんな家に帰り、私もニューヨークに戻ってから彼女と一緒に過ごした時間をふり返って、こんなにいい時間を過ごしたのは本当に久しぶりだったなと思ったよ。どこかの時点で意識的に決断をしたわけじゃないけど、一か月くらい経《た》ったある朝、目が覚めると、自分がもう一度彼女に会いたいと思っていることを悟った。いや、それだけじゃないな。彼女の心を取り返したい、そう思っていた。チャンスはほぼゼロだとわかっていたが、試してみるしかないこともわかった。それで電話をかけたんだ。

そんなに簡単に？　あっさり受話器を手にとってダイヤルしたわけ？

内心おののいてはいたさ。喉《のど》はつっかえ、胃は締めつけられていた。二十七年前、初めて彼女に電話をかけたときそのままだった。私は二十歳に戻っていた。夢の女の子に電話してデートに誘おうとしている、びくびく震える恋患《わずら》いの少年だった。十分間、電話機と睨《にら》めっこしていたにちがいないが、やっと番号をダイヤルすると、ソーニャは留守だった。留守番電話がカチッと回り出し、私は彼女の声を聞いてすっかりどぎまぎし、電話を切ってしまった。落着け、馬鹿丸出しだぞ、と自分に言い聞かせて、もう一度ダイヤルしてメッセージを残した。べつに込み入ったことは言わなかった。君と話したいことがある、元気かい、僕は今日一日家にいるよ、と。

電話は来たの――それともう一度トライしないといけなかった？

来たよ。でもそれはなんの証《あか》しにもならない。こっちが何を話したいのか、向こうは全然わからないんだからね。ミリアムの話とか、何か些細《ささい》な、実際的な話かもしれない。いずれにしろ彼女の声は落着いていて、少しよそよそしかったけど棘々《とげとげ》しさはなかった。君のことを考えていたんだ、君がどうしてるか知りたくて、と言うと、まあなんとかやってるわ、といったような答えが返ってきた。結婚式で会えてよかったよ、と次に言うと、そうね、素晴らしい日だったわ、私もすごく楽しかった、と彼女は答えた。そんなふうにしばらくやりとりして、どっちも手探り気味で、礼儀正しく用心深く、大したことは何も言わなかった。そのうちに、私が思いきって、今週のどこかの晩でディナーなんてどうだい、と言ってみた。ディナー?と言い返した彼女の声には、信じられないという思いが聞こえた。そうして、長い間《ま》があってから、どうかしら、考えてみないと、と彼女は言った。私もそれ以上は押さなかった。肝腎《かんじん》なのは強く出すぎないことだ。彼女という人間はよく知っている。こっちが押したら、きっと引いてしまう。話はそこで終わった。それじゃ、元気で、と私は言って電話を切った。

あんまり有望な出だしじゃないね。

うん。でももっとひどかったとしてもおかしくない。彼女は誘いを断りはしなかった。

た。受け容《い》れるべきかどうか決められなかっただけだ。三十分後、また電話が鳴った。ディナー、もちろんご一緒するわ、とソーニャは言った。迷ってしまってごめんなさい、突然だったんで面喰らってしまったの。かくしてディナーの日時を決めて、それが長い繊細なダンスの始まりだった。欲望、不安、降服から成る、一年半以上続いたメヌエット。ふたたび一緒に暮らしはじめるまでにそれだけ時間がかかったんだ。でも、そうやってまた二十一年一緒に住んだわけだが、ソーニャはもう一度結婚することは拒んだ。君、そのことに気づいてたかな。君のお祖母さんと私は、彼女が亡《な》くなるまで罪深き日々を送ったんだよ。結婚したら不幸を招くわ、と彼女は言った。一度やってみて、その結果があのザマ、今度は違うやり方で行きましょうよ、と。とにかくよりを戻すのにものすごく苦労したから、私としても彼女のルールに従うことに異存はなかった。毎年彼女の誕生日に結婚を申し込んだが、それも一種の暗号メッセージでしかなかった。私のことをもう一度信頼してくれていい、もうずっと信頼してくれていいという合図だった。私が彼女について理解していないことはあまりに多く、彼女が彼女自身について理解していないこともあまりに多かった。だからこの第二の求愛は厄介な作業だった。男が元妻を口説き、元妻は容易には落ちず、一歩も譲らず、自分でも何を望んでいるかわからず、惹かれる思いと嫌悪《けんお》する思いとを行ったり来たりして、やっとのことで折れた。二人でベッドに行きつくまでに半年かかった。初めて愛しあったとき、終わると彼女はクスクス笑い出した。あの狂おしい、発作みたいな状態に陥って、あんまり長く続くものだから私は怖くなってきた。二度目に愛しあったとき、彼女は泣いた。枕《まくら》に顔をうずめて、一時間以上しくしく泣いていた。彼女にとって、ものすごく多くのことが変わってしまっていた。彼女の声を彼女の声にしていた、あのいわく言いがたい特別なものもなくなっていた。束縛を解かれた感情の持つ、もろい結晶のような疼《うず》き。彼女を通して語っていた、隠れた神。それがもうみんな消えていたし、彼女もそれはわかっていた。けれどキャリアを捨てたことはやはり打撃だった。彼女はいまでもそのことを納得しようとあがいていた。そのころは教える仕事をしていて、自分のアパートメントで歌の個人レッスンをやっていたから、私に会う気がない日も多かった。かと思えば、絶望の発作に駆られて電話してくる日もあった。来てちょうだい、いますぐ会いたいの。私たちはふたたび恋人同士になっていた。たぶん、一回目のどの時点よりも親密だったと思うけれど、彼女はそれでも、私たちの暮らしを別々に保っておきたがった。私はもっと多くを望んでいたが、向こうは譲らなかった。その一線だけは越えようとしなかった。でも、一年半経った時点で、あることが起きて、すべてが一気に変わったんだ。

何があったの？

君さ。

あたし？　どういうことよ、あたし、あたしって？

君が生まれたんだよ。君のお祖母さんと私が電車でニューヘイヴンまで行って、私たちが滞在中に君のお母さんの陣痛がはじまったんだ。誇張したり、過剰に感傷的に言ったりする気はないんだが、ソーニャが初めて君を両腕に抱いたとき、彼女は私の方をチラッと見た。その顔は――どう言ったらいいだろう、言葉に迷うなあ――その顔は……光り輝いていた。涙が頬を転がり落ちていた。彼女はニコニコ微笑《ほほえ》んでいた。ニコニコ微笑んで、声を上げて笑って、体じゅうに光が満ちているみたいだった。何時間かして、二人でホテルに戻って、私たちは闇《やみ》の中でベッドに横たわっていた。彼女は私の手を握って、言った。あたしのところに越してきてちょうだい、オーガスト。ニューヨークに戻ったらすぐ越してきて、永遠にあたしと暮らしてちょうだい。

あたしがやったんだね。

君がやったんだ。君が私たち二人をまた結びつけてくれたんだ。

ま、人生で少なくともひとつのことは成し遂げたわけね。まだ生まれて五分で、何も自覚してなかったのが残念だけど。

あまたの偉業第一号。これからもまだまだ成し遂げるはずさ。

人生ってどうしてこんなにひどいの、お祖父《じい》ちゃん？

ひどいからひどいのさ。それだけだよ。そういうものなんだ。

お祖父ちゃんとお祖母ちゃんのひどい年月。あたしの母さんと父さんのひどい年月。だけど少なくともあなたたちはたがいに愛しあっていて、やり直すチャンスも訪れた。あたしの母さんは少なくとも結婚するくらい父さんのことを愛してた。あたしは誰も愛したことがない。

何を言ってるんだ？

あたしはタイタスを愛そうとしたけど、できなかった。タイタスは愛してくれたのに、あたしは愛を返せなかった。あの人がなぜあんな馬鹿な会社に入って、行ってしまったんだと思う？

お金のためだろう。一年働いて、十万ドル近く稼ぐ気だった。二十四歳にとってはすごい大金だよ。行く前に私ともじっくり話したよ。危険なのはわかってるけど、賭《か》けてみる価値はあると言っていた。

行ってしまったのはあたしのせいだよ。わからないの？　もう会いたくないってあたしが言ったから、行ってしまって、殺されたんだよ。あたしのせいで死んだんだよ。

そんなふうに考えちゃ駄目だ。あの子が死んだのは間違った時間に間違った場所にいたからだ。

そこへ行かせたのはあたしだよ。

君は全然関係ない。自分を打ちのめすのはよせ、カーチャ。もういい加減にしないと。

自分じゃどうしようもないんだよ。

ここに来て九か月になるのに、何の足しにもなってない。もう変える時期だよ。

何も変えたくないよ。

秋に学校に戻ることは考えたかい？

ときどき。その元気があるか、よくわからない。

まだ四か月あるさ。

わかってる。でも戻るんだったら来週までに言わないといけないの。

言えよ。その気になれなかったら、直前に撤回すればいいし。

まあ様子を見るよ。

それまで当面、少し景気をつけないと。旅行なんてどうかね？

どこへ行くの？

どこでも君の好きなところへ。好きなだけ長く。

母さんは？　一人で置いてけないよ。

授業は来月終わる。三人一緒に行けるよ。

でも母さん、本を書いてるじゃない。この夏に終えたいって言ってたよ。

旅先で、走ってる最中に書けばいいさ。

走る？　お祖父ちゃん、自動車で旅なんて無理だよ。脚が痛むに決まってるじゃない。

キャンピングカーみたいなのを考えてたんだがな。そういうのってどれくらいするのか知らないが、これでも銀行の口座にはけっこう入ってるんだ。ニューヨークのアパートメントを売ったからね。キャンピングカーくらいは十分買えると思う。新しいのが無理なら、中古でも。

何言ってんの？　三人でひと夏ずっとキャンピングカーで旅して回るって？

そうだよ。ミリアムは本を書き、私たち二人は毎日探検に出るのさ。

何を探すのよ？

わからない。なんでもいいさ。アメリカで最高のハンバーガー。国中の人気ハンバーガー・レストランのリストを作って、一軒一軒回って、込み入った基準リストに沿って採点するんだ。味、ジューシーさ、大きさ、パンの質などなど。

毎日ハンバーガーなんか食べたら心臓発作起こすよ。

じゃあ魚だ。アラスカを除く四十八州でベストの魚介レストランを探すんだ。

あたしの脚、引っぱってるんだよね？〔からかってるんだよね、の意〕

脚なんか引っぱらない。脚が悪い人間はそんなことしない。そんなのは我々の宗教にもとる。

キャンピングカーってけっこう狭苦しいよ。だいいち、ひとつ大事なこと忘れてるよ。

なんだい？

お祖父ちゃん、いびきをかく。

ああ。そうだった、そうだった。わかった、キャンピングカー案は撤回する。パリに行くってのはどうだ？ 君は同世代の親戚《しんせき》たちに会って、フランス語を練習して、人生に対して新しい視座を得る。

結構です。ここにいて映画を観《み》てる方がいい。

我々は中毒してきてるよ、そうだろう。少し控えるか、いっそしばらく完全に断った方が。

できないよ。あたしには映像が要るんだよ。ほかのものを見て忘れることが必要なの。

ほかのもの？　わからないな。なんのほかかってことだ？

鈍いふりしないでよ。

頭が悪いのは自覚してるけど、とにかくわからないよ。

タイタス。

だけどあのビデオは一回観ただけじゃないか。それも九か月以上前に。

もう忘れた？

いいや、もちろん忘れてない。一日二十回は考えるよ。

だからそういうことだよ。あれを観てなかったら、何もかも違ってたと思う。人は戦争に行って、時には死ぬ。電報か電話が来て、あなたの息子さん、ご主人、元ボーイフレンドは戦死されましたと知らされる。でもそれがどう起きたかは見えない。頭の中で像は思い描くけど、ほんとのところはわからない。誰かそこに居合わせた人から話を聞いたりはしても、残るのは言葉だけで、言葉ってのは曖昧《あいまい》で、いろんなふうに解釈できてしまう。でもあたしたちは見た。タイタスがどうやって殺されたかをあたしたちは見てしまった。あのビデオをほかの映像で消してしまわないことには、あたしにはあれしか見えない。どうやっても追い払えないんだよ。

追い払えっこないさ。そのことは受け容れるしかないよ、カーチャ。受け容れて、もう一度生きはじめるよう努めるんだ。

これで精一杯やってるよ。

もう一年近く、全然体を動かしてないだろう。一日中映画を観る以外にも、気ばらしの手段はあるんだよ。たとえば仕事をするとか。何かのプロジェクトに本気で取り組むとか。

たとえば？

笑うなよ。これだけたくさん一緒に観たんだから、ひょっとして二人で映画のシナリオを書けるんじゃないかと思ったんだ。

あたし、書くなんてできないよ。どうストーリーを作ったらいいかもわからないし。

私が今夜何をやってたと思う？

わかんない。考えてた。思い出してた。

そういうのはできるだけしないようにしてる。考えたり思い出したりするのは昼のために取っておいた方がいいんだ。大半は、自分に向けて物語を語っていたのさ。眠れないときはそうするんだよ。闇の中で横たわって、自分に物語を語る。もう何ダースか作ったんじゃないかな。それを映画にすればいい。共同執筆、共同制作。他人の映像を見る代わりに、自分たちのを作るんだよ。

どんな物語？

あらゆるたぐいの。ドタバタ、悲劇、私の好きな本の続篇、歴史ドラマ、思いつくかぎりの物語さ。でも乗ってもらえるんなら、コメディからはじめるのがいいと思うね。

このごろあんまり笑えないよ。

まさしく。だからこそ何か明るいものをやるべきなのさ。思いきり軽薄な、とにかく笑える下らない馬鹿ばなし。本腰を入れてやったら、けっこう面白いかも。

誰が面白がりたいわけ？

私だよ。そして、君だってそうさ。私たちは情けない、冴《さ》えないペアになり果てたんだ、君と私は、だから私は治療法を提案してるんだ。ふさぎの虫を撃退する方策を。

先週ざっと概要を考えた物語を私は語り出す。ドットとダッシュ、ニューヨーク・シティの食堂で働く丸ぽちゃのウェートレスとゴマ塩頭の下っ端《ぱ》コックの恋物語。だが語り出して五分もしないうちにカーチャは眠ってしまい、話はそれきりおしまいになる。ゆっくりした規則正しい寝息に私は耳を澄まし、やっと彼女が寝入ったことを嬉《うれ》しく思う。いま何時だろう。たぶん四時はとっくに過ぎている。ひょっとしたら五時か。明け方まではあと一時間かそこら、闇が薄くなってきて窓のかたわらの木に棲《す》むモズモドキが一日の歌を歌い出す不可思議な時間はもうじきだ。カーチャに言われたいろんなことを反芻《はんすう》しながら、私の思いは次第にタイタスへと移っていく。まもなく私はふたたび彼の物語の中にいて、一晩じゅう避けようと努めていた惨事を生き直している。

　起きたことに関しカーチャは自分を責め、最終的に彼の殺害へとつながった因果の鎖と自分とを誤って結びつけている。そういう考え方を自分に許してはいけない。もし私もその誤った論理に屈してしまえば、ソーニャと私にも責任があることになる。そもそもカーチャをタイタスに引き合わせたのは我々だからだ。五年前の感謝祭ディナー、カーチャの両親の離婚直後。カーチャとミリアムは連休の週末を私たちの家で過ごしに、車でニューヨークへやって来た。木曜日、ソーニャと私は十二人分の七面鳥を料理した。客の中にタイタスとその両親がいた。デイヴィッド・スモールとエリザベス・ブラックマン、二人とも画家で二人とも私たちと昔からの友人である。十九歳のタイタスと十八歳のカーチャは、たちまち意気投合したようだった。タイタスは私たちの孫娘に恋したゆえに死んだのか？　こういう思考をつきつめていくと、彼の両親を責めるなんてことになりかねない。もしデイヴィッドとリズが出会っていなかったらタイタスは生まれていなかった……。

いい若者だ、と私は思っていた。気立てのよい、規律なんか知るかという感じの、もじゃもじゃの赤毛で長い脚、靴サイズも大きな青年。私は彼が四つのときから見ていて、ソーニャと二人で彼の両親の家をしばしば訪ねていたから、私たちの前でも彼はごく自然にふるまい、両親の友だちというより伯母伯父代理のように私たちに接していた。彼が本をよく読むところが私は気に入っていた。いまどき珍しい、文学に飢えた若者で、十代なかばに短篇小説を書きはじめると、コメントを求めて私に送ってきた。あまりいい出来ではなかったが、私にアドバイスを仰いでくれたことには心を打たれた。しばらくすると、最新の自作について話をしに、月に一度くらい私たちのアパートメントを訪ねてくるようになった。読むべき本を推薦してやると、彼はそれらを律儀《りちぎ》に、猪突猛進《ちょとつもうしん》というふうな、焦点の定まらぬ熱狂とともに読み進んでいった。書くものもじき少し良くなってきたが、毎月それぞれ違っていて、たまたまそのとき読んでいる作家の痕跡《こんせき》が見てとれるのだった。初心者にはよくあること、むしろ成長しつつある徴候である。やたらと凝った、書き込み過剰の文章の中から、才能の閃《ひらめ》きが時おり垣間《かいま》見えるようになったが、本当に有望かどうか判断するにはまだ時期尚早だった。高校の最終学年になって、ニューヨークに残ってコロンビアに通いたいと言ってきたので、推薦状を書いてやった。その手紙が足しになったかどうかは知らないが、とにかくわが母校は彼を入れてくれて、毎月の訪問も継続した。

その感謝祭ディナーにやって来てカーチャと出会ったとき、タイタスは大学二年生だった。二人合わせると不思議な、妙に魅力的なデュオだと私は思った。締まりのない体つきの、ニタニタ笑ってやたら腕を振り回すタイタスと、小柄でほっそりした黒髪の、私の娘の娘。セアラ・ローレンスはブロンクスヴィルにあって、ニューヨークから電車ですぐだったから、学部生のころカーチャはよく——というか大半の週末——私たちのところに泊まりに来た。寮生活を逃れて、祖父母のアパートメントの快適なベッドと、ニューヨークの夜とを楽しみにきたのである。タイタスを愛していなかったといまは主張しているが、つき合っていた年月ずっと、私たちのアパートメントで何十回と、たいていは四人だけでディナーを共にしたのであり、二人のあいだにはいつもひたすら愛情しか感じられなかった。もしかすると私には何も見えていなかったのかもしれない。でも、時ったのかもしれない。いろんなことを決めつけすぎていたのかもしれない。

おり知的な次元で意見が食い違ったのと、一度だけ、一か月も続かなかった不和があったことを除けば、二人は幸せな、うまくやっているカップルに見えたのだ。タイタスが一人で私に会いにくるときも、カーチャともめごとがあったなんて一度もほのめかさなかったし、しかも彼はお喋《しゃべ》りな、頭にあることはなんでも喋ってしまうタイプだったのだ。もしカーチャから別れると宣言されたりしたら、絶対私に打ちあけたはずだ。いや、もしかしたらそうではなかったのか。自分で思っていたほど私は彼のことをよく知らなかったのかもしれない。

イラクへ仕事に行くとタイタスが言い出したとき、両親はパニックに陥った。普段はこの上なく優しく寛容なデイヴィッドが息子に向かって金切り声を上げ、お前は病的な人間だ、なんにも知らない芸術かぶれだ、自殺の衝動に憑かれた異常者だとわめき立てた。リズはしくしく泣いて寝込んでしまい、精神安定剤をどっさり飲みはじめた。それが昨年二月のことだ。ソーニャは前年十一月に亡くなっていて、当時私は最悪の状態で、毎晩前後不覚になるまで飲んだくれていた。およそ人と接するに相応しくない、悲しみに自分を見失ってしまった人間だったが、デイヴィッドはとにかく動揺していたのでそんな私に電話してきて、息子に分別を吹き込んでやってくれないかと頼んできた。これは断りようがない。タイタスのことは小さいころからずっと知ってきたのだし、私としてもやはり心配だったのだ。そこで、何とか気合いを入れてできるだけのことをやった。成果はゼロ、まったくのゼロだった。

ソーニャが病気になって以来タイタスとは連絡がとだえていて、その何か月かで彼は変わってしまったように見えた。よく喋る間の抜けた楽天家は、むっつり拗《す》ねた、ほとんど喧嘩腰《けんかごし》の人間になっていた。会ってすぐ、自分の言葉が彼になんの影響も及ぼさないだろうと私は悟った。と同時に、私に会って嬉しくないわけでもなさそうで、ソーニャのこと、彼女が亡くなったことに触れるその口調には本物の思いやりがこもっていた。私はその言葉に礼を言い、スコッチをストレートで二杯注いでから彼を連れてリビングルームに行った。過去にこれまで何度も二人で話しあってきた部屋だ。

ここで腰を据えて君と議論しようなんて気はない、と私は切り出した。ただちょっと混乱しているんで、いくつかの点を明らかにしてほしいんだ。オーケー？

オーケー、いいですとも、とタイタスは言った。

戦争はもう三年近く続いている、と私は言った。侵攻がはじまったとき、この戦争には反対だと君は言ってたよね。愕然とさせられるという言葉を使っていたと思う。こんなのはインチキの、でっち上げの戦争だ、アメリカ政治史上最悪の過ちだと君は言った。そのとおりかね、それとも私は君を誰かと混同してるのかな？

すべてそのとおりです。まさにそういう気持ちでした。

最近私たちはあまり会っていなかったが、このあいだここに来たときは、ブッシュは刑務所に入れられるべきだと言ってたよね――チェイニー、ラムズフェルド、国を動かしているファシストの悪党どもみんなと一緒に。いつのことだったかな？　八か月前？　十か月前？

去年の春です。四月だったか五月だったか、思い出せません。

あれ以来、考えが変わったのか？

いいえ。

全然？

少しも。

じゃあいったいなぜイラクに行きたいんだ？　なぜ憎んでいる戦争に参加する？

アメリカに協力しに行くんじゃありません。自分のために行くんです。

金か。そういうことか？　タイタス・スモール、無任所傭兵《ようへい》。

傭兵じゃありません。傭兵は武器を携帯して人を殺します。僕はトラックを運転するだけです。物資を輸送するんです。シーツにタオル、石鹸《せっけん》、スナックバー、洗濯物。ろくでもない仕事だけど、給料はものすごくいいんです。ＢＲＫ、っていうのが会社の名前で、一年契約で働いて、帰ってくるときにはポケットに九万ドルか十万ドル入ってるんです。

でも自分が反対するものを支持することになるんじゃないのか。そんなのをどうやって自分に正当化できる？

僕はそういうふうには見ません。僕にとってこれは倫理的決断じゃありません。何かを学ぶということ、新しい種類の教育を受けるということなんです。あっちがどれだけひどいことになっていてどれだけ危険かもわかってます、だからこそ行きたいんです。ひどければひどいほどいいんです。

全然筋が通らないぜ。

これまでずっと、僕は作家になりたいと思ってきました。それはあなたもご存じのとおりです。しょうもない短篇をもう何年もあなたに見せてきて、あなたは親切にも読んでコメントもくれた。僕を励ましてくれて、そのことにはすごく感謝してますけど、僕に才能がないことは僕たち二人ともわかってますよね。僕の書くものは潤《うるお》いがなくて、重苦しくて、退屈です。クズです。僕がこれまで書いたすべての言葉がクズです。大学を出てもう二年近くなるけど、毎日オフィスにいて、作家エージェントの電話番をやってます。それってどういう暮らしです？　底なしに安全で、底なしに荒涼としていて。もうこれ以上耐えられません。僕はなんにも知らないんです、オーガスト。なんにもしてないんです。だから行くんです。僕とは全然関係ない何かを経験するために。大きな腐った世界に出て、歴史にかかわるというのがどういうものかを知るために。

戦争に行ったからって作家になれるわけじゃないぞ。そんなの小学生みたいな考えだぞ。最善でも、耐えがたい記憶で頭を一杯にして帰ってくるのが関の山だ。悪ければ、全然帰ってこない。

危険なのはわかってます。でも賭けてみるしかない。人生を変えなくちゃいけないんです――いますぐ。

この会話の二週間後、私はレンタカーのトヨタカローラに乗り込み、しばらくミリアムのところで過ごしにヴァーモントへ出かけていった。その途中で事故を起こして病院にかつぎ込まれ、退院を許されたころにはもうタイタスはイラクに発《た》っていた。別れの言葉を交わす機会も、好運を祈るチャンス、もう一度考え直してくれと頼み込むチャンスもなかった。なんというロマンチックな駄弁……なんと子供じみたたわごと……だが彼は、挫折《ざせつ》した野心をめぐって本気で絶望していたのであり、自分がずっとやりたかったただひとつのことをやる力が自分にないという事実に真っ向から向きあっていたのだ。そうして、自分の目から見て自分の名誉を取り戻すために、衝動に突き動かされて旅立っていったのだ。

私がミリアムの家に越してきたのは四月前半だった。三か月後、カーチャがニューヨークから電話してきた。彼女は電話口でしくしく泣いていた。テレビを点《つ》けてみて、とカーチャは言った。晩のニュースにタイタスが映っていた。ブロック壁の、場所不明の部屋で椅子《いす》に座っていて、頭にフードをかぶって両手でライフルを持っている四人の男に囲まれている。ビデオの画質は劣悪で、タイタスの顔の表情を読みとるのは困難だった。怯《おび》えているというより呆然《ぼうぜん》としているみたいに私には思えたが、どうやら殴られたらしく、額に大きなあざのようなものがぼんやり見てとれた。ビデオに音はなかったが、画像に合わせて用意された文章をニュースキャスターが読み上げていた。だいたい次のような内容だった。

二十四歳のニューヨーク市民で請負会社ＢＲＫ勤務のトラック運転手タイタス・スモールさんは、けさバグダードへ移動中に誘拐されました。誘拐犯たちは既知のテロリスト組織との関係をいまだ明らかにしていませんが、解放と引換えに一千万ドルと、イラクでのＢＲＫの事業の即時停止とを要求しています。七十二時間以内にこの要求が満たされない場合は人質を処刑すると誘拐犯たちは宣言しています。ＢＲＫのスポークスマン、ジョージ・レノルズ氏は、スモールさんの安全確保のため社は全力を挙げていると述べています。

翌日カーチャがヴァーモントの母親の家に着き、その二日後の夜、私たちはカーチャのノートパソコンのスイッチを入れ、誘拐犯たちが撮影した二本目の、最後のビデオを観た。これはインターネットでしか観られなかった画像である。その時点で私たちはすでに、タイタスが死んだことを知っていた。BRKは彼を解放させようと相当な額を提示したが、案の定（利益がかかっているときに、思考を絶する恐ろしい可能性を企業が思考するわけがない）イラクでの事業停止は拒否した。殺害は予告どおり、タイタスがトラックから引きずり出されブロック壁の部屋に放り込まれてからぴったり七十二時間後に実行された。なぜ私たち三人が、あたかも義務であるかのように、聖なる務めであるかのようにそのビデオを観ねばという思いに駆られたのか、私にはいまだにわからない。これが一生自分たちに取り憑《つ》いてしまうことは三人とも承知していたが、にもかかわらずなぜか、タイタスとともにそこにいないといけない、彼のためにそのおぞましい眺めから目をそらしてはならない、息を吸って彼を私たちの中に吸い込み彼を受けとめてやらねばならない、そう感じたのだ——私たちの中で、その孤独で惨《みじ》めな死を私たちの中で、その最後の瞬間に彼を見舞った残酷さをほかの誰でもない私たちの中で受けとめてやらねばならない、彼を呑《の》み込んだ無慈悲な闇の中にタイタスを置き去りにしないために。

せめてもの救いに、音はない。

せめてもの救いに、頭にはフードがかぶせられている。彼は両手をうしろで縛られて椅子に座り、じっと動かず、逃げ出そうと企てもしない。前回のビデオの男四人組が彼の周りに立ち、三人はライフルを持っていて、一人は右手に斧《おの》を持っている。仲間から何も合図やしぐさを送られることなく、四人目の男はいきなり刃《は》をタイタスの首に振り下ろす。体ががくんと右に揺れ、上半身がぴくぴくとのたくり、それからフードを通って血が染《し》み出しはじめる。もう一度斧が、今度はうしろから振り下ろされる。頭部がだらんと前に倒れ、いまではもう体じゅうに血が流れ落ちている。さらに斧が振り下ろされる。前にうしろに、右に左に、死の瞬間をとっくに過ぎても鈍い刃が切り刻みつづける。

男の一人がライフルを下ろして、タイタスの頭を両手で抱え込み、斧の男が作業を続けるなか、しっかり押さえている。二人とも全身血まみれだ。

頭部がついに胴体から切り離されると、死刑執行人は斧を床に放り出す。もう一人の男がタイタスのフードを外し、三人目が長い赤毛の髪を摑んで頭部をカメラに近づける。そこら中に血がぽたぽた垂れている。タイタスはもはや人間とは言えない。いまや人物の観念に、人物であって人物でないものに、血を流す死んだ物になり果てている。一個の静物《ユヌ・ナチュール・モルト》〔字義どおりには「一個の死せる自然」〕に。

頭部を持った男がカメラから離れ、四人目がナイフを手に近づいてくる。ひとつずつ、非常な速さと正確さで目をくり抜いていく。

カメラはさらに何秒か回りつづけ、それから、画面が真っ暗になる。

これがどれだけ続いたのか、知りようはない。十五分。千年。

床の上で目覚まし時計がチクタク鳴るのが聞こえる。何時間ぶりかに私は目を閉じ、ひょっとして眠ることも可能ではなかろうかと考える。カーチャがもぞもぞ動き、小さなうめき声を漏らし、それから寝返りを打って横を向く。背中に手を当てて何秒か撫《な》でてやろうかとも思うが、結局やめにする。眠りはこの家ではきわめて稀少《きしょう》な品なのだ。その邪魔をする危険は避けねばならない。見えない星、見えない空、見えない世界。鍵盤《けんばん》を打つソーニャの手が見える。何かハイドンの曲を弾いているが、何も聞こえない。音楽は音を立てないのだ。やがて彼女が丸椅子の上でぐるっと体を回し、ミリアムがその腕の中に飛び込んでくる、三歳のミリアム、遠い過去の残像、現実だったかもしれないし想像の産物かもしれない像、もうその違いが私にはわからない。現実と想像はひとつだ。思考は現実である、非現実の物たちをめぐる思考ですら現実である。見えない星、見えない空。私の息の音、カーチャの息の音。就寝時の祈り、子供のころの儀式、子供のころの厳粛さ。われ目覚むる前に死すれば、、、、、、〔キリスト教で子供が寝る前に唱える古典的な祈りの一部〕。すべてはなんと早く過ぎていくことか。昨日は子供、今日は老人。いま以降、心臓の鼓動はあと何回か、呼吸は何回か、あと何語話して何語聞くか？　誰か、僕に触って。僕の顔に手を当てて僕に話しかけて……。

確かなことはわからないが、少しのあいだうとうとしたのだと思う。ほんの数分か、ひょっとすると数秒。が、突然何かが邪魔に入る。何かの音だと思う、そう、いくつか連なった音だ、ドアをノックする音、かすかに、だが執拗《しつよう》にノックする音、それから私は目を開けて、お入り、とミリアムに言う。ドアが開くと、彼女の顔がそれなりに明瞭《めいりょう》に見え、それでもう夜ではないこと、夜明けの尖端《せんたん》に達したことを私は悟る。部屋の中の世界はいまや灰色だ。ミリアムはすでに着替えていて（ブルージーンズとだぶだぶの白いセーター）、彼女が入ってきてドアを閉めたとたん、モズモドキが一日最初の歌声を発する。

ああよかった、とミリアムはカーチャの寝顔を見ながらささやく。いま部屋を覗《のぞ》いてみたらベッドにいなかったんで、ちょっと慌《あわ》てたのよ。

二、三時間前に来たんだ、と私もささやき返す。また今夜もしんどい夜だったから、二人で闇の中で横になって話をしたんだ。

ミリアムはベッドまで歩いてきて、私の頬にキスし、隣に腰かける。お腹空《なかす》いた？と彼女は訊《き》く。

少し。

コーヒー淹《い》れようかしら。

いや、ここで少し話をしていってくれ。訊きたいことがあるんだ。

なんのこと？

カーチャとタイタス。タイタスが行ってしまう前に彼と別れたってカーチャは言ってる。本当かい？　行ってしまったのは自分のせいだと思ってるみたいなんだ。

父さんはただでさえいろんなこと抱えてたから、煩わせたくなかったのよ。ママの癌《がん》……あの何か月か……そうして自動車事故。でも、そうよ、あの子たち別れたのよ。

いつ？

ええと……父さんの七十歳の誕生日が二月よね。二〇〇五年の二月。ママはもうすでに病気だった。その何か月かあとよ。だから春の終わりか、夏のはじめ。

でもタイタスがイラクに行ったのは翌年の二月じゃないか。二〇〇六年の。

別れてから八、九か月後ね。

じゃあカーチャは間違ってる。彼女のせいで行ったんじゃない。

この子は自分を罰してるのよ。要するにそういうことなのよ。タイタスの身に起きたことに自分を巻き込みたいのよ。でも実のところ、この子は全然関係なかった。父さんもタイタスが行く前に話を聞いたでしょう。ちゃんと説明を聞いたでしょう。

そしてカーチャの名前は出てこなかった。一度も。

でしょ？

少し気が晴れた。と同時に、もっと辛《つら》くもなった。

この子もだんだん戻ってきてるのよ。私には嗅《か》ぎとれる。少しずつ、少しずつ。次のステップは学校に戻るよう説き伏せることね。

考えてると言ってるよ。

ほんの二か月前は問題外だったのよ。

私はミリアムの片手を摑《つか》んで、忘れるところだった、と言った。昨日の夜、君の原稿をまた少し読んだよ……。

で？

しっかり捉《とら》えたと思う。もう迷いはなしだよ、いいね？ 一級の仕事だよ。

ほんとにそう思う？

さんざん嘘《うそ》っぱちを並べてきた私だが、書物に関して嘘をついたことはない。

その言葉にひそむ二五九の隠れたほのめかしを意識して、ミリアムはニヤッと笑う。

私もニヤッと笑い返す。笑顔を保てよ、と私は言う。笑顔の君は綺麗《きれい》だよ。

笑顔のときだけ？

いつもさ。毎日、一分一分。

また嘘っぱちだけど、まあもらっておくわ。彼女は私の頰を撫でて、コーヒーとトースト？と訊く。

いや、今日はよそう。けさはみんなで食べに出かけるのがいいと思う。スクランブルエッグにベーコン、フレンチトースト、パンケーキ、全部行こう。

農夫の朝食。

そう、農夫の朝食。

松葉杖《まつばづえ》持ってきてあげる、とミリアムは言って立ち上がり、ベッドのかたわらの壁のフックまで歩いていく。

私はしばし目で彼女を追い、それから、ローズ・ホーソーンは詩人としては大したことなかったんだよね？と訊く。

うん。けっこうひどいわね、実際。

でも一行は……一行は素晴らしい。いままで読んだ中で最高の部類に属す一行だと思う。

どの行？と、私の方に向き直りながらミリアムは訊く。

このけったいい、い、い、い、い、い、な世界が転がっていくなか。

ミリアムはまたニッと満面の笑みを浮かべる。わかってたわ、と彼女は言う。あの、、、、、、、、、引用をタイプしながら思ったのよ、父さんきっと気に入るぞ、父さんのために書かれたみたいな一行だものって。

けったいな世界は転がっていくんだよ、ミリアム。

松葉杖を片手に彼女はベッドに戻ってきて、私の隣に腰かける。そうよね、パパ、とミリアムは言い、心配げな目つきで娘の顔をじっと見る。けったいな世界は転がっていくのよね。

# 訳者あとがき

**ラシード** 物質世界なんて幻影だよ。物がそこにあるかどうかなんて問題じゃないさ。世界は俺の頭の中にあるんだよ。
**ポール** だけど肉体は世界の中にあるだろうが。

——ポール・オースター『スモーク』

この文庫本の前半部分は *Travels in the Scriptorium*（写字室の旅）という題でアメリカでは二〇〇七年、日本では二〇一四年に刊行され、後半は *Man in the Dark*（闇の中の男）の題でアメリカで二〇〇八年、日本では二〇一四年に刊行された。しかし、作者オースターは当初から、この二作はふたつでひとつの作品だと述べていて、事実アメリカではその後二〇一三年、*Day/Night* というタイトルで一巻本として刊行され、現在ではこちらの版のみが流通している。

「写字室の旅」がおそらく昼にあたり、「闇の中の男」が夜にあたるのだろうが、とはいえ単純に前者は明るく後者は暗いということはまったくない。むしろ逆だとさえ言えそうだが、それはそれでまた別の単純化になってしまうだろう。二つの物語が、凹凸のある合わせ鏡のようにたがいを微妙に歪ませて映し出している、というくらいに考えておくのがひとまず妥当だと思う。

たとえば、どちらにおいても、ひとりの老人が部屋の中にいる、というイメージが間違いなく中心にある。そこは共通している反面、『写字室の旅』に現われる老人と部屋は、現実感が徹底的に抜かれ、どこか死後の世界（それがどういう場であるのか、そもそもそんなものがあるのか、誰にもわからないわけだが）を思わせるのに対し、『闇の中の男』のそれは、9／11以降のアメリカを包む不安や、老人の娘や孫娘の悩みや痛みの気配が漂っていて、よかれあしかれ現実とつながりを保っているあたりはほとんど対照的と言っていい。

そしてどちらも、「物語」ということが核になっていて、『写字室の旅』では、部屋に入れ替わり立ち替わり入ってくる人間たちはかつてその老人が物語の登場人物として世界に送り出した人物である（要するに、老人が作者で、入ってくる人たちは老人が創造した人物たち）らしいのに対し、『闇の中の男』において不眠に苛《さいな》まれる老人が夜ごと考える物語は、どこか別の世界で現実に起きている出来事にほかならない。

そのあたりも対照的であるような、しかし内的世界と外的世界の関係が錯綜《さくそう》しているという意味では共通しているような、単純には決めがたいつながりがある。が、今回こうして一巻本にまとめたゲラを通読してみて、とにかくこの二作が「合体」して新しい第三の作品が生まれたことで、1＋1以上の豊かさが生じている、ということは強く実感した。ぜひこの文庫版で、二〇〇〇年代後半のオースター文学の主たる成果に触れていただければと思う。

＊

パジャマを着てスリッパを履いた老人が、ベッドの縁に腰掛けて、両手を膝《ひざ》に載せ、床をじっと見下ろしている……

……のち『写字室の旅』として結実することになる文章を書きはじめる前、ポール・オースターの頭の中にこんなイメージが浮かんできて、およそ二週間、それが何度も戻ってきた。

いったいこのイメージは何なのか、と自問しつづけたオースターは、ひとまずそれを、二十年後の自分の姿であると結論づけて、その思いとともに『写字室の旅』を書きはじめたとインタビューで述べている（聞き手ジル・オーエンズ、二〇〇七年一月二十四日、オレゴン州ポートランドのパウェルズ書店ウェブサイトに掲載）。そして実際、『写字室の旅』は、まさにそのような一人の老人の姿から始まる（写字室＝scriptorium とは、修道院内に設けられた写本のための部屋をいう）。だとすればこれは、未来の自分をめぐる自伝ということになりそうだが、むろん未来の自伝など誰も書けはしない。自伝とはすべて多かれ少なかれ虚構だということはよく言われるが、これは明らかにそれ以上に虚構であらざるをえない。

ミスター・ブランク（空白）という、名前ならざる名前を与えられたこの老人は、過去を思い出そうとすると、ほとんど自動的に、疚《やま》しさの感情、罪悪感に襲われる。ならば、オースターもまた、過去に自分が創造した人物たちから憎まれ、恨まれていると感じ、彼らに対し疚しい思いを抱いているのだろうか？　おそらくその問いへの答え自体は、少なくとも読者である我々には、それほど重要ではない。むしろ大事なのは、ここでのミスター・ブランクとほかの人物たちとの関係が、現実に我々が自分と他人のあいだに結んでいるさまざまな関係と、どれだけ響きあうように感じられるかではないか。もしそれが、読んでいる我々には何の関係もない、あくまで一人の特権的な作中人物と、その他の作中人物との特殊な関係でしかないと思えるなら、この作品は、一種よく出来た知的な戯れにすぎないことになるだろう。

個人的には、過去に接したさまざまな他人との関係を人がふり返るにあたって、ほとんど考えずに浮かび上がってくる感情が疚しさ、罪悪感であるというのは、とてもリアルなことに思える——むろんこれも、あくまで一個人の、無根拠な感想でしかないが。

*

『闇の中の男』の原題は*Man in the Dark*。そして事実この本は、一人の老人が、夜眠れずに闇の中で物語を夢想する場面から始まる。

だが原題は、A Man ... でも The Man ... でもなく、無冠詞の Man である。無冠詞の man はしばしば「人類」を意味する。闇の中にいるのは主人公だけではない。人類全体が、というのが言い過ぎならアメリカ全体が、闇の中にいるという含みがここには感じられる。

その闇は、『闇の中の男』刊行時の文脈に即して考えれば、何と言っても9／11の衝撃と、その後にアメリカ内外で生じた混迷を指していると思える。その意味に限るなら、ある程度「過去の話」ということになるのかもしれないが、もちろんその後のアメリカが光に包まれた日々を過ごしてきたわけではまったくない。とりわけ、トランプ政権の誕生によって、9／11直後とはまた別の闇がアメリカを包んでいる、という言い方は容易に成り立つだろう。「分断」という言葉がほとんどアメリカを語る上での枕詞《まくらことば》になっているが、この『闇の中の男』ではまさに、9／11が起きていないもうひとつのアメリカが夢想され、アメリカが二つに分かれて「アメリカ独立合州国」が生まれているという、まさに分断というほかない事態が思い描かれている。小説が未来を予知していたかのように読めることがその小説の価値を決めるわけではまったくないが、少なくとも二〇二二年の現在に『闇の中の男』を読んで、ほとんど予言の書のように読めて戦慄《せんりつ》させられる瞬間が何度かあることは確かである。そして、（『写字室の旅』も含めた）この小説が暗いトンネルの先に示しているほのかな光にどこまで現実感があるか……これは読者一人ひとりに、ご自分の実感に即して判断していただくのが一番だろう。

*

二〇〇二年刊の『幻影の書』以来続けてきた、人生のいわば最後の大きな曲がり角にさしかかったような人物を描く営みに、『闇の中の男』でオースターはひとまず終止符を打ち、その後、回想録二冊（『冬の日誌』二〇一二、『内面からの報告書』二〇一三）では老いという問題を引きつづき扱いつつ、『インヴィジブル』（二〇〇九）、『サンセット・パーク』（二〇一〇）、『4 3 2 1』（二〇一七）といった近年の小説では、ふたたび若き日々に素材を求め、依然新しい物語を紡《つむ》ぎ出している。二〇二一年には十九世紀末の先駆的なモダニズム作家スティーヴン・クレインの生涯と作品を綿密に追った、実に読みごたえある評伝 *Burning Boy* を刊行している。

以下、オースターの主要作品を挙げる。特記なき限り、拙訳による長篇小説。

*The Invention of Solitude*（1982）『孤独の発明』自伝的考察（新潮文庫）
*City of Glass*（1985）『ガラスの街』（新潮文庫）
*Ghosts*（1986）『幽霊たち』（新潮文庫）
*The Locked Room*（1986）『鍵のかかった部屋』（白水Uブックス）
*In the Country of Last Things*（1987）『最後の物たちの国で』（白水Uブックス）
*Disappearances: Selected Poems*（1988）『消失　ポール・オースター詩集』（飯野友幸

訳、思潮社）
*Moon Palace*（1989）『ムーン・パレス』（新潮文庫）
*The Music of Chance*（1990）『偶然の音楽』（新潮文庫）
*Leviathan*（1992）『リヴァイアサン』（新潮文庫）
*The Art of Hunger: Essays, Prefaces, Interviews*（1992）『空腹の技法』エッセイ集（柴田・畔柳和代訳、新潮文庫）
*Mr. Vertigo*（1994）『ミスター・ヴァーティゴ』（新潮文庫）
*Smoke & Blue in the Face: Two Films*（1995）『スモーク＆ブルー・イン・ザ・フェイス』映画シナリオ集（柴田ほか訳、新潮文庫）
*Hand to Mouth: A Chronicle of Early Failure*（1997）エッセイ集、日本では独自編集で『トゥルー・ストーリーズ』として刊行（新潮文庫）
*Lulu on the Bridge*（1998）『ルル・オン・ザ・ブリッジ』映画シナリオ（畔柳和代訳、新潮文庫）
*Timbuktu*（1999）『ティンブクトゥ』（新潮文庫）
*I Thought My Father Was God*（2001）編著『ナショナル・ストーリー・プロジェクト』（柴田ほか訳、新潮文庫、全二巻／CD付き対訳版アルク、全五巻）

*The Story of My Typewriter*（2002）『わがタイプライターの物語』絵本、サム・メッサー絵（新潮社）
*The Book of Illusions*（2002）『幻影の書』（新潮文庫）
*Oracle Night*（2003）『オラクル・ナイト』（新潮文庫）
*Collected Poems*（2004）『壁の文字　ポール・オースター全詩集』（飯野友幸訳、TOブックス）
*The Brooklyn Follies*（2005）『ブルックリン・フォリーズ』（新潮社、新潮文庫）
*Travels in the Scriptorium*（2007）『写字室の旅』（新潮社）
*Man in the Dark*（2008）『闇の中の男』（新潮社）
*Invisible*（2009）『インヴィジブル』（新潮社）
*Sunset Park*（2010）『サンセット・パーク』（新潮社）
*Winter Journal*（2012）『冬の日誌』自伝的考察（新潮社）
*Here and Now: Letters (2008-2011)*（with J. M. Coetzee, 2013）『ヒア・アンド・ナウ』往復書簡、J・M・クッツェーと共著（くぼたのぞみ・山崎暁子訳、岩波書店）
*Report from the Interior*（2013）『内面からの報告書』自伝的考察（新潮社）

*Day/Night* (Travels in the Scriptorium and Man in the Dark) (2013) 本書
*4 3 2 1* (2017)
*Burning Boy: The Life and Work of Stephen Crane* (2021)

『写字室の旅』『闇の中の男』は単行本の企画・編集段階では新潮社出版部の森田裕美子さんに、今回の文庫化にあたっては新潮文庫編集部の菊池亮さんにお世話になった。この場を借りてあつくお礼を申し上げる。オースター作品のスピリットに見事に共振しているように思える素晴らしい写真を提供してくださったカルリス・アンジさんにも感謝する。

俗な言い方ですが、二冊が一緒になって大変「お買い得」な一冊です。本書を通して、さらに多くの方がオースターの魅力に触れてくださいますように。

二〇二二年七月

本書は二〇一四年一月新潮社より刊行された『写字室の旅』と、二〇一四年五月新潮社より刊行された『闇の中の男』を合本し、文庫化したものである。

J・ニコルズ
村上春樹訳
**卵を産めない郭公**
東部の名門カレッジを舞台に描かれる60年代アメリカの永遠の青春小説。村上春樹による瑞々しい新訳！《村上柴田翻訳堂》シリーズ。

E・レナード
村上春樹訳
**オンブレ**
「男」《オンブレ》の異名を持つ荒野の男ジョン・ラッセル。駅馬車強盗との息詰まる死闘を描いた傑作西部《ウェスタン》小説を、村上春樹が痛快に翻訳！

サリンジャー
村上春樹訳
**フラニーとズーイ**
どこまでも優しい魂を持った魅力的な小説……『キャッチャー・イン・ザ・ライ』に続くサリンジャーの傑作を、村上春樹が新訳！

カポーティ
村上春樹訳
**ティファニーで朝食を**
気まぐれで可憐なヒロイン、ホリーが再び世界を魅了する。カポーティ永遠の名作がみずみずしい新訳を得て新世紀に踏み出す。

カポーティ
河野一郎訳
**遠い声 遠い部屋**
傷つきやすい豊かな感受性をもった少年が、自我を見い出すまでの精神的成長の途上でたどる、さまざまな心の葛藤を描いた処女長編。

カポーティ
大澤薫訳
**草の竪琴**
幼な児のような老嬢ドリーの家出をめぐる、ファンタスティックでユーモラスな事件の渦中で成長してゆく少年コリンの内面を描く。

G・グリーン
上岡伸雄訳

**情事の終り**

「私」は妬心を秘め、別れた人妻サラを探偵に監視させる。自らを翻弄した女の謎に近づくため――。究極の愛と神の存在を問う傑作。

S・モーム
金原瑞人訳

**ジゴロとジゴレット**
―モーム傑作選―

『月と六ペンス』のモームは短篇の名手でもあった！ ヨーロッパを舞台とした短篇八篇を収録。大人の嗜みの極致ともいえる味わい。

S・モーム
金原瑞人訳

**英国諜報員アシェンデン**

国際社会を舞台に暗躍するスパイが愛と裏切りと革命の果てに立ち現れる人間の真実を目撃する。文豪による古典エンターテイメント。

S・モーム
金原瑞人訳

**人間の絆**（上・下）

平凡な青年の人生を追う中で、読者は重たい問いに直面する。人生を生きる意味はあるのか――。世界的ベストセラーの決定的新訳。

R・ブローティガン
藤本和子訳

**アメリカの鱒釣り**

軽やかな幻想的語り口で夢と失意のアメリカを描いた200万部のベストセラー、ついに文庫化！ 柴田元幸氏による敬愛にみちた解説付。

R・ブローティガン
藤本和子訳

**芝生の復讐**

雨に濡れそぼつ子ども時代の記憶とカリフォルニアの陽光。その対比から生まれたメランコリックな世界。名翻訳家最愛の短篇集。

Title : TRAVELS IN THE SCRIPTORIUM/MAN IN THE DARK
Author : Paul Auster


# 写字室《しゃじしつ》の旅《たび》／闇《やみ》の中《なか》の男《おとこ》

新潮文庫　オ－9－17

*Published 2022 in Japan*
*by Shinchosha Company*

令和四年九月一日発行

訳者　柴《しば》田《た》元《もと》幸《ゆき》
発行者　佐藤隆信
発行所　株式会社 新潮社

郵便番号　一六二―八七一一
東京都新宿区矢来町七一
電話　編集部(〇三)三二六六―五四四〇
　　　読者係(〇三)三二六六―五一一一
https://www.shinchosha.co.jp

価格はカバーに表示してあります。

乱丁・落丁本は、ご面倒ですが小社読者係宛ご送付ください。送料小社負担にてお取替えいたします。

印刷・株式会社光邦　製本・株式会社大進堂


ISBN978-4-10-245118-2 C0197